D0776287

UNE CHANSON DOUCE

D'abord secrétaire puis hôtesse de l'air, ce n'est qu'au décès de son mari que Mary Higgins Clark se lance dans la rédaction de scripts pour la radio. Son premier ouvrage est une biographie de George Washington. Elle décide ensuite d'écrire un roman à suspense, *La Maison du guet*, son premier best-seller. Encouragée par ce succès, elle continue à écrire tout en s'occupant de ses enfants. En 1980, elle reçoit le Grand prix de littérature policière pour *La Nuit du renard*. Mary Higgins Clark publie alors un titre par an, toujours accueilli avec le même succès par le public. Elle est traduite dans le monde entier et plusieurs de ses romans ont été adaptés pour la télévision.

MARY HIGGINS CLARK

Une chanson douce

ROMAN TRADUIT DE L'ANGLAIS (ÉTATS-UNIS) PAR ANNE DAMOUR

ALBIN MICHEL

Titre original :

DADDY'S GONE A HUNTING

© Mary Higgins Clark, 2013.
Publié en accord avec l'éditeur original
Simon & Schuster, Inc. New York.
© Éditions Albin Michel, 2013, pour la traduction française.
ISBN : 978-2-253-16633-7 – 1re publication LGF

Pour John
Et pour nos enfants et petits-enfants Clark et Conheeney
Avec toute mon affection

Prologue

Kate rêvait parfois de cette nuit… mais ce n'était pas un rêve. C'était réellement arrivé. Elle avait trois ans et, pelotonnée sur le lit, elle attendait que sa maman soit prête. Maman ressemblait à une princesse. Elle portait une longue robe du soir rouge et les escarpins à talons de satin rouge que Kate aimait tant essayer. Puis papa était entré dans la chambre et il avait soulevé Kate dans ses bras et s'était mis à danser avec elle et maman sur le balcon malgré la neige qui commençait à tomber.

Je lui ai demandé de chanter mon air préféré, se souvenait Kate. *Une chanson douce que me chantait ma maman, en suçant mon pouce j'écoutais en m'endormant…*

La nuit suivante, maman était morte dans l'accident, et papa ne lui avait plus jamais chanté cette chanson.

1

À quatre heures du matin ce jeudi 14 novembre, Gus Schmidt s'habilla sans faire de bruit dans la chambre de sa modeste maison de Long Island, espérant ne pas réveiller Lottie, sa femme depuis cinquante-cinq ans. En vain.

La main de Lottie Schmidt tâtonna à la recherche de la lampe de chevet. Clignant les yeux pour dissiper la chape de sommeil qui les alourdissait, elle remarqua que Gus avait enfilé sa canadienne et lui demanda où il allait.

« Je vais juste faire un tour à la manufacture, Lottie. Il est arrivé quelque chose.

— C'est pour ça que Kate t'a appelé hier ? »

Kate était la fille de Douglas Connelly, le propriétaire des Connelly Fine Antique Reproductions, la manufacture de meubles de la ville de Long Island City, à quelques kilomètres de là, dans laquelle Gus avait travaillé jusqu'au jour de sa retraite, cinq ans auparavant.

Lottie, une femme menue de soixante-quinze ans aux cheveux blancs clairsemés, mit ses lunettes et jeta un coup d'œil au réveil. « Gus, tu as perdu l'esprit ? Tu sais l'heure qu'il est ?

— Il est quatre heures et Kate m'a demandé de la retrouver là-bas à quatre heures et demie. Elle doit avoir une bonne raison, c'est pourquoi j'y vais. »

Il était visiblement nerveux.

Lottie se garda de poser la question qu'ils avaient tous les deux à l'esprit. « Gus, j'ai eu un mauvais pressentiment il y a peu de temps. Je sais que tu n'aimes pas que je parle de ce genre de choses, mais j'ai l'impression qu'un malheur va arriver. Je ne veux pas que tu y ailles. »

Dans la lumière tamisée de la lampe de chevet, ils échangèrent un regard furieux. Il avait beau dire, Gus savait au fond de lui-même qu'il avait peur. Les prétendus dons de voyante de sa femme l'irritaient autant qu'ils l'effrayaient. « Lottie, rendors-toi, dit-il sèchement. Quel que soit le problème, je serai de retour pour le petit déjeuner. »

Gus n'était pas du genre démonstratif mais, mû par une sorte d'instinct, il s'approcha du lit, se pencha, embrassa sa femme sur le front et lui caressa les cheveux. « Ne t'inquiète pas », dit-il d'un ton ferme.

Ce furent les dernières paroles qu'elle l'entendit prononcer.

2

Kate Connelly espéra qu'elle saurait dissimuler l'angoisse qui l'étreignait à la pensée de son rendez-vous à l'aube avec Gus dans le musée de la manufacture de meubles. Elle dînait avec son père et la dernière conquête de celui-ci au Zone, le nouvel endroit à la mode dans le Lower East Side de Manhattan. Tandis qu'on servait les cocktails, elle parla de la pluie et du beau temps, banalités qu'elle débitait machinalement quand elle bavardait avec l'« élue du moment ».

Celle-ci se nommait Sandra Starling, une beauté blond platine de vingt-cinq ans aux yeux noisette écartés, qui expliquait avec le plus grand sérieux qu'elle avait été sélectionnée dans un concours de Miss Univers, sans toutefois mentionner exactement à quelle place elle était arrivée.

Son ambition, confiait-elle, était de faire carrière dans le cinéma pour ensuite se dévouer à la paix dans le monde. Elle est encore plus stupide que les autres, pensa Kate avec mépris. Doug, comme son père lui avait demandé de l'appeler, était d'une humeur charmante et joviale, mais elle eut l'impression qu'il buvait plus que d'habitude.

Au cours du dîner, Kate se surprit à jauger son père comme si elle était chargée de donner son avis dans *Du talent à revendre* ou *Danse avec les stars*. Bel homme, proche de la soixantaine, avec un petit quelque chose du légendaire Gregory Peck. Puis elle se rappela que la plupart des gens de sa génération n'auraient pas été en mesure d'apprécier la comparaison. À moins, comme moi, d'être amateurs de vieux films.

Se trompait-elle en faisant appel à Gus ?

« Kate, je disais à Sandra que tu es le cerveau de la famille, déclara son père.

— Je ne me vois pas tellement comme ça, répliqua Kate avec un sourire forcé.

— Ne joue pas les modestes, la taquina Doug Connelly. Kate est auditeur comptable. Elle travaille pour Wayne & Cruthers, l'un des cabinets d'audit les plus importants du pays. » Il éclata de rire. « Le seul problème, c'est qu'elle veut toujours me dicter la manière de gérer l'affaire familiale. » Il s'interrompit. « *Mon* affaire, ajouta-t-il. C'est ce qu'elle oublie.

— Papa, je veux dire Doug », dit calmement Kate, même si elle sentait la colère monter en elle. « Sandra n'a pas besoin d'entendre ces histoires.

— Sandra, regarde un peu ma fille. Une ravissante perche blonde de trente ans. Elle tient de sa mère. Sa sœur, Hannah, me ressemble. Elle a mes cheveux bruns et mes yeux bleus, mais, contrairement à moi, c'est plutôt un petit modèle. Un mètre soixante. C'est exact, hein, Kate ? »

Papa a bu avant de venir, pensa Kate. Il peut se montrer désagréable quand il est à cran. Elle s'efforça de changer de sujet. « Ma sœur travaille dans la mode, expliqua-t-elle. Elle a à peine trois ans de moins que moi. Quand nous étions petites, elle confectionnait déjà des robes pour ses poupées alors que je faisais semblant de gagner de l'argent en répondant aux questions de *La Roue de la fortune* et de *Jeopardy*. »

Oh, Seigneur, qu'est-ce que je vais faire si Gus est de mon avis ? se demandait-elle tandis que le serveur apportait leurs commandes.

Heureusement l'orchestre, qui avait fini sa pause, revint dans la salle à manger bondée et la musique assourdissante réduisit la conversation au minimum.

Sandra et elle ne prirent pas de dessert, mais ensuite Kate entendit avec consternation son père commander une bouteille du champagne le plus cher de la carte.

« Papa, nous n'avons pas besoin…, commença-t-elle à protester.

— Kate, épargne-moi tes petites radineries. »

La voix de Doug Connelly s'était élevée au point d'attirer l'attention des gens de la table voisine.

Le rouge monta aux joues de Kate. « Doug, dit-elle, j'ai un rendez-vous. Je vous laisse, toi et Sandra, profiter du champagne… »

Le regard de Sandra parcourait la salle, cherchant visiblement à repérer une ou deux célébrités. Puis elle eut un sourire éblouissant à l'adresse d'un homme qui levait son verre dans sa direction. « C'est Majestic. Son dernier disque crève le plafond », dit-elle, tout excitée. Revenant sur terre, elle déclara : « Je suis contente d'avoir fait votre connaissance, Kate. Si je deviens célèbre, vous pourrez peut-être gérer ma fortune. »

Doug Connelly éclata de rire. « Quelle bonne idée. Peut-être alors me fichera-t-elle la paix. » Il ajouta un peu trop hâtivement : « Je plaisantais, je suis fier de ma brillante grande fille. »

Si seulement tu savais ce que ta brillante grande fille est en train de concocter, pensa Kate. Partagée entre la colère et l'inquiétude, elle reprit son manteau au vestiaire, sortit dans le froid et le vent de cette soirée de novembre et héla un taxi.

Elle habitait l'Upper West Side, un appartement dans un immeuble en copropriété qu'elle avait acheté un an plus tôt. C'était un deux pièces spacieux avec une vue panoramique sur l'Hudson, un endroit qu'elle aimait tout en se sentant un peu coupable que le propriétaire précédent, Justin Kramer, un conseil en gestion de fortune d'une trentaine d'années, ait été obligé de le vendre à un prix exceptionnellement bas après avoir perdu son job. Le jour de la signature, Justin avait eu un sourire crâne et lui avait offert une broméliacée similaire à celle qu'elle avait admirée la première fois qu'elle avait visité l'appartement.

« Robby m'a dit que vous aviez admiré ma plante », avait-il dit, désignant l'agent immobilier assis à côté de lui. « Je l'ai emportée avec moi, mais celle-ci est un cadeau de bienvenue pour vous. Laissez-la au même endroit, près de la fenêtre de la cuisine, et elle poussera comme une mauvaise herbe. »

Souvent quand elle pénétrait dans son agréable appartement et allumait la lumière, Kate se rappelait ce geste attentionné. Le mobilier de la salle de séjour était entièrement moderne. Le canapé d'un beige doré et ses profonds coussins invitaient au repos. Les fauteuils dans le même style recouverts d'un tissu identique avaient été conçus pour le confort avec de larges accoudoirs et des appuie-tête. Des coussins qui reprenaient les couleurs des motifs géométriques de la moquette ajoutaient des taches lumineuses au décor.

Kate se souvint de l'éclat de rire d'Hannah quand elle était venue inspecter les lieux après son emménagement. « Wouah ! s'était-elle exclamée. Tu as grandi en entendant papa expliquer que tous les meubles à la maison étaient de parfaites reproductions signées Connelly – et tu as carrément fait le contraire. »

C'est vrai, songea Kate. J'en avais assez de ses discours sur la perfection de ses copies. Je changerai peut-être d'avis un jour, mais pour le moment, je suis heureuse comme ça.

Des copies parfaites. À cette seule pensée, elle sentit sa bouche se dessécher.

3

Mark Sloane savait que son dîner d'adieu avec sa mère serait un moment triste et douloureux. Le vingt-huitième anniversaire de la disparition de sa sœur approchait, et il partait s'installer à New York où il avait trouvé une nouvelle situation. Depuis qu'il était sorti diplômé de la faculté de droit, treize ans plus tôt, il avait travaillé comme spécialiste du droit immobilier à Chicago. À cent cinquante kilomètres de Kewanee, la petite ville de l'Illinois où il avait grandi.

Lorsqu'il vivait à Chicago, il faisait les deux heures de trajet au moins une fois toutes les deux ou trois semaines pour dîner avec sa mère. Il avait huit ans quand sa sœur aînée, Tracey, âgée de vingt ans, avait quitté l'université du coin et était partie à New York pour tenter sa chance dans la comédie musicale. Après toutes ces années, il la revoyait comme si elle était là, devant lui. Elle avait une masse de cheveux auburn qui tombaient en vagues sur ses épaules, des yeux bleus brillant presque toujours d'un éclat joyeux, mais qui pouvaient s'assombrir quand elle était en colère. Sa mère lui reprochait souvent ses notes à l'université et sa façon de s'habiller. Puis un jour, en descendant à la cuisine pour le petit déjeuner, il avait trouvé sa mère en larmes. « Elle est partie, Mark, elle est partie. Elle a laissé un mot. Elle est partie à New York pour devenir une chanteuse célèbre. Mark, elle est si jeune. Tellement obstinée. Elle va avoir des ennuis. Je le sais. »

Mark se souvenait d'avoir passé ses bras autour des épaules de sa mère en essayant de retenir ses propres larmes. Il avait une passion pour Tracey. Elle lui lançait la balle quand il débutait dans l'équipe de base-ball junior. Elle l'emmenait au cinéma. Elle l'aidait à faire ses devoirs à la maison et lui racontait des histoires de stars. « Tu sais combien d'entre elles viennent de petites villes comme la nôtre ? » lui demandait-elle.

Ce matin-là, il avait apaisé sa mère : « Dans sa lettre, Tracey dit qu'elle t'enverra son adresse. Maman, n'essaye pas de l'obliger à revenir, car elle ne le fera pas. Écris-lui et dis-lui que c'est très bien et que tu seras heureuse lorsqu'elle sera une star. »

Il avait eu raison. Tracey avait écrit régulièrement et téléphoné plusieurs fois par semaine. Elle avait trouvé une place dans un restaurant. « Je suis une bonne serveuse et les pourboires sont généreux. Je prends des leçons de chant. J'ai joué dans une comédie musicale off Broadway. Seulement quatre représentations, mais c'était merveilleux d'être sur scène. » Elle était revenue trois fois à la maison pour un long week-end.

Et un jour, deux ans après son installation à New York, sa mère avait reçu un appel de la police. Tracey avait disparu.

Quand elle ne s'était pas présentée à son travail pendant deux jours et n'avait pas répondu au téléphone, son patron, Tom King, le propriétaire du restaurant, s'était inquiété et était allé à son appartement. Tout y était en ordre. Son agenda indiquait qu'elle avait une audition prévue pour le lendemain de sa disparition, et une autre à la fin de la semaine. « Elle ne s'est pas présentée à la première, avait dit King à la police. Si elle ne s'est pas présentée non plus à l'autre, cela signifie qu'il lui est arrivé quelque chose. »

Bien des années après, la police de New York avait classé Tracey parmi les personnes disparues. Une personne disparue parmi d'autres, pensa Mark en arrivant à la maison de style Cape Cod où il avait grandi. Avec ses bardeaux gris foncé, ses encadrements de fenêtre blancs et sa porte rouge laquée, elle avait un aspect joyeux et accueillant. Il s'avança dans l'allée et gara sa voiture. La lampe extérieure éclairait les marches du perron. Mark savait que sa mère la laisserait allumée toute la nuit ainsi qu'elle le faisait depuis presque vingt-huit ans, juste au cas où Tracey reviendrait.

« Rosbif, purée de pommes de terre et asperges », avait-il répondu à sa mère quand elle lui avait demandé ce qu'il désirait pour son dîner d'adieu. À la minute où il ouvrit la porte, les effluves appétissants du bœuf rôti lui annoncèrent que, comme toujours, elle avait préparé exactement ce qu'il souhaitait.

Martha Sloane sortit à la hâte de la cuisine, s'essuyant les mains à son tablier. À soixante-quatorze ans, sa silhouette autrefois mince s'était étoffée de quelques kilos et ses cheveux blancs naturellement ondulés encadraient ses traits réguliers. Elle jeta ses bras autour de son fils et l'embrassa.

« Tu as encore grandi, l'accusa-t-elle.

— J'espère que non ! s'exclama Mark. C'est déjà assez difficile de m'introduire dans un taxi comme ça. » Il mesurait un mètre quatre-vingt-quinze. Il jeta un regard par-dessus la tête de sa mère en direction de la salle à manger et vit que la table était dressée avec l'argenterie et le service de porcelaine. « Dis donc, c'est la fête.

— Bah, cette vaisselle n'est presque jamais utilisée, dit sa mère. Sers-toi un verre. Et par la même occasion, sers-m'en un aussi. »

Martha ne buvait pratiquement jamais de cocktail. Avec un pincement au cœur, Mark comprit qu'elle était déterminée à ne pas laisser le prochain anniversaire de la disparition de Tracey assombrir le dernier dîner qu'ils partageraient sans doute avant quelques mois. Elle avait été greffière et n'ignorait pas les longues heures de travail qui l'attendaient dans le cadre de ses nouvelles responsabilités.

Ce ne fut qu'après le café qu'elle parla de Tracey. « Nous savons tous les deux que la date approche, dit-elle calmement. Mark, je regarde tout le temps cette émission de télévision, *Cold Case*. Quand tu seras à New York, crois-tu que tu pourrais obtenir de la police qu'ils rouvrent le dossier de la disparition de Tracey ? Ils ont tellement plus de moyens aujourd'hui pour découvrir ce qui est arrivé, même à des gens qui ont disparu depuis des années. Et ils le feront probablement plus facilement si c'est quelqu'un comme toi qui commence à leur poser des questions. »

Elle hésita. « Mark, je sais que je dois renoncer à l'espoir que Tracey ait perdu la mémoire ou qu'elle ait eu des ennuis et soit obligée de vivre cachée. Je crois au fond de moi qu'elle est morte. Mais si je pouvais seulement ramener ici son corps et l'enterrer près de papa, je me sentirais tellement apaisée. Regardons les choses en face. Il me reste encore huit ou dix ans à vivre, avec de la chance. Lorsque mon temps viendra, je voudrais être sûre que Tracey repose à côté de papa. » Elle cligna les paupières pour retenir ses larmes. « Tu sais que j'ai toujours adoré la chanson *Danny Boy*[1]. Je voudrais pouvoir m'agenouiller et dire une prière et la chanter sur la tombe de Tracey. »

Quand ils se levèrent de table, elle dit vivement : « J'aimerais bien faire une partie de Scrabble. J'ai trouvé quelques mots compliqués épatants dans le dictionnaire. Mais ton avion s'envole demain après-midi et, te connaissant, je suis sûre que tu n'as pas commencé à faire tes bagages.

— Tu me connais trop bien, maman. » Mark sourit. « Et ne dis pas que tu as seulement huit ou dix ans à vivre. Tu seras inondée de cartes d'anniversaire pour tes cent ans. » Sur le seuil, il la serra tendrement dans ses bras, puis il osa demander : « Quand tu refermeras la porte, est-ce que tu éteindras la lumière du porche ? »

Elle secoua la tête. « Non, je ne crois pas. »

Elle ne termina pas sa phrase. Mais Mark savait qu'elle voulait dire : « Au cas où Tracey rentrerait à la maison ce soir. »

---

1. *Danny Boy,* air traditionnel irlandais chanté pendant les funérailles. (*Toutes les notes sont de la traductrice.*)

4

Lors de sa dernière visite à la manufacture familiale, Kate avait été choquée d'apprendre que les caméras de surveillance ne fonctionnaient toujours pas : « Kate, votre père n'a pas voulu faire installer un nouveau système, avait dit Jack Worth, le directeur. Le problème c'est que tout ici a besoin d'être rénové. Regardons les choses en face. Nous n'avons plus les mêmes artisans qu'il y a vingt ans. Ceux qui restent sont affreusement chers parce que le marché se réduit, et nos nouveaux employés sont moins qualifiés. Nous avons régulièrement des retours de meubles. Je ne comprends pas pourquoi votre père s'entête à ne pas vouloir vendre cet endroit à un promoteur. Le terrain vaut au moins vingt millions de dollars. »

Puis il avait ajouté avec regret : « Dans ce cas, bien sûr, je perdrais mon job. Pas mal d'entreprises ferment, j'aurais du mal à retrouver un poste de directeur. »

À cinquante-six ans, Jack avait gardé la carrure du catcheur qu'il avait été dans sa jeunesse. Son abondante chevelure blonde était aujourd'hui striée de gris. Kate savait qu'il dirigeait d'une main ferme les ateliers, le showroom et les trois étages du musée privé dont chaque salle était meublée d'antiquités d'une valeur inestimable. Il avait commencé à travailler pour la société plus de trente ans auparavant comme aide-comptable et en avait pris la direction cinq ans plus tôt.

En rentrant de son dîner Kate s'était changée, avait enfilé un survêtement de jogging, réglé l'alarme du réveil à trois heures et demie et s'était allongée sur le canapé. Elle ne pensait pas être capable de dormir, mais elle sombra dans le sommeil. Un sommeil agité et peuplé de rêves qui lui laissèrent peu de souvenirs, mais un désagréable sentiment de confusion. Le seul fragment qui lui revint en mémoire ressemblait à ce cauchemar qu'elle faisait de temps en temps. Une petite fille terrifiée dans une chemise de nuit à fleurs qui courait dans un long couloir pour échapper aux mains qui se tendaient pour l'attraper.

Je n'avais franchement pas besoin de ça maintenant, pensa-t-elle en éteignant l'alarme et en se levant. Dix minutes plus tard, emmitouflée dans sa veste en duvet noire, une écharpe autour de la tête, elle était dans le parking de son immeuble et s'installait au volant de sa frugale Mini Cooper.

Même à cette heure matinale il y avait du trafic dans Manhattan, mais la circulation était fluide. Kate traversa Central Park en direction de l'est au niveau de la 65ᵉ Rue et atteignit quelques minutes plus tard la rampe du Queensboro Bridge. Il ne lui fallut ensuite que dix minutes pour arriver à destination. Il était quatre heures quinze, et elle savait que Gus la rejoindrait d'une minute à l'autre. Elle gara sa voiture derrière la benne à ordures à l'arrière du musée et attendit.

Le vent soufflait assez fort et la température fraîchit rapidement à l'intérieur de la voiture. Kate s'apprêtait à remettre le contact quand une faible lueur de phares apparut au loin et bientôt le pick-up de Gus vint s'arrêter près de sa voiture.

Ils sortirent en même temps de leurs véhicules et se hâtèrent vers la porte du musée. Kate tenait une lampe torche et la clé. Elle introduisit la clé dans la serrure et ouvrit la porte. Avec un soupir de soulagement, elle dit : « Gus, vous êtes chic d'être venu à cette heure. » À l'intérieur, elle utilisa le faisceau de sa lampe pour éclairer l'alarme. « C'est incroyable, même le système de sécurité interne est cassé. » Gus portait un bonnet de laine à oreilles. Quelques mèches de ses maigres cheveux s'en échappaient, plaquées sur son front. « Je savais que cela devait être important pour que vous désiriez me rencontrer à cette heure, dit-il. Que se passe-t-il, Kate ?

— J'espère de tout mon cœur me tromper, Gus, mais il faut que je vous montre quelque chose dans la suite Fontainebleau. J'ai besoin de votre œil d'expert. » Elle fouilla dans sa poche, en sortit une autre torche et la lui tendit : « Tenez-la pointée vers le sol. »

En silence ils se dirigèrent vers l'escalier du fond. Tandis que Kate faisait courir sa main sur le bois lisse de la rampe, elle songea aux histoires que lui avait racontées son grand-père qui avait immigré aux États-Unis sans un sou, mais riche d'une solide éducation, et avait fini par faire fortune dans les marchés financiers.

À l'âge de cinquante ans, il avait vendu sa société d'investissement et occupé le restant de sa vie à créer de remarquables copies de meubles anciens. Il avait acheté des terrains à Long Island City et fait bâtir une manufacture comprenant des ateliers, une salle d'exposition et un musée privé où il montrait les meubles anciens qu'il avait rassemblés au fil des années et qui servaient de modèles aux copies.

À cinquante-cinq ans, il avait décidé qu'il voulait un héritier et avait épousé une femme de vingt ans plus jeune que lui. Puis étaient nés le père de Kate et son frère. Papa a pris la direction de l'entreprise seulement un an avant l'accident, se souvint Kate. Ensuite, Russ Link l'a remplacé jusqu'à ce qu'il prenne sa retraite, il y a cinq ans.

Connelly Fine Antique Reproductions avait prospéré pendant soixante ans mais, comme Kate s'escrimait à le répéter à son père, le marché des coûteuses copies de meubles se réduisait. Elle n'avait pas eu le courage de lui faire remarquer que ses excès de boisson, son désintérêt pour l'affaire et ses absences répétées du bureau étaient les autres facteurs indiquant qu'il était temps de vendre. Regardons les choses en face, pensa-t-elle. Depuis la mort de grand-père, c'était Russ qui s'occupait de tout.

Au bas des escaliers, Kate dit : « Gus, c'est le secrétaire que je veux vous montrer… » Elle s'interrompit brusquement et lui saisit le bras : « Mon Dieu, Gus, cet endroit empeste le gaz. » Lui prenant la main, elle se retourna et rebroussa chemin vers la porte. Ils n'avaient parcouru que quelques pas quand une explosion fit voler en éclats l'escalier qui s'écroula sur eux.

Kate essuya le sang qui dégoulinait sur son front et s'efforça de tirer le corps inerte de Gus tandis qu'elle rampait vers la porte. Les flammes léchaient les murs, la fumée l'aveuglait et la suffoquait. Puis la porte fut soufflée et les rafales de vent s'engouffrèrent dans le hall. Mue par l'instinct de survie, Kate agrippa Gus aux poignets et le traîna dehors sur quelques mètres jusqu'au parking. Ensuite, elle s'évanouit.

Lorsque les pompiers arrivèrent, ils la trouvèrent inconsciente, saignant abondamment d'une blessure à la tête, ses vêtements entièrement brûlés.

Gus gisait à quelques mètres, immobile. Broyé par le poids de l'escalier, il était mort.

5

Le point culminant de la réunion, ce mercredi soir, des responsables de Hathaway Haute Couture fut l'annonce qu'Hannah Connelly aurait sa propre ligne de vêtements aux défilés de mode de l'été prochain.

La première pensée d'Hannah fut de partager cette merveilleuse nouvelle avec sa sœur Kate, mais il était presque sept heures et elle se souvint que Kate avait rendez-vous pour dîner avec leur père et sa dernière conquête. Elle appela alors sa meilleure amie, Jessie Carlson, avec laquelle elle avait étudié pendant deux ans à l'université de Boston avant de s'orienter vers le Fashion Institute of Technology, l'école de mode de New York. Jessie, de son côté, s'était dirigée vers la faculté de droit de Fordham.

Jessie poussa un cri de joie en apprenant la nouvelle : « Hannah, c'est formidable. Tu vas être la prochaine Yves Saint Laurent. On se retrouve chez Mindoro dans une demi-heure. Je t'invite. »

À dix-neuf heures trente, elles étaient assises en face l'une de l'autre dans un box. La salle à manger du célèbre restaurant était bondée et bruyante, témoignage de l'excellence de sa cuisine et de son atmosphère chaleureuse.

Roberto, leur serveur préféré, avec son crâne chauve et son visage rond et réjoui, leur servit un verre de vin. « On célèbre quelque chose, mes belles ? demanda-t-il.

— Et comment ! » Jessie leva son verre. « À la plus grande couturière du monde, Hannah Connelly. » Puis elle ajouta : « Roberto, un de ces jours, nous dirons tous les deux : Nous l'avons connue. »

Hannah trinqua avec son amie et but une gorgée de vin. Elle aurait seulement aimé cesser de s'inquiéter à propos de ce qui pouvait se passer entre son père et Kate. Depuis que les affaires familiales battaient de l'aile, leurs relations ne cessaient de se dégrader régulièrement.

On eût dit que Jessie lisait dans les pensées d'Hannah. « Comment va ton Adonis de père ? » demanda-t-elle en trempant un morceau de pain italien chaud dans l'huile qu'elle avait versée dans son assiette. « Est-ce que tu lui as annoncé la nouvelle ? Je suis sûre qu'il sera fou de joie pour toi. »

Seule Jessie pouvait se permettre de prendre un ton aussi ironique. Hannah lança un regard affectueux à son amie de jeunesse. Ses cheveux bouclés roux étaient retenus en arrière par une pince et retombaient en ondulant sur ses épaules. Ses yeux bleu vif brillaient et sa peau de lait était dépourvue du moindre maquillage. Avec son mètre soixante-dix-huit, même assise, elle dominait Hannah. Athlète-née, Jessie avait un corps mince et ferme. Totalement indifférente à la mode, elle comptait sur Hannah quand elle avait besoin d'une tenue habillée pour une occasion spéciale.

Hannah haussa les épaules. « Oh tu sais à quel point il sera excité. » Elle imita la voix de son père : « "Hannah, c'est merveilleux. Merveilleux !" Ensuite, il oubliera ce que je lui ai dit. Et quelques jours plus tard, il demandera comment vont les affaires dans la mode. Le baladin du monde occidental n'a jamais eu beaucoup de temps pour moi ou Kate et plus il vieillit, moins il s'intéresse à nous. »

Jessie hocha la tête. « J'ai surpris une certaine tension entre vous tous la dernière fois que nous avons dîné ensemble. Kate a laissé échapper quelques vacheries à l'adresse de votre père. »

Roberto revenait vers la table, la carte à la main. « Voulez-vous commander maintenant ou attendre encore un peu ? demanda-t-il.

— Pour moi des linguini aux clams et la salade maison. »

C'étaient les pâtes préférées d'Hannah.

« Du saumon, avec une salade mixte, dit Jessie.

— Je n'avais pas besoin de demander », dit Roberto.

Il était là depuis quinze ans et connaissait les plats favoris de chacun des habitués.

Quand il se fut éloigné, Hannah prit une autre gorgée de vin et haussa les épaules. « Jessie, tu nous connais depuis l'université. Tu en sais suffisamment pour avoir une idée du tableau. Le marché a changé. Les gens n'achètent plus autant de belles copies de meubles anciens et, en réalité, nos reproductions ne sont plus aussi belles. Il y a encore cinq ans, la manufacture comptait quelques artisans remarquables, mais ils sont tous à la retraite aujourd'hui. Après la mort de mon grand-père, il y a trente ans, mon père a pris les rênes de l'entreprise avec l'aide de Russ Link, qui était le bras droit de mon grand-père. Mais après l'accident, mon père a mis longtemps à se remettre, et quand il l'a fait, il avait perdu tout intérêt pour l'affaire. D'après ce que j'ai appris, ni lui ni son frère ne s'étaient véritablement impliqués dans la marche quotidienne de l'entreprise. C'est l'histoire classique de l'immigrant travailleur qui veut que ses fils aient tous les avantages qu'il n'a pas eus. » Hannah était heureuse de pouvoir parler si ouvertement à l'amie en qui elle avait une totale confiance. « Jess, je crois que le point critique est atteint. Je ne comprends pas. Papa devient de plus en plus insensé avec l'argent. Est-ce que tu imagines que l'été dernier il a loué un yacht pendant un mois ? Cinquante mille dollars la semaine ! Il loue des yachts alors que le bateau familial est en train de couler. J'aurais tout donné pour qu'il rencontre quelqu'un et se remarie quand nous étions jeunes. Peut-être qu'une femme raisonnable aurait pu l'aider à garder la juste mesure des choses.

— Je vais être franche. Je me suis souvent posé la question. Il n'avait que trente ans quand ta mère est morte et cela fait presque vingt-huit ans. Crois-tu qu'il était tellement amoureux d'elle, pour ne l'avoir jamais remplacée ?

— Je suppose qu'elle a été l'amour de sa vie. Je voudrais tellement me souvenir d'elle. J'avais quel âge ? Huit mois ? Kate n'avait que trois ans. Et, bien sûr, ce fut une horrible tragédie. Il a perdu ma mère, son frère

Connor, et quatre amis proches. Et il était à la barre du bateau. Je dois cependant dire qu'aucun sentiment de culpabilité ne l'a empêché d'avoir une kyrielle de petites amies, ou appelle-les comme tu veux. Mais ça suffit avec les malheurs de la famille. Profitons du dîner que tu m'offres et prions pour que Kate et papa et je ne sais qui ne se traitent pas de tous les noms. »

Deux heures plus tard, en regagnant son immeuble de Downing Street dans Greenwich Village, Hannah se remémora le passé. Je n'étais qu'un bébé quand nous avons perdu notre mère, pensa-t-elle en sortant du taxi. Elle songea à Rosemary Masse, leur nounou « Rosie », qui avait pris sa retraite dans son Irlande natale dix ans plus tôt.

Dieu bénisse Rosie. C'est elle qui nous a élevées, mais elle ne cessait de nous répéter qu'elle aurait voulu que papa se remarie. « Épousez une gentille femme qui aimera vos deux adorables petites filles et sera une mère pour elles », lui disait-elle, se souvint Hannah avec un léger sourire tandis qu'elle pénétrait dans son appartement, s'installait dans son fauteuil préféré et allumait la télévision et le DVR pour regarder les émissions qu'elle avait sélectionnées.

L'accident qui avait tué sa mère, son oncle et quatre autres personnes était survenu parce que le bateau de son père avait heurté un câble entre un remorqueur et une barge dans l'obscurité. Son père, Douglas Connelly, avait été le seul survivant. Un hélicoptère des gardes-côtes l'avait retrouvé au lever du jour, gisant, inconscient et grièvement blessé, dans un radeau de survie. Il avait été atteint à la tête par les débris du bateau.

Il n'avait pas été un père totalement indifférent, songea Hannah, en faisant rapidement défiler les annonces publicitaires. C'était simplement qu'il était peu présent – pris soit par ses voyages d'affaires, soit par ses occupations mondaines. Russ Link dirigeait la manufacture, et il le faisait à la perfection. Les hommes qui y travaillaient, comme Gus Schmidt, n'étaient pas seulement des artisans, c'étaient des artistes. Rosie vivait avec nous dans l'appartement de la 82ᵉ Rue Est, et elle était toujours là pendant l'été et les vacances scolaires, mais dès qu'elles étaient finies, papa nous renvoyait en pension.

Hannah n'avait pas sommeil et n'éteignit la télévision qu'après minuit. Puis elle se déshabilla rapidement et se glissa sous les couvertures à minuit vingt.

À cinq heures du matin le téléphone sonna. C'était Jack Worth. « Hannah, il y a eu un accident – une explosion à la manufacture. Gus Schmidt et Kate se trouvaient sur place. Dieu seul sait pourquoi. Gus est mort et une ambulance transporte Kate au Manhattan Midtown Hospital. »

Il anticipa la question suivante : « Hannah, je ne sais pas ce que Gus et elle fichaient dans le musée à cette heure. Je suis en route pour l'hôpital. Voulez-vous que je prévienne votre père, ou préférez-vous le faire ?

— Appelez papa, dit Hannah en sautant de son lit. Je vous rejoins. »

Oh, mon Dieu, pria-t-elle. Faites que ce ne soit pas la faute de Kate. Faites qu'elle n'y soit pour rien.

6

Avant même qu'elle se mette à flirter ostensiblement avec Majestic, Douglas Connelly avait commencé à s'ennuyer ferme avec Sandra. Cette histoire
de finaliste à l'élection de Miss Univers était une fiction pure et simple. Il avait vérifié sur l'internet et
appris qu'elle était arrivée deuxième d'un concours de
beauté local dans sa ville natale de Wilbur, dans le
Dakota du Nord.

Les fantasmes de Sandra l'avaient vaguement
amusé jusqu'à ce qu'il ait lu le dédain sur le visage de
Kate et compris qu'elle les méprisait, lui et son genre
de vie.

Il savait aussi qu'il méritait ce mépris.

Une des expressions favorites de son père quand il
avait une décision difficile à prendre lui revenait souvent à l'esprit : *J'ai l'impression de me trouver entre
le marteau et l'enclume.* Que je boive ou non n'y
change rien, pensa Doug en sifflant le fond de sa
coupe de champagne.

Entre le marteau et l'enclume. Comme une rengaine
qui le hantait.

« J'aime les endroits comme ce restaurant, disait

Sandra. On peut y rencontrer quelqu'un qui est chargé du casting d'un film ou un truc comme ça. »

Combien de séances de décoloration chez le coiffeur pour obtenir un blond pareil ? se demanda Doug.

Le maître d'hôtel s'approchait avec une autre bouteille de champagne. « Avec les compliments de Majestic pour la ravissante jeune dame », dit-il.

Sandra étouffa un cri. « Oh, là là ! »

Alors qu'elle se levait précipitamment de sa chaise et s'élançait à travers la salle, Douglas Connelly en profita pour filer. « Mettez le pourboire habituel sur ma note », dit-il, espérant ne pas bredouiller. « Mais assurez-vous que cette bouteille est bien sur la note de ce Majestic, quel que soit son vrai nom.

— Certainement, monsieur Connelly. Votre voiture vous attend dehors ?

— Oui. »

Voilà une autre chose qui rend Kate folle de rage – que j'aie un chauffeur, pensa Doug quelques minutes plus tard en s'affalant dans sa limousine et en fermant les yeux. Il ne sortit du brouillard qu'au moment où Bernard, son chauffeur, ouvrait la portière devant l'immeuble de la 82ᵉ Rue Est et disait : « Nous sommes arrivés, monsieur. »

Même appuyé au bras du portier qui l'aida à traverser l'entrée, Doug eut du mal à faire avancer ses jambes dans la même direction. Danny, le garçon d'ascenseur, s'empara de sa clé après qu'il l'eut sortie difficilement de sa poche. Au quinzième étage, il l'accompagna jusqu'à son appartement, ouvrit la porte et le conduisit au canapé. « Reposez-vous un moment, monsieur Connelly », dit-il.

Doug sentit qu'on lui plaçait un oreiller sous la tête, qu'on ouvrait le premier bouton de sa chemise, qu'on lui ôtait ses chaussures.

« Suis pas tout à fait dans mon assiette, marmonna-t-il.

— Tout va bien, monsieur Connelly. Vos clés sont sur la table. Bonne nuit, monsieur.

— Bonne nuit, Danny. Merci. »

Doug sombra dans le sommeil avant d'avoir pu prononcer un mot de plus.

Cinq heures plus tard, il n'entendit pas la sonnerie pressante du téléphone fixe sur la table, à seulement quelques mètres du canapé, ni la vibration insistante du portable dans sa poche de poitrine.

Finalement, dans la salle d'attente de l'unité de chirurgie de l'hôpital, Hannah, livide, rangea son téléphone portable et croisa les mains sur ses genoux pour les empêcher de trembler. « Je ne vais pas passer mon temps à le rappeler, dit-elle à Jack. Qu'il cuve son vin. »

7

Douglas Connelly se réveilla à neuf heures le jeudi matin. Il grogna et ouvrit les yeux, un instant désorienté. Son dernier souvenir était d'être monté dans sa voiture. Puis des images floues se formèrent dans son esprit. Le portier qui le tenait par le bras… Danny qui lui prenait les clés de la main… Danny qui plaçait un oreiller sous sa tête.

Sa tête qui lui faisait atrocement mal à présent.

Maladroitement, il se redressa et posa ses pieds sur le sol. Les mains appuyées sur la table basse pour garder son équilibre, il parvint à se lever et à rester debout. Il attendit un moment que la pièce cessât de tournoyer, puis se dirigea lentement vers la cuisine, prit une bouteille de vodka à moitié vide et une boîte de jus de tomate dans le réfrigérateur, en versa des doses égales dans un verre et avala le tout d'un trait.

Kate avait raison, pensa-t-il. Je n'aurais pas dû commander cette bouteille de champagne la nuit dernière. Une autre éventualité traversa les brumes de son esprit. Je dois m'assurer que celle que ce crétin de Majestic a fait porter à la soi-disant reine de beauté n'a pas fini sur ma note.

Doug se déplaça lentement vers sa chambre, ôtant ses vêtements au fur et à mesure. Ce ne fut qu'après avoir pris une douche, s'être rasé et habillé qu'il se donna la peine d'écouter ses messages.

À deux heures du matin, Sandra avait cherché à le joindre. « Oh, Doug, je suis désolée. Je suis juste allée remercier Majestic pour le champagne et les choses aimables qu'il a dites sur moi et il m'a priée de m'asseoir avec lui et ses amis pendant une minute. Tout à coup, le sos-me-lière – comment on appelle ce type qui sert le vin ? – est arrivé avec la bouteille que Majestic m'avait fait porter et il a dit que tu avais dû partir. J'ai passé un moment délicieux avec toi et... »

Connelly pressa sur la fonction Effacer sans laisser à Sandra le temps de terminer sa phrase. Il vit que le deuxième message provenait de Jack, et le suivant de sa fille Hannah. Elle, au moins ne me bassine pas en me disant de vendre la manufacture chaque fois que je la vois, pensa-t-il.

Quand il se rendit compte que l'appel de Jack avait été passé à cinq heures dix, et celui d'Hannah vingt minutes plus tard, il comprit qu'il était arrivé quelque chose de grave. Fermant les yeux pour se concentrer, d'un doigt tremblant, il pressa le bouton de rappel.

Hannah répondit dès la première sonnerie. D'une voix monocorde, elle le mit au courant de l'explosion, de la mort de Gus et des blessures dont souffrait Kate. « Elle vient de sortir du bloc où ils l'ont opérée d'un œdème cérébral. Je ne peux pas encore la voir. J'attends de parler avec son chirurgien.

— Là manufacture a sauté ! s'exclama Doug. Tout, tu veux dire tout, l'atelier, la salle d'exposition, le musée, toutes les antiquités ? »

Hannah laissa échapper sa colère contenue et son chagrin : « Tu n'as donc pas reçu l'appel de Jack et le mien ? Ta fille risque de ne pas survivre, s'écria-t-elle. Et si elle survit, elle peut avoir le cerveau endommagé. Kate peut mourir… et toi, son père, tu t'inquiètes de ta maudite fabrique ? »

Elle prit un ton glacial : « Au cas où tu voudrais passer la voir, ta fille est au Manhattan Midtown Hospital. Si tu as assez dessoûlé pour venir, demande la salle d'attente post-opératoire. Tu m'y trouveras en train de prier pour que mon unique sœur reste en vie. »

À six heures, Lottie Schmidt prenait son café dans la cuisine, se demandant avec angoisse pourquoi Gus était allé retrouver Kate Connelly à une heure aussi indue, quand la sonnette de l'entrée retentit. Lorqu'elle ouvrit la porte et vit le pasteur de sa paroisse et un policier immobiles dans la galerie, elle faillit s'évanouir. Avant qu'ils prononcent une parole, elle savait que Gus était mort.

Le reste de la journée se passa dans le brouillard. Elle n'était que vaguement consciente des allées et venues des voisins et d'avoir parlé à sa fille, Gretchen, au téléphone.

Gretchen avait-elle dit qu'elle prendrait l'avion à Minneapolis aujourd'hui ou demain ? Lottie ne s'en souvenait pas. Avait-elle demandé à Gretchen de ne pas faire étalage des photos de sa belle maison de Minnetonka ? Elle n'en était pas sûre.

Lottie laissa la télévision allumée toute la journée. Elle avait besoin de regarder la vidéo de la destruction de la manufacture, elle avait besoin de savoir qu'au moins Gus n'était pas mort brûlé vif.

Charley Walters, le directeur de la Walters Funeral

House s'était occupé des funérailles de la plupart des fidèles de la paroisse. Il l'entendit lui rappeler que Gus avait toujours souhaité être incinéré. Plus tard, Lottie se souvint d'avoir répondu à Charley quelque chose du genre : « Il a failli l'être dans cet incendie, mais heureusement qu'il n'a pas été brûlé. »

Sa voisine et amie Gertrude Peterson vint la voir et la pressa de prendre une tasse de thé et un muffin. Le thé, elle put l'avaler, mais elle repoussa le muffin.

Tassée sur elle-même dans le fauteuil près de la cheminée du living-room, sa silhouette menue perdue dans le large fauteuil à haut dossier, Lottie se blottit sous la couverture. Les flics lui avaient dit que Kate Connelly avait été grièvement blessée. Lottie connaissait Kate depuis sa naissance. Elle avait plaint les petites filles privées de leur mère après le terrible accident survenu à leurs parents. Oh mon Dieu, pria-t-elle, *quoi qu'elle ait fait, laissez-la vivre. Et pardonnez Gus*. Je lui avais dit qu'il faisait une erreur. Je l'avais prévenu. Je vous en prie, mon Dieu, ayez pitié de lui. C'était un brave homme.

Jack Worth resta avec Hannah jusqu'à l'arrivée de Douglas Connelly à l'hôpital. Il eut du mal à cacher son mépris à la vue des yeux injectés de sang de Connelly. Mais son ton était déférent quand il dit : « Monsieur Connelly, je ne peux vous dire combien je suis désolé. »

Doug hocha la tête en passant devant lui pour rejoindre Hannah. « Quelles sont les nouvelles de Kate ? lui demanda-t-il calmement.

— Rien d'autre que ce que je t'ai dit. Elle est dans un coma profond. Ils ignorent si elle s'en sortira et, si elle s'en sort, elle aura peut-être des lésions cérébrales. » Hannah se dégagea des bras de son père. « Des enquêteurs de la brigade des pompiers sont venus tout à l'heure. Ils avaient mon numéro de téléphone. Ils voulaient parler à Kate, mais bien sûr ce n'était pas possible. Elle et Gus ont été trouvés à l'extérieur, à l'arrière du musée, après l'explosion. Jack craint que la police les soupçonne de l'avoir provoquée. »

Repoussant son père, d'une voix basse mais rageuse, Hannah poursuivit : « Papa, l'affaire perdait de l'argent. Kate le savait. Jack le savait. Tu le savais. Pourquoi n'as-tu pas accepté cette offre pour le terrain ? Nous ne serions pas ici aujourd'hui si tu l'avais fait. »

Dans le taxi qui le conduisait à l'hôpital, Douglas s'était préparé à cette question. En dépit de son mal de tête lancinant dont ni le verre de vodka matinal ni trois aspirines n'étaient venus à bout, il se força à prendre un ton ferme et autoritaire :

« Hannah, ta sœur exagère les problèmes que connaît l'entreprise, et le terrain vaut beaucoup plus que la somme qu'on nous a proposée. Kate ne veut pas entendre raison. » Sans tenter de s'approcher à nouveau d'Hannah, il traversa la petite salle d'attente, se laissa tomber sur une chaise et enfouit sa tête dans ses mains. Un moment plus tard, des sanglots étouffés secouèrent son corps.

Jack en profita pour se lever. « Je crois qu'il est préférable que je vous laisse seuls tous les deux, dit-il. Hannah, vous m'avertirez s'il y a un changement dans l'état de Kate ?

— Bien sûr. Merci, Jack. »

Pendant de longues minutes après son départ, Hannah resta sans bouger dans le fauteuil de la morne salle d'attente. Ses pensées vagabondaient tandis qu'elle observait son père assis en face d'elle. Ses sanglots s'étaient calmés aussi subitement qu'ils avaient éclaté. Il avait la tête renversée en arrière et fermait les yeux.

Je me demande si toutes les chaises des salles d'attente sont semblables à celles-ci, pensa Hannah… Est-ce que Kate va vivre ?… Si oui, sera-t-elle la même personne ? Je ne peux imaginer que Kate ne soit pas exactement ce qu'elle a toujours été… Elle dînait avec papa hier soir. Lui a-t-elle laissé entendre qu'elle devait rencontrer Gus au musée ?

C'était une question qu'elle devait poser. « Papa, Kate avait-elle mentionné qu'elle allait au musée ce matin ? »

Doug se redressa, serra et desserra nerveusement son poing, puis se frotta le front. « Bien sûr que non, elle ne m'en a rien dit, Hannah. Mais Dieu nous vienne en aide. Quand elle m'a téléphoné la semaine dernière et a commencé à fulminer à nouveau à propos de la vente de la manufacture, elle m'a dit qu'elle aimerait la faire sauter une fois pour toutes et qu'on n'en parle plus. »

Au moment où il prononçait cette dernière phrase, un médecin au visage sévère ouvrit la porte de la salle d'attente.

10

Le Dr Ravi Patel ne montra pas qu'il avait entendu Doug Connelly. Ignorant ce dernier, il s'adressa à Hannah. « Mademoiselle Connelly, comme je vous l'ai dit avant que nous opérions votre sœur, elle a une grave blessure à la tête et un œdème au cerveau. À ce point, nous ne pouvons savoir si elle est atteinte d'une lésion cérébrale permanente, et nous l'ignorerons tant qu'elle ne sera pas sortie du coma, ce qui peut durer plusieurs jours, voire un mois. »

La gorge sèche, parvenant difficilement à articuler ses mots, Hannah demanda : « Pensez-vous qu'elle va vivre ?

— Les premières vingt-quatre heures sont décisives. Croyez-moi, il n'est pas nécessaire que vous attendiez ici. Vous feriez mieux de rentrer prendre un peu de repos. Je vous promets que s'il y a le moindre changement, je…

— Docteur, l'interrompit Doug, je veux que ma fille ait les meilleurs soins possibles. Je désire une consultation spéciale et des infirmières privées.

— Monsieur Connelly, votre fille est dans l'unité de soins intensifs. Plus tard, vous pourrez avoir les infirmières que vous désirez, mais ce n'est pas le moment. Bien sûr, j'accepterai volontiers d'avoir l'avis d'un médecin de votre choix sur son état. » Le Dr Patel se retourna vers Hannah et lui demanda son numéro de téléphone portable. Puis, avec un regard empreint de bienveillance, il dit : « Si Mlle Connelly s'en tire dans les prochains jours, elle peut avoir un long chemin à parcourir pour guérir. Le mieux que vous puissiez faire est de préserver vos propres forces. »

Hannah hocha la tête. « Puis-je la voir ?

— Vous pouvez bien sûr vous rendre auprès d'elle. »

Doug prit le bras d'Hannah et ils suivirent le médecin. « Il ne va rien lui arriver, dit-il à voix basse. Kate est forte. Elle sortira de là en plus grande forme que jamais. »

Si elle n'est pas arrêtée pour incendie criminel, voire pour meurtre, pensa Hannah. Sa colère contre son père s'était atténuée, faisant place à une sorte de résignation. Il ne pouvait pas avoir prévu que le Dr Patel entrerait dans la salle juste au moment où il avait laissé échapper la remarque qu'avait faite Kate.

Au bout d'un long couloir, le Dr Patel poussa le bouton de commande des lourdes portes qui donnaient sur l'unité de soins intensifs. Il expliqua : « Je préfère vous prévenir, Kate a la tête complètement bandée. Elle est branchée à un respirateur et reliée à toutes sortes de fils. »

Même avertie, Hannah fut bouleversée à la vue de la forme inerte sur le lit. Je suppose que je dois croire le Dr Patel sur parole et qu'il s'agit bien de ma sœur, pensa-t-elle en cherchant un détail qui pourrait l'aider à la reconnaître. Les mains posées sur le lit étaient enveloppées de pansements, et elle se souvint qu'à son arrivée à l'hôpital on lui avait dit que Kate souffrait de brûlures au deuxième degré. Le respirateur lui couvrait la moitié du visage, et pas le moindre cheveu blond ne s'échappait des bandages qui lui enveloppaient la tête.

Hannah se pencha et embrassa sa sœur sur le front. Était-ce un effet de son imagination ou détectait-elle un très léger effluve du parfum que Kate portait toujours ? « Je t'aime, murmura Hannah. Ne me laisse pas, Kate. » Elle faillit ajouter : « Tu es tout ce que j'ai », mais préféra se taire.

C'est pourtant la vérité, pensa-t-elle tristement. Nous n'avons pas eu droit à beaucoup d'affection pendant ces années de la part d'un père qui insistait pour qu'on l'appelle Doug. Elle se recula, et ce fut au tour de son père de se pencher sur le lit de Kate. « Ma petite fille, dit-il d'une voix tremblante. Il faut que tu guérisses. Tu ne peux pas nous laisser tomber. »

Après un dernier regard à Kate, ils s'apprêtèrent à s'en aller. À la porte de la salle de réveil, le Dr Patel leur promit à nouveau de les prévenir s'il y avait un changement dans l'état de Kate.

À treize heures trente, comme ils étaient sur le point de quitter l'hôpital, devançant une invitation à déjeuner, Hannah dit : « Papa, je vais au bureau. J'ai des choses à régler, et je me porterai beaucoup mieux en travaillant qu'en restant sans rien faire à la maison. »

Quand ils sortirent dans la rue, ce fut pour trouver une foule de journalistes qui les attendait.

« Comment va Kate Connelly ? Pourquoi se trouvait-elle dans le musée avec Gus Schmidt à cette heure matinale ? Vous avait-elle prévenus qu'elle avait l'intention d'y aller ?

— Ma fille est dans un état très grave. Je vous en prie, respectez notre vie privée. » Un taxi déposait quelqu'un sur le trottoir. Entourant Hannah de son bras, Doug se fraya un passage à travers la foule et poussa sa fille sur la banquette arrière. Il monta à sa suite et referma la portière. « Démarrez », dit-il au chauffeur.

« Mon Dieu ! s'exclama Hannah. Ce sont de vrais vautours.

— Et ça ne fait que commencer, dit Douglas d'un air sombre. Ce n'est que le début. »

11

Son père eut beau la presser de rentrer se reposer chez elle, Hannah insista pour qu'il la dépose à son bureau, en bas de la ville, dans la 32e Rue Ouest. « La société prépare un communiqué de presse pour annoncer la sortie d'une nouvelle marque de vêtements », dit-elle. Elle ne mentionna pas que celle-ci porterait son nom.

À l'angle de l'immeuble de son bureau, elle ouvrit la portière du taxi et embrassa rapidement son père sur la joue. « Je t'appellerai dès que j'aurai des nouvelles. Promis.

— Tu comptes aller à l'hôpital ce soir ?

— Oui. À moins que le docteur téléphone et qu'il y ait une raison d'y aller plus tôt, j'y serai vers sept heures. »

Un coup de klaxon derrière eux avertit Hannah qu'elle bloquait la circulation. « Je te parlerai plus tard », dit-elle à la hâte en descendant de la voiture. La rue animée, grouillante de piétons, encombrée de portants de vêtements trimballés d'un immeuble à un autre, était un spectacle qui réjouissait Hannah en général, mais qui aujourd'hui ne lui apportait aucun réconfort. Bien qu'il ne plût pas, le vent âcre et humide l'obligea à courir se réfugier à l'intérieur de l'immeuble.

Luther, le gardien, était à son bureau dans l'entrée. « Comment va votre sœur, mademoiselle Connelly ? » demanda-t-il. En voyant la cohue des journalistes devant l'hôpital, Hannah avait réalisé que la destruction de la manufacture allait faire les gros titres et qu'il fallait qu'elle se prépare à répondre aux questions concernant l'incendie et Kate.

« Elle a été grièvement blessée, dit-elle calmement. Nous ne pouvons que prier pour qu'elle se rétablisse. » Il lui sembla lire dans les pensées de Luther. Que faisait Kate à cet endroit à cette heure ? Sans lui laisser le temps de l'interroger à nouveau, elle se dirigea vers l'ascenseur. Ce ne fut qu'en arrivant dans son bureau et en remarquant l'étonnement de ses collègues qu'elle comprit que personne ne s'attendait à la voir ce jour-là.

Farah Zulaikha, la directrice artistique, l'incita à rentrer chez elle. « Nous allons repousser le communiqué de presse à un meilleur moment, Hannah, dit-elle. L'incendie va nourrir toutes les conversations pendant quelques jours. Des gens qui habitent près de l'East River m'ont dit qu'ils avaient pu voir les flammes depuis leurs fenêtres. »

Hannah tint à rester. Elle dit qu'elle préférait être là plutôt qu'à l'hôpital ou chez elle. Mais une fois dans son petit bureau encombré, la porte fermée, elle s'assit à sa table de travail et enfouit la tête entre ses mains. Je ne sais pas quoi faire, pensa-t-elle. Je ne sais de quel côté me tourner. Si Kate ne s'en tire pas, si elle souffre de lésions cérébrales, elle sera incapable de se défendre, au cas où on tenterait de la déclarer coupable de l'explosion.

Combien de fois ces derniers temps Kate a-t-elle dit ouvertement que la manufacture devait être fermée et la propriété vendue ? Tous nos amis le savent, songea Hannah. Kate et moi possédons chacune dix pour cent des actions, mais tous les trimestres, depuis deux ans, nous accusons des pertes. Dieu merci, nous avons eu assez de dividendes pour acheter nos appartements quand il en était temps.

Kate avait-elle prononcé les mots : « faire sauter » devant quelqu'un d'autre que son père ?

Le docteur l'avait entendu.

Mais pourquoi aurait-elle voulu faire sauter tous les bâtiments avec les antiquités de valeur qui se trouvaient à l'intérieur ? Cela n'avait aucun sens.

Cette pensée procura à Hannah un zest de réconfort. Jusqu'au moment où, le cœur serré, elle se souvint qu'il y avait une assurance de vingt millions de dollars pour les seuls meubles anciens.

Elle avait vu récemment la vidéo d'une voiture roulant à tombeau ouvert, zigzaguant d'un côté à l'autre de l'autoroute pour éviter un accident. La conductrice appelait le 911 en hurlant : « Je n'arrive pas à l'arrêter, je ne peux pas l'arrêter ! »

C'était ainsi que fonctionnait l'esprit d'Hannah aujourd'hui, courant d'une possibilité à une autre, tout aussi terrifiante. À supposer que l'explosion ait été accidentelle et que Kate et Gus se soient trouvés sur place par pure coïncidence, était-ce vraiment impossible ? À quatre heures trente du matin ? Mais pour quelle raison Kate aurait-elle donné rendez-vous à Gus ?

Cinq ans plus tôt, Jack Worth avait dit à Gus qu'il était temps pour lui de partir à la retraite, qu'avec ses mains tremblantes et sa vision de plus en plus incertaine, il ne pouvait tout simplement pas continuer à travailler. Furieux, Gus s'était montré vindicatif, même quand Kate avait insisté pour qu'il ait droit à une année entière de salaire à titre d'indemnité. Aussi étaient-ils restés bons amis.

Mon Dieu, il doit y avoir une explication, pensa Hannah. Kate n'aurait jamais commis un crime pour obtenir de l'argent. Je la connais trop bien. Il m'est impossible d'envisager une seule seconde cette hypothèse. Elle repoussa sa chaise. Qu'est-ce que je fais ici ? Il faut que je retourne à l'hôpital. Je dois être auprès d'elle.

À ses collègues, elle dit simplement : « Je vous préviendrai s'il y a du changement. » Elle avait éteint son téléphone portable à l'hôpital et oublié de le rouvrir. Elle écouta ses messages. Il y avait une douzaine d'appels provenant de leurs amis communs, du patron de Kate et de ses collègues. Tous exprimaient leur émotion et leur inquiétude. Jessie avait appelé trois fois. « Hannah, rappelle-moi. »

J'attendrai pour téléphoner d'avoir revu Kate, pensa-t-elle. Et dire que pas plus tard qu'hier soir Jessie et moi avons fêté le lancement de ma propre marque ! Mais quelle importance, si Kate ne se rétablit pas ?

Lorsque Hannah arriva à l'hôpital, on lui dit de se rendre dans la salle d'attente de l'unité de soins intensifs où la retrouverait le Dr Patel. Mais quand elle ouvrit la porte, quelqu'un d'autre se tenait à la fenêtre, le dos tourné. Un regard à la chevelure flamboyante de Jessie suffit à Hannah pour libérer l'angoisse qui l'étreignait depuis le matin.

Un instant plus tard, tremblante, secouée de sanglots, elle sentit les bras de Jessie l'envelopper.

12

Après avoir déposé Hannah, Douglas Connelly resta un moment sans savoir où aller. Quand elle fut descendue du taxi, le chauffeur avait démarré en demandant : « Et à présent, monsieur ? »

Doug avait surtout envie de rentrer chez lui et d'avaler deux aspirines et un café, mais peut-être valait-il mieux aller à Long Island City pour examiner l'étendue des dégâts. On pourrait trouver étrange que le propriétaire ne se manifeste pas après un incendie d'une telle importance.

D'un autre côté, il serait peut-être préférable qu'il utilise sa propre voiture. À moins qu'il n'ait pas besoin de s'y rendre tout de suite, ou qu'il n'y aille pas du tout. Il donna au chauffeur son adresse, 82ᵉ Rue Est, puis se renversa en arrière dans son siège et ferma les yeux, essayant de réfléchir à la décision la plus appropriée.

Était-il évident que l'incendie était volontaire ? Était-il plausible que Kate ait fait équipe avec Gus pour l'allumer ? Et quelque chose avait-il mal tourné, le feu était-il parti trop tôt, avant qu'ils puissent s'échapper ? Il y a cinq ans, quand nous avons mis Gus à la retraite, il était furieux contre nous. Les filles se sont toujours montrées gentilles envers lui. On pourra facilement accréditer l'hypothèse qu'il a obtenu l'aide de Kate pour programmer une explosion et que celle-ci s'est déclenchée plus tôt qu'ils ne l'avaient prévu.

Mais que deviendraient les indemnités de l'assurance dans ce cas ? Si la compagnie peut prouver que le feu a été provoqué par un membre de la famille mécontent, sera-ce une raison suffisante pour ne pas les verser ? Bien sûr le terrain a de la valeur, mais rien que les antiquités sont assurées pour vingt millions de dollars.

En tout cas, personne ne pourra jamais dire que lui-même avait quelque chose à voir là-dedans. Doug trouva un certain réconfort dans le fait qu'il avait trop bu la nuit précédente et qu'il ne manquait pas de témoins pour l'attester : Bernard, son chauffeur, qui l'avait aidé à sortir de la voiture, le portier et Danny, le garçon d'ascenseur, qui l'avait accompagné jusqu'à son appartement et aidé à s'allonger sur le canapé. S'il le fallait, ils témoigneraient de son état et le portier pourrait jurer qu'il n'était pas sorti de chez lui.

Au moins suis-je au-dessus de tout soupçon, se rassura Doug. Si nécessaire, nous pourrons commencer à réunir des éléments contre Gus. Surtout si Kate ne s'en sort pas, pensa-t-il, et il s'en voulut aussitôt d'être capable d'envisager cette possibilité.

Le taxi arriva enfin à la porte de son immeuble. Le montant de la course était de vingt-deux dollars. Doug sortit deux billets de vingt dollars de son portefeuille et les introduisit dans l'ouverture de la vitre qui le séparait du chauffeur « Gardez la monnaie. »

Encore une chose qui mettait Kate en rage : « Papa, pourquoi faut-il toujours que tu laisses des pourboires qui doublent pratiquement le prix de la course ? Si tu crois faire bonne impression, tu te trompes. »

Était-ce seulement la nuit dernière que Kate lui avait jeté un regard noir lorsqu'il avait commandé du champagne ? On aurait dit que ça s'était passé des années auparavant. Ralph, le portier de jour, vint ouvrir la portière de la voiture. Quand Doug en sortit, sa première question fut : « Comment va votre fille, monsieur Connelly ? »

Doug avait encore à l'esprit le regard désapprobateur que lui avait lancé Kate la veille lorsqu'il répondit : « Il est trop tôt pour le dire.

— Une jeune femme vous attend dans l'entrée, monsieur. Elle est là depuis une heure.

— Une jeune femme ? »

Surpris, Doug se dirigea rapidement vers le hall. Ralph hâta le pas pour lui ouvrir la porte. Sandra était assise toute droite sur l'une des chaises de toile de l'entrée meublée dans un style moderne. Elle se leva d'un bond en l'apercevant.

« Oh, Doug. Je suis tellement navrée. Tu dois être mort d'angoisse. C'est affreux pour toi.

— Ah ! La reine de beauté s'est donc libérée de Majestic », dit Doug.

Mais comme elle l'embrassait sur la joue et prenait ses doigts entre ses mains pour les masser, les démons commencèrent à battre en retraite dans sa tête. Sandra était un autre témoin de l'endroit où il se trouvait la nuit dernière. Il irait examiner l'usine demain, ou après-demain, ou jamais… Je n'ai pas envie d'y aller, pensa-t-il.

Il prit Sandra par le bras. « Montons chez moi. »

13

Quand il sut qu'il allait s'installer définitivement à New York, Mark Sloane prit quelques décisions mûrement réfléchies. Il entra en contact avec une agence immobilière qu'on lui avait recommandée et expliqua ce qu'il recherchait. Un appartement avec deux chambres et deux salles de bains dans le quartier de Greenwich Village. Son cabinet juridique était situé dans le Pershing Square Building, en face de Grand Central Terminal, si bien que le trajet serait facile en métro ou à pied.

Le mobilier qu'il avait peu à peu acquis après être sorti de la faculté de droit avait connu des jours meilleurs. Il décida de s'en débarrasser et de repartir de zéro. C'était aussi pour lui une occasion d'éliminer une fois pour toutes les traces des différentes petites amies qui avaient manifesté leur désir d'emménager avec lui.

L'agent immobilier lui avait présenté un décorateur qui l'avait aidé à choisir un canapé confortable et des fauteuils, une table basse et des tables d'appoint pour le séjour, un lit, une commode et un fauteuil de repos pour la chambre, une petite table et deux chaises qui s'encadraient à la perfection sous la baie vitrée assez originale de la cuisine.

Mark avait fait expédier le plus gros de ses vêtements, son meuble bibliothèque, ses livres, ainsi que les œuvres d'art primitif qu'il avait collectionnées au fil des années et le tapis de couleurs vives aux motifs compliqués tissé à la main qu'il avait acheté en Inde.

« Quant au reste, nous compléterons au fur et à mesure, quand j'aurai pris mes marques », avait-il dit au décorateur qui aurait voulu décider sur-le-champ des rideaux et des accessoires.

Il quitta Chicago le jeudi matin par une forte tempête de neige. Son avion eut trois heures de retard au décollage. Mauvais début, pensa-t-il en débarquant sous un ciel morose en fin d'après-midi à La Guardia. Pourtant, tandis qu'il attendait ses bagages devant le tapis roulant, il reconnut qu'il était heureux d'être là, dans cette ville, à ce moment précis. Les responsabilités qu'il avait exercées durant les cinq années écoulées avaient perdu de leur intérêt.

Il se promit d'appeler sa mère régulièrement sur Skype. Ainsi il n'aurait pas à la croire sur parole quand elle affirmerait qu'elle allait très bien. Et il avait une quantité d'amis à New York, d'anciens camarades de Cornell. Le temps était venu pour lui d'un nouveau départ.

Et pour oublier quelque chose d'autre, pensa-t-il en se penchant afin de soulever habilement sa lourde valise du tapis roulant. Avec les passagers de son vol qui avaient eu comme lui la chance de voir leurs bagages débouler du toboggan parmi les premiers, il se dirigea vers la station de taxis et attendit patiemment dans la queue. Sa taille avait fait de lui une star du basket à l'université. Ses cheveux, autrefois auburn, comme ceux de sa sœur, avaient foncé. Son visage, aux traits un peu irréguliers parce qu'il s'était cassé le nez lors d'un match, était éclairé par des yeux d'une chaude couleur marron qui dominaient une bouche et un menton bien dessinés. Pour un œil étranger, Mark Sloane donnait immédiatement l'impression d'être le genre de type que l'on aimerait connaître.

Enfin il monta dans un taxi, et en route vers son immeuble. Lors de précédentes visites à New York, Mark avait remarqué qu'une majorité de chauffeurs de taxi parlaient dans leurs téléphones cellulaires « mains libres » et n'étaient guère disposés à engager la conversation. Celui-ci était différent. Il avait un accent new-yorkais typique et visiblement envie de parler. « Affaires ou tourisme ? demanda-t-il.

— À partir d'aujourd'hui, je suis résident, répondit Mark.

— Sans blague. Bienvenue dans la Grosse Pomme. Je vois pas comment un type qui débarque ici voudrait rentrer dans son bled. Y se passe toujours quelque chose. Jour et nuit. Je veux dire, c'est pas comme vivre dans une banlieue où le spectacle le plus excitant est de regarder quelqu'un se faire couper les cheveux. »

Mark regretta d'avoir engagé la conversation. « Je vivais à Chicago. Certains considèrent que c'est une ville sympa aussi.

— Ouais. Peut-être. »

Heureusement, la circulation devenait plus difficile et exigea toute l'attention du chauffeur. Mark se demanda soudain quelle avait été la réaction de sa sœur quand elle était arrivée à New York. Elle n'avait pas pris l'avion, probablement par souci d'économie. Elle était venue en car et s'était installée dans une chambre meublée de la YWCA avant de trouver l'appartement dans lequel elle vivait quand elle avait disparu.

Je vais d'abord me mettre rapidement au boulot, pensa-t-il, puis je chercherai les détectives susceptibles de s'intéresser à nouveau à son cas. Je suppose que le meilleur endroit où commencer est le bureau du procureur de Manhattan. Ce sont ses inspecteurs qui ont mené l'enquête à l'époque. J'ai le nom de leur responsable, Nick Greco. Je devrais pouvoir retrouver sa trace.

Son plan établi, il laissa un pourboire généreux au chauffeur en arrivant à sa nouvelle adresse dans Downing Street, prit le trousseau de clés flambant neuf dans sa sacoche, pénétra dans le vestibule puis dans le hall d'accueil. Quelques longues enjambées lui suffirent pour atteindre l'ascenseur devant lequel attendaient deux jolies jeunes femmes, l'une grande, dotée d'une superbe chevelure rousse, l'autre brune, petite, avec des lunettes de soleil qui lui couvraient la moitié du visage. Il était visible qu'elle pleurait.

La rousse avait remarqué la valise de Mark. « Si vous arrivez ici pour la première fois, vous noterez que l'ascenseur est particulièrement lent, lui dit-elle. Quand ils ont rénové ces vieux immeubles, ils ne se sont pas souciés de remplacer les ascenseurs. »

Mark eut le sentiment qu'elle faisait la conversation pour distraire son attention de son amie en pleurs.

La sonnette retentit à la porte de l'immeuble et aussitôt la porte du seul appartement donnant dans le hall s'ouvrit et le gérant, que Mark avait rencontré précédemment, sortit puis fit entrer deux hommes. Mark entendit clairement la voix de l'un d'eux : « Nous avons rendez-vous avec Mlle Hannah Connelly. » Mark reconnut la voix de l'autorité, et sut instinctivement, bien qu'aucun des deux hommes ne portât d'uniforme, qu'il s'agissait de représentants de la loi.

« La voilà, dit le gérant, désignant la jeune femme aux lunettes noires. Elle vient d'arriver.

— Mon Dieu, ils sont déjà là. Tu n'as même pas eu le temps d'avaler un morceau », murmura la jeune femme rousse.

La voix de son amie avait un ton faible et résigné quand elle dit : « Jessie, qu'ils viennent maintenant ou plus tard, c'est pareil. Qu'ils le croient ou non, je ne peux ajouter un seul mot à ce que je leur ai dit au téléphone. »

Que se passe-t-il ? se demanda Mark tandis que la porte de l'ascenseur s'ouvrait et que, d'un même pas, lui, les deux femmes et les deux hommes y pénétraient.

14

Les enquêteurs de la brigade des pompiers Frank
Ramsey et Nathan Klein étaient de service dans leurs
bureaux de Fort Totten dans le Queens quand ils
avaient reçu l'appel téléphonique, à quatre heures
trente, les prévenant de l'incendie de la manufacture
Connelly à Long Island City. Ils s'étaient précipités
sur les lieux où ils avaient trouvé les escouades de
deux compagnies en train de lutter contre les flammes.
Que deux personnes soient parvenues à sortir des bâtiments après l'explosion permettait de supposer que
d'autres pouvaient être restées coincées à l'intérieur,
même à cette heure inhabituelle. À ce moment précis,
ils ne pouvaient pas dire si Gus Schmidt était parvenu
à se traîner tout seul dehors avant de mourir. Quand
ils avaient appris que la seule survivante avait été
transportée d'urgence au Manhattan Midtown Hospital, ils l'avaient suivie, espérant pouvoir l'interroger.
Elle était déjà au bloc opératoire, et sa sœur et le directeur de l'usine ignoraient pour quelle raison elle s'était
rendue à la manufacture.

Les deux hommes étaient retournés sur les lieux de
l'incendie et avaient enfilé les casques et uniformes

qu'ils transportaient toujours dans leur voiture. Après quatre heures de lutte contre les flammes, l'incendie fut enfin maîtrisé et il devint évident qu'il n'y avait personne d'autre dans aucun des bâtiments. Le mur du fond du musée avait été le premier à s'écrouler, mais à ce moment les équipes de secours n'étaient plus dans la zone dangereuse.

Ramsey et Klein, protégés par leurs lourdes bottes de la chaleur des débris calcinés, cherchèrent méthodiquement l'origine de l'incendie.

Le premier témoin, le gardien de nuit d'un entrepôt voisin, était accouru au bruit de l'explosion et avait constaté que les flammes avaient à l'origine jailli du musée. Le fait que le mur du fond se soit écroulé était la seconde preuve que l'incendie était parti de là.

S'ensuivit la recherche minutieuse d'un indice susceptible de confirmer l'éventualité d'un incendie criminel.

Le jeudi matin vers onze heures, les enquêteurs Ramsey et Klein avaient trouvé le tuyau de gaz en partie dévissé qui avait causé une fuite dans le musée. Le mur qui s'était écroulé avait recouvert les restes d'une prise calcinée dont les fils étaient à nu. Riches de leur longue expérience, les deux enquêteurs n'eurent pas besoin de chercher plus loin. L'incendie était bien de nature criminelle.

Avant qu'ils puissent partir pour regagner le poste de police local et faire leur rapport, Jack Worth, le directeur de la manufacture, était arrivé sur les lieux.

15

Quand sa voiture pénétra dans ce qui avait été la manufacture Connelly, Jack fut bouleversé en voyant l'étendue des dégâts. Malgré le temps froid et humide, une foule de curieux regardaient les pompiers continuer à arpenter les décombres, leurs lourdes bottes les protégeant de la chaleur des amoncellements de gravats. Les lances qu'ils brandissaient envoyaient des gerbes puissantes sur les ruines encore fumantes de l'usine. Jack se fraya un passage jusqu'au premier rang et attira l'attention d'un policier chargé d'empêcher les badauds de franchir le périmètre de sécurité défini par les rubans jaunes. Lorsqu'il s'identifia, on le conduisit à l'un des enquêteurs de la brigade des pompiers, Frank Ramsey.

Ramsey ne se perdit pas en considérations inutiles : « Nous vous avons parlé à l'hôpital mais j'aimerais vérifier quelques-unes des déclarations que vous avez faites. Depuis combien de temps travaillez-vous ici ?

— Plus de trente ans. J'avais un diplôme de comptable de Pace University et j'ai été engagé comme aide-comptable. » Devançant d'autres questions, il expliqua : « Le vieux M. Connelly était encore en vie à cette époque, mais il est mort peu après mon arrivée. C'était deux ans avant l'accident qui a coûté la vie à un de ses fils, à sa belle-fille et à quatre autres passagers à bord de leur bateau. C'est alors, bien que je sois très jeune, qu'on m'a nommé chef comptable.

— Quand avez-vous été chargé de diriger toute l'affaire ?

— Il y a cinq ans. De grands changements ont eu lieu à ce moment-là. L'ancien directeur de l'usine est parti à la retraite. Il s'appelait Russ Link. Il vit en Floride aujourd'hui. Je peux vous communiquer son adresse. Au cours des dix dernières années nos artisans ont peu à peu quitté la manufacture. Gus a été le dernier à partir, au moment où j'ai pris la direction et, à la vérité, il a fallu le forcer. Il n'était carrément plus capable d'accomplir son travail.

— Employez-vous une société de comptabilité extérieure ?

— Absolument. Ils peuvent attester que l'affaire périclitait.

— La manufacture est-elle assurée ?

— Bien sûr. Il y a une police séparée pour les pièces d'antiquité.

— À combien s'élève cette police ?

— Vingt millions de dollars.

— Pourquoi la vidéosurveillance ne fonctionnait-elle pas ?

— Comme je vous l'ai dit, l'entreprise périclitait. En vérité, elle perdait de l'argent, c'était un puits sans fond.

— Vous voulez dire que vous ne pouviez même pas vous offrir des caméras de surveillance ? »

Jack Worth était assis sur une chaise pliante en face de l'enquêteur Ramsey à l'arrière d'une voiture de l'unité mobile de la police. Pendant un moment ses yeux fuirent le regard de Ramsey, puis il dit : « M. Connelly étudiait plusieurs systèmes de sécurité, mais il hésitait encore à en choisir un. Il préférait attendre car il espérait vendre l'affaire dès qu'il aurait une offre correcte pour le terrain.

— Et, une fois encore, saviez-vous que Kate Connelly devait rencontrer votre ancien employé, Gus Schmidt, ici même, à l'aube ?

— Absolument pas, dit Jack avec force.

— Monsieur Worth, nous nous entretiendrons à nouveau plus longuement avec vous. Avez-vous une carte de visite ? »

Jack fouilla dans la poche de son pantalon. « Je regrette. Je suis sorti sans mon portefeuille. » Il hésita avant d'ajouter : « Ce qui signifie que je n'ai pas non plus mon permis de conduire sur moi. Je ferais mieux de ne pas me faire arrêter par la police en rentrant à la maison. »

Frank Ramsey ne réagit pas à cette tentative de plaisanterie. « Voulez-vous me laisser votre adresse et votre ou vos numéros de téléphone ? Vous n'avez pas l'intention de quitter la région, n'est-ce pas ?

— Bien sûr que non. » Soudain, Jack Worth se hérissa. « Comprenez que tout ceci est un choc éprouvant pour moi. J'ai travaillé pour cette entreprise pendant plus de trente ans. Gus Schmidt était mon ami. J'ai vu Kate Connelly grandir. Maintenant, Gus est mort et Kate ne s'en relèvera peut-être pas. Vous croyez que je n'éprouve rien ?

— Je suis certain que vous êtes bouleversé. »

Jack Worth savait ce que pensait son interlocuteur. En tant que directeur il aurait dû insister pour que la manufacture soit protégée par des caméras de surveillance. Ramsey avait raison. Mais que ce type rencontre Doug Connelly, pensa-t-il amèrement. Il aura peut-être une idée du genre de boss auquel j'ai affaire.

Un policier tendait à Jack un bloc-notes et un crayon. Il inscrivit son nom, son adresse et son numéro de portable et rendit le tout à l'homme, puis il tourna brusquement les talons. Ils ne peuvent pas me faire porter la responsabilité de n'avoir pas installé de système de sécurité, pensa-t-il, et, enfonçant les mains dans ses poches, il regagna sa voiture.

Les curieux commençaient à se disperser. Les quelques braises encore fumantes diminuaient et s'éparpillaient.

La voiture de Jack était une BMW vieille de trois ans. Il avait projeté d'en acheter une nouvelle, mais ce n'était plus d'actualité. Il n'avait plus de boulot et il lui faudrait faire attention.

Alors qu'il n'était même pas une heure de l'après-midi, il avait l'impression qu'il était minuit. Il s'était couché tard et ensuite il y avait eu l'appel téléphonique concernant l'incendie. Moins de trois heures de sommeil, pensa-t-il en se dirigeant vers Forest Hill où il habitait. La circulation était dense et il se rendit compte qu'il n'avait rien mangé depuis la nuit précédente. Quand il serait chez lui, il se préparerait quelque chose et ferait un somme.

Mais une demi-heure plus tard, il était installé au comptoir de la cuisine que son ex-femme avait si amoureusement arrangée quinze ans plus tôt, une bière et un sandwich jambon-fromage devant lui, quand le téléphone sonna. C'était la fille de Gus Schmidt, Gretchen, qui l'appelait de Minneapolis. « Je suis à l'aéroport, dit-elle d'une voix tremblante. Jack, vous devez me promettre que lorsque la police commencera à creuser dans le passé de mon père, vous le soutiendrez et affirmerez que vous n'avez jamais cru qu'il parlait sérieusement quand il disait qu'il aimerait faire sauter l'usine. »

Jack saisit sa bière et, d'un ton fervent, il promit : « Gretchen, je dirai à tous ceux qui me poseront la question que Gus était un brave homme, un homme bien, qui a été la victime malheureuse des circonstances. »

16

Après avoir interrogé Jack Worth dans l'unité mobile de la police, les enquêteurs Frank Ramsey et Nathan Klein appelèrent les personnes qui avaient composé le 911 en entendant l'explosion toute proche de chez elles. Ils avaient aussi téléphoné à Lottie Schmidt et parlé à quelques-uns des collègues de Kate.

Puis ils avaient regagné le poste de police local pour rédiger leur procès-verbal indiquant que l'explosion avait pour origine un incendie et avait entraîné la mort de Gus Schmidt. Ils passèrent le reste de l'après-midi sur les lieux du sinistre, à la recherche d'autres indices.

La personne avec laquelle ils désiraient s'entretenir ensuite était Hannah Connelly. Ils la joignirent sur son portable. Elle leur dit qu'elle s'apprêtait à quitter l'hôpital et qu'ils pourraient venir la retrouver à son appartement. Ils s'arrêtèrent pour récupérer les vêtements de Gus Schmidt à l'institut médico-légal, puis prirent la direction de Downing Street et tombèrent sur Hannah devant l'ascenseur.

Ils ne s'attardèrent pas chez elle. « Mademoiselle Connelly, je sais à quel point vous êtes bouleversée, commença Ramsey, et nous ne voulons pas vous accabler davantage. Mais nous aimerions examiner certains faits avec vous. Vous avez dit ignorer que votre sœur devait retrouver M. Schmidt au musée tôt ce matin ?

— En effet, elle ne m'en avait rien dit. Je savais qu'elle projetait de dîner avec mon père. Nous nous parlions presque tous les jours, mais j'étais très occupée hier à mon bureau et elle m'avait dit qu'elle avait rendez-vous tôt dans la soirée.

— Certains des collègues de votre sœur ont mentionné qu'elle était inquiète et convaincue que l'affaire familiale allait de mal en pis et qu'il fallait la vendre. »

Jessie avait préparé une tasse de thé pour Hannah puis était venue s'asseoir à côté d'elle sur le canapé, l'air protecteur. Elle n'avait pas l'intention de s'immiscer dans la conversation mais son instinct d'avocate l'avertissait que son amie était en danger. L'insistance des enquêteurs indiquait qu'ils la croyaient susceptible d'avoir provoqué l'incendie.

Elle s'adressa à Nathan Klein : « Monsieur, il semble évident qu'Hannah ignorait totalement que sa sœur avait l'intention de se rendre à l'usine. Connaissant Kate, je suis certaine qu'il y a une explication parfaitement rationnelle à sa présence sur les lieux, mais je pense que vous devriez attendre pour poursuivre votre interrogatoire que Mlle Connelly ait eu le temps de se reposer. »

Klein resta imperturbable. « Je ne pense pas fatiguer outre mesure Mlle Connelly – il fit un signe de tête en direction d'Hannah – en lui demandant de répondre à quelques questions supplémentaires dès maintenant, tant qu'elle se souvient précisément des circonstances ayant précédé l'explosion qui a provoqué la mort d'un homme. »

Jessica se tourna vers Hannah. « Je m'y oppose. Je suis avocate et une amie proche d'Hannah et Kate Connelly. On sent derrière vos propos une forme d'accusation. » Elle se tourna vers Hannah. « Puis-je me proposer comme représentante légale de Kate, au moins pour le moment, Hannah ? »

Hannah la regarda à son tour, dans une grande confusion de pensées. Quand elle était retournée à l'hôpital dans l'après-midi, elle avait été heureuse d'y trouver Jessie. Le médecin les avait conduites toutes les deux auprès de Kate.

« Est-elle totalement sans réaction, ou peut-on détecter un certain niveau de conscience ? avait demandé Hannah au Dr Patel.

— Nous l'avons mise sous forte sédation », avait répondu le médecin.

Jessie et elle étaient restées longtemps au chevet de Kate. Alors qu'elles s'apprêtaient à partir, Douglas Connelly était revenu, cette fois accompagné d'une jeune femme. « Sandra a fait la connaissance de Kate hier soir, expliqua-t-il. Elle a voulu venir la voir avec moi.

— Tu ne dois pas amener une personne étrangère à la famille auprès de ma sœur. »

Hannah se souvenait que sa voix avait pris un ton aigu.

« Je ne veux pas être indiscrète », avait dit Sandra d'un ton conciliant.

Doug était allé seul dans la salle de réanimation. Après un moment, Hannah avait décidé de le rejoindre.

Elle l'avait observé qui se penchait au-dessus de Kate. Il lui avait semblé un instant que les lèvres de sa sœur remuaient. Puis, au moment où son père s'était redressé, Hannah avait vu que toute couleur s'était retirée de son visage. « Papa, est-ce qu'elle t'a parlé, est-ce que tu as compris ce qu'elle disait ? avait demandé Hannah, bouleversée à la pensée que Kate était capable de s'exprimer.

— Elle a dit : "Je t'aime papa. Je t'aime." »

Au fond d'elle-même Hannah était convaincue que son père ne disait pas la vérité. Mais pourquoi mentait-il ?

Jessie regardait Hannah.

Quelle question venait de lui poser Jessie ? se demanda Hannah. Elle parlait de représenter Kate. « Naturellement, je veux que Jessie, une amie en qui j'ai toute confiance représente ma sœur dans cette terrible situation, dit-elle.

— En conséquence, en tant qu'avocate de Kate Connelly, je souligne que personne ne pourra tenter de la voir ou de lui parler à l'hôpital en dehors de ma présence », dit Jessie avec fermeté.

Les enquêteurs s'en allèrent peu après, précisant qu'ils resteraient en contact. Momentanément soulagées, Hannah et Jessie commandèrent des sandwichs chez le traiteur du coin. Puis elles retournèrent à l'hôpital. Kate, plongée dans un coma profond, ne parla plus.

Depuis l'hôpital, Hannah téléphona à Lottie Schmidt et lui présenta ses plus sincères condoléances en lui promettant d'assister aux funérailles de Gus. Lottie l'informa qu'elles auraient lieu le lendemain après-midi.

Ensuite, Hannah pressa Jessie de rentrer tranquillement chez elle en taxi. « Tu t'es suffisamment occupée des Connelly », dit-elle. Puis elle héla un taxi pour elle-même.

Enfin de retour chez elle, elle alla directement se coucher. Elle laissa son téléphone portable sur la table de nuit avec le volume du son réglé au maximum. Elle savait qu'elle avait besoin de dormir, mais craignait de manquer un appel. Elle resta plus d'une heure sans bouger, les yeux clos, se creusant la cervelle pour savoir ce que Kate avait pu dire à son père pour qu'il ait cette réaction. L'expression qui avait envahi le visage de Doug était-elle de la douleur ? de l'effroi ?

Alors qu'elle sombrait doucement dans le sommeil, la réponse jaillit. De la peur. Son père avait eu l'air terrifié par ce que Kate lui avait murmuré.

Avait-elle avoué être à l'origine de l'incendie ?

Kate était coincée dans un puits. Il n'y avait pas d'eau, cependant elle savait que c'était un puits. Tout son corps était maintenu au fond par un poids et sa tête était détachée de son cou. De temps en temps, elle entendait un bruit confus de voix, certaines familières.

Maman. Kate s'efforça de fixer son attention. Maman l'embrassait pour lui dire bonsoir et lui promettait qu'un jour elle pourrait venir faire un tour en bateau, elle aussi.

Papa l'embrassait pour lui dire bonsoir. « Je t'aime, mon bébé. »

Était-ce arrivé, ou était-ce un rêve ?

La voix d'Hannah : « Tiens bon, Kate. J'ai besoin de toi. »

Le cauchemar. La chemise de nuit à fleurs et elle qui courait dans le corridor. C'était très important de se rappeler ce qui était arrivé. Elle y était presque. Pendant un moment, elle s'était souvenue. Elle en était sûre.

Mais ensuite, tout était redevenu noir.

Les enquêteurs de la brigade des pompiers ne joignirent Douglas Connelly que plus tard, le jeudi soir.

Ils téléphonèrent à l'hôpital et apprirent qu'il y était retourné en fin d'après-midi. Il était accompagné d'une jeune femme et était allé voir Kate brièvement en salle de réanimation avec sa fille, Hannah. Les deux hommes avaient mangé un morceau en vitesse et s'étaient rendus devant l'immeuble de Doug, où ils avaient attendu, mais ce dernier n'était apparu qu'après neuf heures du soir, avec la jeune femme, Sandra, à son bras.

Il les invita à monter chez lui et prépara rapidement un verre pour lui-même et un pour Sandra. « Je sais que vous ne pouvez rien prendre quand vous êtes en service, dit-il.

— C'est exact. »

Ni Ramsey ni Klein ne regrettèrent de voir Connelly déjà légèrement ivre se verser un scotch généreux. *In vino veritas*, pensa Ramsey. Ce sera peut-être encore plus vrai avec le scotch.

Tandis qu'ils s'asseyaient, Sandra expliqua : « Le pauvre Doug s'est complètement effondré à la vue de

Kate. J'ai insisté pour que nous sortions dîner. Il n'avait presque rien avalé de la journée. »

Impassibles, Ramsey et Klein commencèrent à questionner Douglas Connelly. Bredouillant, il cherchait ses mots pour expliquer ses désaccords avec sa fille. « Les affaires ne vont pas très bien depuis un certain temps, mais j'ai essayé de dire à Kate que ce n'était pas un gros problème. De réfléchir à ce que valait ce terrain à Long Island City il y a trente ans. Des clopinettes, comparé à sa valeur d'aujourd'hui. Long Island City se transforme. Les gens viennent s'y installer. Ils ont fini par se rendre compte de sa proximité avec Manhattan. Les bobos débarquent en foule, exactement comme ils se sont installés à Williamsburg. Il n'y a pas si longtemps, vous pouviez vivre à Williamsburg pour presque rien. Maintenant, c'est hors de prix. Long Island City suit le même chemin. Bien sûr, nous avons une offre pour le terrain, mais si nous acceptons maintenant, nous nous maudirons dans cinq ans pour avoir perdu une fortune.

— D'après ce qu'on nous a dit, votre fille Kate estimait que les pertes de la société étaient un véritable puits sans fond, dit Ramsey.

— Kate est têtue. Même quand elle était petite elle voulait tout tout de suite… à la minute… pas le lendemain.

— Croyez-vous que, se sentant frustrée, elle aurait pu faire équipe avec Gus Schmidt pour détruire la manufacture ?

— Kate n'aurait jamais fait ça ! »

Pour les deux enquêteurs, la véhémence de Doug masquait la peur. Ils étaient certains de deviner sa pensée. Si c'était un membre de la famille qui avait provoqué l'incendie, la compagnie d'assurances refuserait de verser les indemnités.

Ils passèrent aux questions concernant les rapports de Kate avec Gus. « Nous avons cru comprendre qu'elle s'est montrée très compréhensive envers lui quand on l'a mis de force à la retraite.

— Interrogez le directeur, Jack Worth. Le travail de Gus se relâchait. Tous les autres ouvriers de son âge étaient déjà partis. Il ne voulait pas renoncer. En plus de tous ses avantages, nous lui avons même accordé une année complète de salaire. Il n'était toujours pas satisfait. C'était un vieil homme aigri.

— N'est-ce pas sur les instances de Kate qu'il a obtenu cette année supplémentaire de salaire ? questionna Ramsey à brûle-pourpoint.

— C'est peut-être elle qui l'a suggéré.

— Monsieur Connelly, certains de vos employés sont venus d'eux-mêmes confier ce qu'ils savent. Gus Schmidt aurait dit qu'il n'y avait rien qu'il ne ferait pour Kate... »

Quand ils s'en allèrent, les deux enquêteurs, même s'ils gardaient l'esprit ouvert à d'autres hypothèses, soupçonnaient fortement Kate d'avoir dû trouver un complice pour mettre à exécution la menace que plusieurs personnes l'avaient entendue formuler.

Faire sauter la totalité de la manufacture Connelly.

19

Après avoir quitté Douglas Connelly, Frank Ramsey et Nathan Klein décidèrent qu'ils avaient fini leur journée. Ils regagnèrent Fort Totten, appelèrent leur patron, mirent la dernière main à leurs rapports, puis rentrèrent chez eux. Ils étaient sur le pont depuis presque vingt-quatre heures.

Ramsey vivait à Manhasset, une charmante petite ville de Long Island. Avec un soupir de soulagement, il s'engagea dans l'allée de sa maison et actionna la commande d'ouverture de la porte du garage. Il était habitué au mauvais temps, mais être resté dehors toute une journée humide, froide et venteuse, l'avait frigorifié, même à travers son épais pardessus. Il avait envie d'une douche chaude, d'enfiler des vêtements confortables et de se servir un verre. Et, bien que son fils Ted, entré depuis peu à Purdue University, lui manquât, il était heureux d'être seul avec Celia ce soir.

Vous avez beau faire ce métier depuis longtemps, ce n'est jamais sans émotion que vous apprenez que le cadavre d'un homme a été transporté chez le médecin légiste et une jeune femme grièvement blessée emmenée d'urgence à l'hôpital, pensa-t-il.

Frank Ramsey était un grand costaud d'un mètre quatre-vingt-deux. À quarante-huit ans, bien qu'il pesât près de quatre-vingt-dix kilos, il gardait un corps fort et musclé grâce à un entraînement strict. À en juger par les hommes de sa famille, il avait toujours cru qu'il aurait les cheveux blancs dès l'âge de cinquante ans, mais à son heureuse surprise ils étaient encore poivre et sel. D'un naturel accommodant, il changeait rapidement d'attitude s'il remarquait une quelconque incompétence parmi ses subordonnés. Dans son service, il était en général apprécié.

Sa femme, Celia, avait entendu la voiture pénétrer dans le garage et avait ouvert la porte de la cuisine. Elle avait subi une double mastectomie cinq ans auparavant et, bien que son médecin lui ait dit que son bilan de santé était favorable, Frank craignait toujours de ne pas la trouver à la maison en ouvrant la porte. Aujourd'hui, en la voyant avec ses cheveux châtain clair relevés en queue-de-cheval, un pull et un pantalon larges soulignant son corps mince, un sourire de bienvenue sur le visage, il sentit une boule lui serrer la gorge.

Si jamais il lui arrivait quelque chose… Il écarta cette pensée en l'embrassant. « Tu as eu une rude journée, fit-elle observer.

— C'est le moins qu'on puisse dire », répliqua Frank en humant les effluves appétissants de rôti qui s'échappaient de la cocotte.

C'était le repas que préparait souvent Celia quand il y avait eu un gros incendie et qu'il était impossible de prévoir l'heure à laquelle rentrerait son mari « Donne-moi dix minutes, dit-il. Et ensuite, je prendrais bien un verre avant de dîner.

— Bien sûr. »

Un quart d'heure plus tard, il était assis à côté d'elle dans le canapé face à la cheminée du séjour. Il but une gorgée de sa vodka-martini et piqua l'olive. La télévision était allumée sur une chaîne d'informations. « Ils ont passé la journée à montrer les images de l'incendie, dit Celia, et ils ont ressorti le reportage sur l'accident de bateau qui a coûté la vie à la mère de Kate Connelly et à son oncle il y a des années. As-tu d'autres nouvelles à son sujet ?

— Elle est dans le coma.

— C'est tellement triste pour Gus Schmidt. Je l'ai rencontré à une ou deux reprises, tu sais. »

Devant l'expression de surprise de son mari, elle expliqua : « Quand j'étais en chimiothérapie au centre de Sloan-Kettering, sa femme, Lottie, suivait un traitement, elle aussi. Je suis sincèrement désolée pour elle. Ils paraissaient très proches. Elle doit être anéantie. Si mes souvenirs sont exacts, ils avaient une fille, mais elle vit quelque part dans le Minnesota. »

Elle se tut, puis ajouta : « Je vais essayer de savoir quelles sont les dispositions pour les funérailles. S'il y a un service, j'aimerais y assister. »

C'est du Celia tout craché, pensa Frank. S'il y a un service religieux, elle va y assister. La plupart des gens ont l'intention de faire ce genre de chose mais ne la mettent jamais à exécution. Il but une autre gorgée de son cocktail, sans savoir que la rencontre fortuite de sa femme avec Lottie Schmidt allait avoir certains effets sur l'enquête concernant la destruction de Connelly Fine Antique Reproductions.

20

La curiosité de Mark Sloane au sujet de sa voisine fut satisfaite dès le lendemain quand il alla chercher les journaux du matin et s'arrêta en chemin pour avaler un café et un bagel avant d'aller à son bureau. L'incendie de la manufacture s'étalait à la une et quelques pages plus loin il vit la photo d'Hannah Connelly à la sortie de l'hôpital, poussée précipitamment dans un taxi par son père. Curieux, pensa-t-il. La société qu'il avait quittée et celle dans laquelle il travaillait maintenant s'occupaient d'immobilier. Il avait eu son content d'immeubles qui brûlaient comme par hasard au moment où ils étaient devenus une charge financière.

Il se souvint de l'époque où Billy Owens, le propriétaire d'un restaurant à Chicago, avait ramassé une grosse prime d'assurance après un second incendie louche, et où un inspecteur de la compagnie avait ironiquement suggéré que la prochaine fois que Billy aurait besoin de se débarrasser d'une propriété, il ferait mieux de l'inonder.

En mordant dans son bagel, Mark lut que la veuve de la victime, Gus Schmidt, maintenait catégoriquement que c'était Kate Connelly, la fille du propriétaire, qui avait organisé le rendez-vous matinal à la manufacture. Mais selon les journaux, Schmidt était un ancien employé aigri. L'esprit analytique de Mark en déduisit que Schmidt aurait été la personne idéale à impliquer si quelqu'un voulait incendier l'usine. Il y avait une photo de Kate Connelly dans le journal. Une blonde ravissante.

En tout cas, que sa sœur habitât l'étage en dessous de chez lui était une coïncidence intéressante. Il n'avait pas pu la voir vraiment à cause de ses lunettes noires et parce qu'elle lui tournait le dos, sans doute gênée d'être surprise en train de pleurer, mais il était évident qu'elle ne ressemblait en rien à sa sœur. C'était l'amie qui l'accompagnait, avec ses cheveux flamboyants et son attitude farouchement protectrice, qui lui avait fait la plus forte impression.

Tout en acceptant un autre café de la part de la serveuse au comptoir, il considéra sa situation personnelle. Durant les semaines précédentes, il avait fait suffisamment d'allers-retours de Chicago à son nouveau bureau pour se sentir à l'aise avec ses collègues. Dès que possible, il avait l'intention de rouvrir le dossier de la disparition de Tracey. Pas seulement pour maman, pensa-t-il. Lui non plus n'avait jamais cessé de penser à sa sœur. Quand une femme qui avait été portée disparue depuis l'âge de quatorze ans s'était échappée de l'endroit où elle avait été retenue captive pendant des années, il s'était demandé si la même mésaventure avait pu arriver à Tracey.

Elle aurait eu cinquante ans ce mois-ci. Mais elle n'a pas cet âge dans mon esprit, pensa-t-il. Pour moi, elle aura toujours vingt-deux ans.

Il paya sa note et sortit. À huit heures, Greenwich Village fourmillait de gens qui se dirigeaient vers le métro. Malgré le froid, il n'y avait aucun signe de pluie dans l'air et Mark fut heureux de se dégourdir les jambes et d'aller à pied à son travail. Il ne commençait officiellement qu'à partir de lundi, mais se rendre à son bureau aujourd'hui lui donnerait l'occasion de se familiariser avec les lieux. En chemin, il songea à l'inspecteur dont lui avait parlé sa mère, un certain Nick Greco qui avait enquêté avec acharnement sur la disparition de Tracey. Elle avait dit qu'il était proche de la quarantaine à l'époque. Il devait donc avoir dans les soixante-dix ans aujourd'hui. Il est sûrement à la retraite, songea-t-il. Je peux essayer de le retrouver en cherchant sur Google.

21

Le vendredi matin, un employé de l'institut médico-légal s'apprêtait à remettre le corps de Gus Schmidt à Charley Walters, le directeur des pompes funèbres que Lottie avait chargé de s'occuper de l'organisation de la cérémonie. « Si cela peut réconforter la veuve, dit l'homme, la mort a été instantanée quand l'escalier s'est effondré. Il n'a pas senti les brûlures de ses mains lorsqu'on l'a tiré au-dehors. »

Le corps de Gus devait être transporté au funérarium pour la veillée de l'après-midi et serait incinéré le lendemain.

Le technicien du labo, un maigrichon d'une trentaine d'années, était nouveau dans le métier et savourait l'excitation qui accompagnait souvent son travail. Il s'était passionné pour l'histoire de l'explosion qui avait détruit la manufacture Connelly et cherchait à comprendre pourquoi Gus Schmidt et Kate Connelly s'étaient trouvés présents au point du jour, au moment précis où le feu avait pris. Il savait qu'il n'avait pas à poser de questions, mais il se laissa emporter par la curiosité. « Est-ce qu'on sait pourquoi Schmidt et la fille étaient sur place ? »

Content de découvrir dans ce jeune homme un bavard invétéré dans son genre, Walters répondit : « Personne n'a rien dit. Mais tout le monde sait que Gus Schmidt n'a jamais encaissé d'avoir été viré.

— Deux enquêteurs de la brigade des pompiers sont venus hier récupérer ses vêtements. Quand ils ont des doutes sur un sinistre, les vêtements des victimes peuvent apporter des indices importants.

— Chaque fois que nous avons des funérailles à la suite d'un incendie, il y a toujours une enquête, dit Walters. Certains sont provoqués par le doigt de Dieu, la foudre par exemple, d'autres sont dus à un accident, le cas des gamins qui jouent avec des allumettes. Nous en avons eu un avec un enfant de trois ans. Lui a réussi à se sauver mais sa grand-mère est morte asphyxiée par la fumée en le cherchant. Vous avez aussi des gens qui ne peuvent pas vendre une maison ou une entreprise et qui s'imaginent que l'assurance est un bon filon. Le bruit court que l'affaire des Connelly allait de mal en pis. »

Walters se rendit compte qu'il parlait trop et qu'il serait plus prudent de signer les papiers nécessaires pour obtenir la décharge du corps de Gus Schmidt et de s'en retourner.

Après une nuit blanche, Lottie Schmidt s'endormit aux premières heures du vendredi matin. La dernière fois qu'elle avait consulté le réveil, il était quatre heures, l'heure précise à laquelle Gus était parti la veille. Gus n'avait jamais été quelqu'un de démonstratif. Il s'était penché sur elle et l'avait embrassée pour lui dire au revoir. Avait-il eu le pressentiment qu'il ne reviendrait jamais à la maison ? se demanda-t-elle.

Ce fut sa dernière pensée avant qu'un sommeil miséricordieux s'empare d'elle. Plus tard, elle fut réveillée par le bruit de la douche dans la salle de bains. Pendant un instant de fol espoir, elle crut que Gus était de retour, mais elle comprit aussitôt que c'était Gretchen, bien sûr, qui était arrivée de Minneapolis la veille en fin d'après-midi.

Lottie poussa un soupir et, d'un mouvement las, se redressa dans son lit. Elle tâtonna à la recherche de sa vieille robe de chambre et glissa les pieds dans ses pantoufles. La robe de chambre était un cadeau de Gus pour Noël dix ans auparavant. Il l'avait achetée chez Victoria's Secret. Lottie se souvint qu'en voyant le paquet elle avait espéré que Gus n'avait pas dépensé son argent pour une de ces ridicules nuisettes qu'elle ne porterait jamais. Au lieu de ça, elle avait trouvé à l'intérieur de la boîte une jolie robe de chambre en satin à motifs bleus avec une doublure douillette. Et elle était lavable.

On ne faisait plus ce genre de robe de chambre aujourd'hui. Dès que la température fraîchissait, le premier geste de Lottie était de la sortir du placard et de s'y glisser dès le matin à son réveil. Gus et elle se levaient tôt, jamais plus tard que sept heures et demie. Gus était en général debout avant elle et avait préparé le café quand elle descendait à la cuisine.

Il était aussi allé chercher les journaux et ils mangeaient dans un silence agréable. Lottie lisait toujours le *Post* en premier. Gus préférait le *News*. Ils prenaient un jus d'orange et des céréales avec une banane parce que le médecin avait dit que c'était la meilleure manière de débuter la journée.

Mais il n'y aurait pas de café prêt pour elle aujourd'hui. Et il lui faudrait aller au bout de l'allée pour ramasser les journaux. Le livreur refusait de venir les déposer à la porte de service parce qu'il n'aimait pas repartir en marche arrière dans la rue.

La douche coulait toujours quand Lottie passa devant la salle de bains. Gus se serait mis en colère contre Gretchen en constatant qu'elle utilisait autant d'eau chaude. Il avait horreur du gaspillage.

En descendant au rez-de-chaussée, Lottie s'efforça de cacher sa crainte que Gretchen ne résiste pas à la tentation de montrer aux voisins et amis les photos de sa superbe maison dans le Minnesota durant la veillée funèbre. Leurs connaissances risquaient de se demander comment Gretchen avait pu s'offrir quelque chose d'aussi luxueux. Divorcée et sans enfants, après avoir travaillé pendant des années dans une compagnie de téléphone, elle était devenue masseuse. Et c'était une bonne masseuse, devait admettre Lottie. Même si elle ne gagnait pas des fortunes, elle avait un cercle d'amis fidèles là-bas. Elle était active à la paroisse de l'église presbytérienne. Mais elle ne réfléchissait guère. C'était une bavarde invétérée. Tout ce qu'il lui faudrait dire ce serait…

Lottie n'alla pas jusqu'au bout de sa pensée. Elle entra dans la cuisine, brancha la cafetière et ouvrit la porte.

Au moins, il ne pleuvait pas. Elle se dirigea vers le bout de l'allée et, se penchant lentement pour garder son équilibre, elle ramassa les trois quotidiens, le *Post*, le *News* et le *Long Island Daily*, et les rapporta à la maison.

Une fois à l'intérieur, elle ôta la bande de protection des journaux et les déplia. Tous trois publiaient en première page la photo de l'incendie de la manufacture Connelly. Les doigts tremblants, elle ouvrit le *Post* à la page trois. Il y avait une photo de Gus sous le titre en gros caractères : LA VICTIME DE L'INCENDIE EST UN EX-EMPLOYÉ VINDICATIF DE CONNELLY FINE ANTIQUE REPRODUCTIONS.

23

« Ce n'est pas par hasard que tu es rousse », aimait à dire le père de Jessica, Steve, quand elle était adolescente. À vingt et un ans, Steve Carlson était sorti diplômé de l'école de police de New York et il avait passé les trente années suivantes à gravir les échelons jusqu'au jour où il avait pris sa retraite avec le grade de commissaire. Il avait épousé son amie de cœur de toujours, Annie, et quand il était devenu évident que la grande famille dont ils avaient rêvé ne verrait pas le jour, il avait entraîné son seul rejeton, Jessica, à l'accompagner à tous les événements sportifs auxquels il assistait.

Aussi proches qu'ils fussent, Annie et lui, sa femme préférait de beaucoup lire un bon bouquin que de rester assise sur les gradins par tous les temps à regarder n'importe quel match.

À l'âge de deux ans, Jessica était juchée sur les épaules de son père au Yankee Stadium en été, et au Giants Stadium à l'automne. Elle avait été une fameuse gardienne de but dans l'équipe de football de son école et restait une redoutable joueuse de tennis.

Sa décision de se consacrer au droit avait réjoui ses

parents, quoique, en la voyant choisir de devenir avocate au pénal, son père ait montré moins d'enthousiasme. « Quatre-vingt-dix pour cent des inculpés sont coupables », avait-il fait remarquer. Et elle avait répondu : « Qu'est-ce que tu fais des dix pour cent restants et des circonstances atténuantes ? »

Jessie avait travaillé pendant deux ans comme avocate commise d'office au tribunal de Manhattan, puis avait été recrutée par un cabinet spécialisé dans le droit pénal dont la réputation allait grandissant.

Le vendredi matin, Jessie entra dans le bureau de sa patronne, Margaret Kane, une ancienne procureure fédérale, et lui annonça qu'elle avait accepté de défendre Kate Connelly contre une éventuelle accusation d'incendie volontaire. « Ça ne s'arrêtera sans doute pas là, lui dit-elle. Selon moi, ils vont essayer d'accuser Kate de complicité dans la mort de Gus Schmidt. »

Margaret Kane écouta les détails de l'affaire. « Allez-y, dit-elle. Adressez à la famille le contrat habituel et la demande de provision. » Puis elle ajouta sèchement : « La présomption d'innocence ne va pas de soi dans ce cas, Jess. Mais voyez ce que vous pouvez faire pour votre amie. »

24

Clyde Hotchkiss avait erré et dormi dans les rues de plusieurs villes depuis le milieu des années 1970. Vétéran décoré de la guerre du Vietnam, il avait été accueilli en héros à son retour chez lui à Staten Island, mais il était resté hanté par ce qu'il avait vécu pendant la guerre. Il y avait des souvenirs dont il pouvait parler au psychiatre de l'hôpital des Vétérans, et il y avait celui qu'il ne pouvait jamais évoquer, bien qu'il restât encore vif dans son esprit – cette nuit où lui et Joe Kelly, le plus jeune de sa section, s'étaient retrouvés pris ensemble sous le feu de l'artillerie ennemie.

Joey ne cessait de lui parler de sa mère, de l'amour qu'ils éprouvaient l'un pour l'autre, de son père mort quand il était tout petit. Clyde et Joe rampaient épaule contre épaule vers un bouquet d'arbres qui offrait un semblant d'abri quand Joey avait été touché.

Clyde l'avait entouré de ses bras et Joe, retenant ses entrailles, avait murmuré : « Dis à maman combien je l'aimais », et il s'était mis à pleurer. « Maman… maman… maman. » Puis, tandis que son sang trempait l'uniforme de Clyde, Joey était mort dans ses bras.

Clyde s'était marié avec sa petite amie du lycée, Peggy. « La très belle Margaret Monica Farley », comme le rapportait le journal de Staten Island, ce qui les avait bien fait rire. Parfois, lorsque Clyde lui téléphonait pour la prévenir qu'il serait en retard, il disait : « Ai-je l'honneur de parler à la très belle Margaret Monica Farley ? »

Extrêmement habile de ses mains, il avait été engagé dans une entreprise locale de construction et était rapidement devenu le bras droit du patron.

Trois ans plus tard Clyde Jr était né, et ils lui avaient tout de suite donné le surnom de Skippy.

Clyde éprouvait pour sa femme et son fils un amour profond, immense, mais les pleurs du bébé lui rappelaient ceux de Joey, ce souvenir qu'il s'était efforcé d'enfouir dans le passé.

Il s'était mis à boire, un cocktail avec Peggy après une dure journée de travail, du vin au dîner, du vin après le dîner. Quand Peggy avait exprimé son inquiétude, il avait commencé à cacher les bouteilles. En le voyant devenir de plus en plus irritable, elle l'avait supplié de se faire aider. « C'est la guerre qui revient te hanter, lui avait-elle dit. Clyde, il faut que tu ailles à l'hôpital des Vétérans et que tu en parles au médecin. »

Mais lorsque Skippy avait commencé à faire ses dents et à les réveiller au milieu de la nuit en hurlant « Maman, maman, maman », Clyde avait eu la certitude qu'il ne retrouverait jamais une vie normale, qu'il avait besoin d'être seul.

Un soir que Peggy était partie avec le bébé, avant Noël, pour DelRay Beach, en Floride, où sa mère et son père avaient déménagé après avoir pris une retraite anticipée, Clyde avait compris que c'était fini. Il avait bu une bouteille entière de bon vin rouge, enfilé sa chemise de flanelle, son jean d'hiver et ses bottes épaisses. Il avait fourré ses gants en tissu calorifugé dans la poche de sa veste de grosse toile et écrit une courte lettre : « Ma très belle Margaret Monica, mon petit bonhomme, Skippy, pardon. Je vous aime tellement, mais je ne peux plus supporter cette vie. Tout l'argent de nos économies est pour vous deux. Je vous en prie, ne le dépensez pas à tenter de me retrouver. »

Clyde n'avait pas signé sa lettre, mais il conservait ses médailles bien astiquées dans la vitrine de la salle à manger et il les avait alignées sur la table. Au dernier moment, il avait pris la photo encadrée de lui avec Peggy et Skippy et l'avait mise dans son sac à dos déjà chargé de deux bouteilles de vin.

Il s'était assuré que la porte d'entrée de leur petite maison de Staten Island était bien fermée et avait entamé sa longue errance vers nulle part…

Aujourd'hui, quarante ans plus tard, à soixante-huit ans, presque chauve sous son bonnet, claudiquant à la suite d'une fracture de la hanche due à une chute dans l'escalier du métro, le visage pas rasé sauf quand il lui arrivait de trouver un rasoir usagé dans une poubelle, Clyde vivait une existence solitaire.

Il passait ses journées à arpenter les rues, faisait la manche juste assez pour se procurer sa ration de vin. Il échoua d'abord à Philadelphie, où il se débrouilla pour survivre pendant quelques années, dégotant des petits boulots d'homme à tout faire pour gagner son argent de poche. Mais il en vint à se méfier quand les vagabonds avec lesquels il créchait la nuit commencèrent à devenir trop familiers. Il partit donc pour Baltimore, où il vécut un certain temps. Puis, un jour, il éprouva le besoin de rebrousser chemin et de revenir dans sa ville. Des décennies s'étaient écoulées.

Lorsqu'il se retrouva à New York, il erra dans les cinq quartiers où il avait ses habitudes. Il allait fréquemment prendre un repas à la soupe populaire de la paroisse de Saint-François-d'Assise, et finit par fréquenter d'autres asiles de nuit où il pouvait trouver de quoi manger. Le seul qu'il évitait était celui de Staten Island, même s'il supposait que Peggy était depuis longtemps partie habiter avec Skippy chez ses parents en Floride.

Son seul soutien, son seul réconfort, c'étaient ces bouteilles de vin qui atténuaient la douleur et réchauffaient son corps vieillissant par les nuits froides qu'il passait dehors, échappant à la bienveillance inopportune des secouristes bénévoles qui voulaient à tout prix le mettre à l'abri du vent cinglant de l'hiver. Il s'était toujours débrouillé pour squatter les cimetières ou les immeubles inoccupés dans une ville ou une autre et, désormais, il cherchait un abri dans les stations de métro fermées ou entre les voitures dans les parkings une fois que le gardien les avait fermés pour la nuit.

Au fil des ans, il avait développé un caractère instable. Un jour, à Philadelphie, il s'en était pris à un flic qui voulait l'emmener de force dans un foyer et il avait failli passer la nuit en prison. Il s'était résigné cette fois-là à se rendre dans le foyer, mais refusait d'y retourner. Trop de monde. Trop de bruit. Trop de bavardages.

La nouvelle vie de Clyde avait commencé près de la manufacture Connelly, un peu plus de deux ans auparavant. Un soir vers onze heures, il avait pris le métro avec son caddie, avait somnolé sur une grande partie de la ligne jusqu'à ce qu'il se réveille et descende à la station suivante. C'était Long Island City. Clyde se souvenait vaguement d'avoir erré dans les alentours, des années auparavant, et qu'il y avait de vieux entrepôts, certains déserts, d'autres en construction. Son sens de l'orientation, l'un des rares qu'il ait gardés, s'était mis en branle et il avait marché en poussant son caddie jusqu'à ce qu'il se retrouve par hasard devant la manufacture Connelly, une merveille d'architecture paysagère au milieu d'un environnement sinistre.

De rares lumières bordaient l'allée qui menait aux bâtiments. Clyde avait fait le tour de la propriété avec prudence, peu désireux d'être surpris par d'éventuelles caméras de surveillance. Il ne s'était pas approché des constructions. Il y avait probablement un gardien de nuit endormi, se disait-il. Mais à l'arrière des bâtiments, derrière l'aire qu'il supposait réservée aux voitures pendant la journée, il déboucha dans un espace qui lui rappela le hangar sous lequel il garait sa voiture à Staten Island. En beaucoup plus grand. « Beaucoup beaucoup plus grand », murmura-t-il.

Il compta les véhicules qui y stationnaient. Trois camions assez vastes pour y mettre le contenu de toute une maison, deux autres, moitié moins grands. Il alla de l'un à l'autre, essaya d'ouvrir les portières. Toutes fermées.

Puis il l'aperçut. Le tout dernier véhicule. Une camionnette. La nuit était tombée, mais il y voyait assez pour se rendre compte qu'elle avait été accidentée. Le capot était ratatiné, la porte latérale enfoncée, le pare-brise en miettes, les pneus à plat.

Mais ce ne serait pas si mal de dormir là-dessous, se dit-il, et de sortir le matin avant que quelqu'un arrive. Puis Clyde eut une inspiration. Essayer la double porte à l'arrière. Il commençait à avoir vraiment froid et le caddie était lourd. Quand il tourna la poignée, les deux battants s'ouvrirent d'un coup. Le bruit qu'ils firent lui sembla un signe de bienvenue.

Il fouilla dans sa poche crasseuse, en sortit sa minitorche, pointa le faisceau et émit un grognement de satisfaction. Les parois et le plancher de la camionnette étaient recouverts d'un épais revêtement de feutre. Clyde grimpa à l'intérieur, hissa son caddie, le tira jusqu'au fond et referma les portes.

Il renifla et sentit une agréable odeur de renfermé lui remplir les narines. C'était la preuve que personne n'avait pris la peine d'ouvrir ces portes depuis longtemps. Tremblant d'impatience, Clyde fouilla dans son caddie pour en sortir les journaux qu'il utilisait en guise de matelas et les chiffons et rebuts divers qui lui servaient de couverture. Il n'avait pas été aussi confortablement installé depuis des siècles. Assuré d'être seul, il siffla sa bouteille de vin et s'endormit.

Quelle que soit l'heure tardive à laquelle il trouvait un endroit où dormir, son horloge interne le réveillait toujours à six heures du matin. Il fourra ses journaux et ses chiffons dans son caddie, boutonna sa veste et ouvrit les portes de la camionnette. Peu après, il était déjà loin, un sans-abri parmi d'autres, traînant la semelle dans une errance sans fin.

La nuit suivante, il était de retour dans la camionnette, et finalement elle devint son refuge nocturne.

De temps en temps Clyde entendait l'un des autres véhicules démarrer et s'imaginait qu'il partait faire une livraison. Parfois, il percevait des murmures, mais il se rendit rapidement compte que ces voix ne représentaient aucun danger pour lui.

Et tous les jours, il s'en allait vers six heures avec toutes ses possessions, ne laissant derrière lui aucune trace, excepté les journaux qui commençaient à s'empiler.

Un seul incident fâcheux lui était arrivé pendant ces deux années avant l'explosion matinale qui l'avait fait se carapater à temps pour échapper à la police et aux voitures des pompiers. C'était un soir, au début, quand la fille l'avait suivi depuis le métro et, au lieu de le laisser tranquille, était entrée dans la camionnette avant qu'il ait refermé les portes. Une gamine. Elle lui avait simplement dit qu'elle voulait parler avec lui. Il avait étalé ses journaux, s'était enfoui sous sa couverture de fortune et avait fermé les yeux. Mais elle n'arrêtait pas de parler. Et il ne pouvait pas siffler sa bouteille en paix. Il se souvenait de s'être redressé et de lui avoir envoyé son poing dans la figure.

Que s'était-il passé ensuite ? Il n'en savait rien. Il avait beaucoup bu et s'était endormi rapidement, et elle n'était plus là quand il s'était réveillé. Il ne lui avait donc rien fait. Avait-elle crié ? L'avait-il chargée dans le caddie et transportée dehors ? Non, il ne pensait pas. En tout cas elle était partie.

Il n'était pas revenu dans la camionnette pendant plusieurs jours, mais, quand il s'y était installé de nouveau, tout était comme avant. Elle n'avait sans doute rien dit à personne, en conclut-il.

Et puis, il y avait eu l'explosion et il avait dû décamper en vitesse, entassant tant bien que mal ses affaires dans son caddie. Il craignait d'en avoir oublié quelques-unes.

Je vais regretter mon refuge secret, pensait Clyde tristement. Je m'y sentais tellement en sécurité que je n'ai plus jamais rêvé de Joey.

Le lendemain de l'incendie, il s'était gardé de s'approcher de la manufacture. Dans le journal qu'il avait récupéré à l'intérieur de la benne à ordures de Brooklyn, il avait lu qu'un vieux type qui avait travaillé à la manufacture et la fille du propriétaire se trouvaient à l'intérieur quand c'était arrivé et qu'ils étaient soupçonnés d'avoir mis le feu. C'était bizarre qu'il ne les ait pas entendus pendant la nuit. Maintenant, l'endroit était infesté de flics.

Il ne pourrait sans doute plus jamais retourner dans sa camionnette. Quand il s'aperçut le vendredi que, dans sa fuite précipitée, il avait perdu la photo où il était avec Peggy et Skippy, il haussa les épaules. Il ne la regardait presque jamais, alors qu'importait ? Il se rappelait à peine sa famille. Si seulement il pouvait oublier aussi Joey.

25

Hannah était tellement épuisée qu'elle dormit d'un sommeil profond. Quand elle se réveilla le vendredi matin, elle constata que le téléphone n'avait pas sonné et appela aussitôt l'hôpital. L'infirmière de l'unité de soins intensifs lui dit que Kate avait passé une bonne nuit.

« Est-ce qu'elle a essayé de dire quelque chose ? demanda Hannah.

— Non. La sédation est très forte.

— Mais hier soir elle *a dit* quelque chose à mon père. »

Mon Dieu, si jamais elle raconte qu'elle a mis le feu ou je ne sais quoi et qu'ils l'entendent, pensa Hannah, soudain angoissée, qu'arrivera-t-il ?

« Je doute qu'elle ait pu dire quelque chose de cohérent, mademoiselle Connelly. » L'infirmière s'efforça d'être rassurante. « Son état est stationnaire, ce qui est bon signe, comme le médecin l'a bien expliqué.

— Oui, oui. Merci. Je serai là dans peu de temps. »

Hannah raccrocha et s'étendit à nouveau pendant un long moment. Quel jour était-on ? Elle se remémora les événements des trente-six heures précédentes. Mercredi avait été un grand jour, au bureau, quand ils lui avaient dit qu'elle aurait sa propre ligne de vêtements. Je n'ai pas téléphoné à Kate, se souvint-elle, car elle avait rendez-vous avec papa et sa dernière conquête, Sandra. Je suis sortie dîner avec Jessie. Je suis rentrée à la maison, j'ai regardé la télévision, et suis allée me coucher. Et hier, j'ai reçu l'appel de Jack à cinq heures du matin. Était-ce jeudi ? Hier seulement ?

Elle essaya de repasser dans l'ordre ce qui avait eu lieu la veille. La course à l'hôpital. J'ai attendu que papa veuille bien apparaître. Je suis restée à l'hôpital jusqu'à ce que Kate sorte du bloc opératoire, puis je suis allée au bureau. C'était stupide. Qu'est-ce que j'imaginais y faire ? Je suis repartie à l'hôpital où j'ai heureusement trouvé Jessie. Ensuite, papa et Sandra sont arrivés en fin d'après-midi, et Kate a semblé dire quelque chose à papa. Ensuite, retour à la maison où m'attendaient ces deux enquêteurs des pompiers. Après leur départ, Jessie nous a préparé quelque chose à manger et ensuite nous sommes retournées voir Kate.

Papa était arrivé avant moi, se souvint-elle. Quand je me suis approchée du lit, il était penché sur Kate, et il était manifestement effrayé par ce qu'elle lui avait dit. Sait-elle que Gus est mort ? Essayait-elle de lui demander pardon d'avoir mis le feu ?

Non. Je ne peux pas le croire.

Elle pressa le bouton de la télécommande de la télévision et le regretta aussitôt. L'information principale concernait l'incendie. « La question est la suivante : pourquoi Kate Connelly, la fille du propriétaire, se trouvait-elle dans les bâtiments de la manufacture avec Gus Schmidt, un ex-employé renvoyé cinq ans auparavant ? » disait le présentateur.

C'était la première fois qu'Hannah voyait les décombres de la manufacture. Comment Kate a-t-elle fait pour en sortir vivante ? se demanda-t-elle. Mon Dieu, comment a-t-elle fait ?

Elle éteignit la télévision, se leva et s'aperçut qu'elle portait une chemise de nuit que Kate lui avait donnée. « *Ma petite sœur*, elle t'ira à la perfection, avait-elle dit. Elle est trop courte pour moi. »

Dès l'instant où elle a commencé à apprendre le français en classe, Kate m'a toujours appelée comme ça, songea Hannah. *Ma petite sœur*. Elle s'est toujours occupée de moi. Maintenant, c'est à moi de m'occuper d'elle.

Jessie a raison, ces enquêteurs vont essayer de tout mettre sur le dos de Kate. Eh bien, je ne les laisserai pas faire.

Une bonne douche chaude la ragaillardit. Elle brancha sa nouvelle cafetière qui servait une tasse à la fois, un autre cadeau attentionné de Kate. Elle enfila un pull et un pantalon. Elle se changerait plus tard, pour se rendre au funérarium où reposait Gus.

Hannah était inquiète à la perspective de rencontrer Lottie Schmidt. Que puis-je lui dire pour soulager son chagrin ? se demanda-t-elle. « Je suis désolée que les médias voient en Gus un ancien employé aigri qui avait une dent contre la compagnie et l'accusent d'être peut-être l'instigateur de l'incendie » ? J'aurai beau dire, Lottie répliquera et clamera que c'est Kate qui lui a téléphoné pour lui donner rendez-vous, pas l'inverse.

Avec ses bottes à talons de six centimètres, Hannah mesurait un mètre soixante-six. À côté de tous ces mannequins dégingandés, j'ai l'impression d'être une naine dans les défilés de mode, pensa-t-elle en se brossant les cheveux. J'aurais toujours voulu être aussi grande que Kate. Et j'aurais aimé ressembler à notre mère, comme elle. On les confond presque sur les photos.

Moi, je suis le portrait craché de papa – ou de Doug, comme il veut que nous l'appelions maintenant que nous sommes adultes. Pourvu que je ne lui ressemble pas pour le reste !

Quand elle sortit dans le couloir et appela l'ascenseur, elle se souvint avec embarras qu'elle pleurait lorsque le grand type avec sa valise était monté hier avec elle, Jess et les deux enquêteurs. J'espère qu'il n'a pas cru que j'avais trop bu et que j'étais à moitié ivre.

Quelle importance ? Rien ne comptait, excepté que Kate se rétablisse complètement et qu'elle ne soit pas accusée d'avoir provoqué l'incendie.

Heureusement, Hannah était seule dans l'ascenseur et, une fois dans la rue, elle put immédiatement héler un taxi. Pendant le trajet jusqu'à l'hôpital, elle sentit sa poitrine se serrer. Le médecin avait prévenu que l'état de Kate pouvait changer d'une minute à l'autre. Les relativement bonnes nouvelles que lui avait données l'infirmière au téléphone ne reflétaient peut-être pas tout à fait la réalité.

Arrivée à l'hôpital, elle sortit du taxi et s'aperçut pour la première fois que la pluie et l'humidité des jours passés avaient fait place à un ciel ensoleillé.

C'est un signe, se dit Hannah. Faites que ce soit le signe que tout va s'arranger.

Quand elle arriva dans l'unité de soins intensifs, elle fut bouleversée de voir son père si tôt au chevet de Kate. Lorsqu'il tourna la tête, ses yeux injectés de sang lui indiquèrent qu'il avait à nouveau passé la nuit à boire. « Est-ce qu'ils t'ont appelé ? C'est pour cette raison que tu es venu ? murmura-t-elle, paniquée.

— Non, non. Ne t'affole pas. Je ne pouvais pas dormir et j'ai eu besoin de la voir. »

Chancelant presque sous l'effet du soulagement, Hannah contempla sa sœur. Il n'y avait aucun changement. La tête de Kate était complètement bandée. Le respirateur lui recouvrait le visage. Les fils et les sondes étaient toujours en place. Elle ressemblait à une poupée de cire, inerte, impassible.

Hannah se tenait à droite du lit. Elle prit la main bandée de Kate entre les siennes, se pencha et l'embrassa sur le front. Peut-elle sentir quelque chose à travers tous ces bandages ? se demanda-t-elle. « Katie, papa et moi nous sommes là, dit-elle à voix basse mais d'un ton posé et clair. Tu vas te rétablir. On t'aime. »

Était-ce une impression ou sentait-elle une très faible réaction contre ses paumes ? Hannah se tourna vers Doug. « Papa, je suis certaine qu'elle m'entend. Je sais qu'elle m'entend. Dis-lui quelque chose. »

Jetant un coup d'œil en biais pour vérifier qu'aucune infirmière ne pouvait l'entendre, Doug se pencha vers Kate, sa voix réduite à un chuchotement : « Mon bébé, tu es en sécurité. Je ne le dirai jamais, je te le promets. Je ne le dirai jamais. »

Puis il leva les yeux vers Hannah et prononça à voix encore plus basse : « Hier, elle m'a dit qu'elle était désolée pour l'incendie. »

Hannah eut peur de le questionner davantage, mais, à voir l'expression de son visage, il était clair que Kate s'était probablement excusée d'avoir provoqué l'incendie.

Le vendredi à midi, Mark Sloane sut qu'il avait pris la bonne décision en entrant chez Sparks & West. Spécialistes des litiges commerciaux, ils représentaient des groupes immobiliers internationaux, des sociétés d'investissement et des banques d'importance mondiale. Dans l'univers du contentieux, ils avaient une formidable réputation. Leurs bureaux, répartis sur trois étages, modernes et feutrés, étaient la preuve visible de leur succès.

Mark savait déjà que la réceptionniste, la première personne que l'on voyait à travers les portes vitrées après avoir traversé le hall en sortant de l'ascenseur, était mère de trois garçons qui étaient encore au lycée. Il avait appris avec plaisir qu'il serait l'un des assistants du président, le célèbre Nelson Sparks, et qu'il travaillerait avec lui sur les dossiers les plus importants. On lui avait promis qu'il deviendrait associé au bout de deux ans.

Mais il n'avait pas conscience qu'il avait été considéré, dès le premier jour, comme homme particulièrement intéressant pour les femmes célibataires du cabinet, ni qu'il était un sujet de discussions animées entre elles.

Il aimait son nouveau bureau, qui donnait sur la 42ᵉ Rue et Grand Central Terminal. Et par-dessus tout, il était heureux d'être à New York. *Peut-être ai-je hérité cela de Tracey,* songea-t-il en contemplant par la fenêtre le spectacle de l'une des rues les plus animées du monde. *Vivre à New York a toujours été le rêve de ma sœur. Elle m'en a parlé tant de fois. Je me demande si elle aurait réussi dans la comédie musicale. Ils sont si nombreux, ceux qui tentent leur chance et n'y parviennent pas… Et puis, quelqu'un est béni des dieux.*

Ça suffit, décida-t-il. *Il est temps de commencer à mériter mon salaire. Un salaire très confortable,* s'avoua-t-il en s'asseyant à son bureau et en saisissant l'annuaire interne. Il avait depuis longtemps compris que le meilleur moyen de connaître les gens dans une société était de consulter l'organigramme. Il avait utilisé cette méthode précédemment, et maintenant, il avait l'intention de la mettre sans tarder en pratique.

Mais, en dépit de sa hâte à remplir ses nouvelles fonctions, il avait l'esprit distrait par la perspective de pouvoir s'attaquer bientôt à la recherche de Tracey, ou du moins d'apporter à sa mère une certaine consolation. À quatre heures de l'après-midi, il fit une recherche sur l'internet pour retrouver la trace de l'inspecteur qui était chargé de l'affaire en son temps. Nick Greco.

L'information qu'il désirait s'afficha aussitôt. Greco avait un site web pour son agence de détective privé. Il avait soixante-huit ans, était marié, père de deux filles, et vivait à Oyster Bay, dans Long Island, déclarait la notice. Il avait pris sa retraite d'inspecteur de première classe à Manhattan après trente-cinq ans de service et avait ouvert sa propre agence dans la 48ᵉ Rue à Manhattan. À peine à quelques blocs d'ici, pensa Mark. Presque machinalement, il composa le numéro indiqué sur le site.

À sa grande surprise, une réceptionniste répondit sur-le-champ et sans qu'il tombe sur une de ces épouvantables instructions enregistrées : tapez 1, tapez 2, tapez 3...

Lorsqu'il demanda à parler à Greco et que la réceptionniste voulut connaître la raison de son appel, Mark se rendit compte qu'il avait la gorge sèche. Il toussota, mais sa voix était rauque et précipitée quand il répondit : « Je m'appelle Mark Sloane. Ma sœur, Tracey Sloane, a disparu il y a vingt-huit ans. M. Greco était l'inspecteur du bureau du procureur chargé de l'affaire. Je viens d'arriver à New York et j'aimerais avoir l'occasion de m'entretenir avec lui.

— Ne quittez pas, je vous prie. »

Quelques secondes plus tard, une voix masculine dit : « Mark Sloane, je serais très heureux de vous rencontrer. Avoir été incapable d'élucider la disparition de votre sœur pendant toutes ces années reste un cruel échec pour moi. Quand pouvons-nous nous voir ? »

27

« Maman, je ne comprends pas pourquoi tu tiens à ce que la veillée au funérarium ne dure que quelques heures cet après-midi », se plaignit Gretchen. Elle regardait sa mère sortir du placard le complet bleu marine de son père.

« Je sais ce que je fais, répondit Lottie d'un ton ferme. Ton père ne sera pas embaumé, par conséquent je veux que tu emportes ces vêtements au funérarium dès maintenant. Ils sont allés récupérer son corps chez le médecin légiste tôt dans la matinée. Ils vont le préparer pour ceux qui voudront venir le voir à partir de quatre heures. Je me suis entretenue avec le pasteur. Il célébrera un service religieux ce soir à huit heures. Et demain dans la matinée, papa sera incinéré, comme il l'a toujours souhaité. »

Lottie parlait d'un ton absent. Pas cette cravate, pensait-elle. Je trouvais qu'elle lui allait bien, mais il ne l'aimait pas. La bleue conviendra. Ses chaussures du dimanche sont cirées. Gus était un tel perfectionniste.

« Tu sais, mes amis de jeunesse ont toujours aimé papa, et il ne reste pas assez de temps pour les prévenir tous. »

Gretchen était assise au bord du lit, encore vêtue d'une robe de chambre et avec des bigoudis dans les cheveux. À quarante-quatre ans, son visage rond était pratiquement sans rides. À l'inverse de ses deux parents, elle avait toujours été potelée, mais elle était bien proportionnée. Divorcée depuis vingt ans, Gretchen ne regrettait pas son mari, ni *aucun* mari, du reste. Elle avait un bon métier et une nombreuse clientèle. Active à la paroisse de l'église presbytérienne de Minnetonka, une petite ville du Minnesota, elle cultivait son potager et aimait aussi cuisiner. Le week-end, elle invitait souvent des amis à dîner.

Son plus grand bonheur dans la vie était la maison que sa mère et son père lui avaient offerte cinq ans auparavant. Achetée sur plan, c'était une grande et belle construction de plain-pied en pierre et bardeaux avec une cuisine de professionnel et un jardin d'hiver. Le terrain descendait en pente douce jusqu'au lac et les aménagements paysagers soulignaient le charme de la maison et de son environnement. Gus et Lottie avaient constitué une rente pour leur fille afin qu'elle puisse payer les impôts, l'assurance et les réparations nécessaires pendant les années à venir.

Gretchen était attachée à cette maison comme d'autres femmes à leurs enfants. Pour un oui ou pour un non, elle sortait une quantité de photos, faisant admirer l'intérieur et l'extérieur à toutes les saisons. « C'est comme si je vivais au paradis », disait-elle à qui voulait l'entendre.

Ce bonheur était ce que Lottie et Gus avaient voulu pour leur unique enfant, en particulier quand ils avaient eux-mêmes commencé à vieillir. Mais c'était aussi exactement la raison pour laquelle Lottie disait aujourd'hui à Gretchen de ne pas parler de sa maison à la veillée funèbre et de laisser les photos chez elle. « Je ne veux pas que tu les montres à qui que ce soit, la prévint-elle. Je ne veux pas que quelqu'un puisse se demander où ton père et moi avons obtenu une somme pareille pour t'aider à l'acheter. Et tu sais, papa aurait dû payer des impôts sur tout ce qu'il t'a donné. » Lottie arrangea la cravate bleue sur le portemanteau qu'elle disposa sur le lit, près de Gretchen. « Je sais qu'il n'a pas payé autant qu'il aurait dû, alors si tu ne veux pas être rattrapée par des impôts qui seront trop élevés pour toi, tu ferais mieux de te taire.

— Maman, je comprends que tu sois bouleversée, mais tu n'as pas à me parler comme ça, rétorqua sèchement Gretchen. Je ne sais pas pourquoi tu te précipites pour mettre ce pauvre papa dans la tombe. Pourquoi n'as-tu pas organisé un service religieux normal à l'église ? Il y allait tous les week-ends, c'était même lui qui plaçait les gens. »

Tout en parlant, Gretchen s'était légèrement déplacée et était maintenant assise sur la manche du costume bleu que Lottie venait de disposer sur le lit.

« Lève-toi, s'écria Lottie. Et va t'habiller. » Sa voix se brisa. « C'est assez pénible d'avoir à rassembler les vêtements de papa. C'est assez pénible de savoir qu'il ne sera pas là demain, ni la semaine prochaine, ni jamais. Je ne veux plus me disputer avec toi, mais je ne veux pas non plus que tu perdes ta maison. Papa s'est trop privé pour que tu le remercies de la sorte. »

Comme Gretchen se levait, Lottie ouvrit le tiroir de la commode et en sortit des sous-vêtements, des chaussettes et une chemise à apporter au funérarium pour Gus. Incapable d'en rester là, elle ajouta amèrement : « Et quant à ma précipitation pour mettre ton père dans sa tombe, comme tu dis, tu ne comprends donc pas ce que tu lis dans les journaux ? Ils disent pratiquement tous que papa est allé retrouver Kate pour allumer cet incendie. Il était furieux d'avoir été viré. Il travaillait aussi bien qu'avant quand ce Jack Worth l'a obligé à partir. Kate a été la seule à insister pour qu'on lui octroie une année de salaire en plus de sa pension. Selon les médias et ces flics des pompiers, Kate aurait voulu que l'usine soit incendiée et elle aurait demandé à papa de s'en charger. Si les journalistes apprennent qu'il y a une veillée funèbre aujourd'hui, ils vont tous rappliquer avec leurs appareils, et les badauds viendront en foule uniquement parce que c'est excitant pour le commun des mortels d'être sur la photo. Maintenant, va t'habiller ! »

Enfin seule, Lottie referma la porte derrière Gretchen. Oh, Gus, Gus, pourquoi es-tu allé la retrouver ? se lamenta-t-elle en choisissant un maillot de corps et un caleçon. Je t'avais dit que tu aurais des ennuis. Je le savais. Je t'ai prévenu. Pourquoi ne m'as-tu pas écoutée ? Que va-t-il nous arriver maintenant ? Je ne sais pas quoi faire. Je ne sais pas quoi faire.

À trois heures et demie, Lottie arriva seule au Walters Funeral Home. « Quand je vous ai parlé tout à l'heure, j'ai dit que je voulais que le cercueil soit fermé », dit-elle calmement à Charley Walters, le directeur des pompes funèbres. « Mais j'ai changé d'avis. Je veux le voir. » Elle portait sa robe noire la plus chic et le collier de perles que Gus lui avait offert pour leur vingt-cinquième anniversaire de mariage. « Et avez-vous pensé à commander des fleurs ?

— Oui, c'est fait. Tout est prêt. Dois-je vous conduire jusqu'à lui ?

— Oui. »

Lottie suivit Walters dans le salon d'accueil et s'avança vers le cercueil. Elle hocha la tête avec satisfaction en voyant la couronne de fleurs avec le ruban sur lequel on lisait « À MON BIEN-AIMÉ MARI ».

Elle attendit en silence que le directeur l'ait soulevée du cercueil, posée sur une chaise et qu'il ait ouvert le couvercle. Sans un mot de plus, il sortit de la pièce et referma la porte derrière lui. Lottie se laissa tomber à genoux et examina le visage de son mari. Seules ses mains avaient été brûlées dans l'incendie. Il paraît si paisible, mais il a dû avoir une telle frayeur, songea-t-elle. Elle passa les doigts sur son visage. « Est-ce que tu savais qu'il était dangereux d'aller là-bas, quand tu m'as embrassée pour me dire au revoir ? » Elle avait chuchoté sa question. « Oh, Gus, Gus. »

Dix minutes plus tard, elle se leva, alla à la porte et l'ouvrit. Charley Walters l'attendait. « Fermez le cercueil maintenant, ordonna-t-elle. Et remettez les fleurs en place.

— Quand votre fille est venue apporter les vêtements de M. Schmidt, elle a dit qu'elle voulait le voir, dit Walters.

— Je sais. Je l'ai convaincue que ce serait une erreur. Que ça la rendrait hystérique, et elle l'a admis. Elle va arriver dans un instant. »

Lottie n'ajouta pas que Gretchen aurait été capable de se mettre à pleurer comme un veau en remerciant son père pour sa générosité. Lorsque Lottie était sortie de la voiture, elle avait repéré deux hommes assis dans un véhicule garé en face du funérarium. Elle avait pu distinguer une plaque officielle fixée sur le rétroviseur du côté du conducteur. Ils ne sont pas venus pour présenter leurs condoléances, pensa-t-elle. Ils veulent voir les gens qui vont venir et peut-être les interroger à propos de Gus.

Je ne dois pas les laisser s'approcher de Gretchen.

28

Après avoir vu Kate dans l'unité de soins intensifs et être tombé sur Hannah à l'hôpital, Douglas Connelly était rentré chez lui. Sandra avait quitté l'appartement durant la nuit. Il n'aurait pas été surpris qu'elle ait reçu un SMS de Majestic, cette espèce de rappeur débraillé, mais il s'en fichait.

Fallait-il dire à Hannah que Kate lui avait demandé pardon pour l'incendie ? Ou se taire ? Hannah avait immédiatement compris qu'il mentait quand il avait raconté que Kate lui avait murmuré qu'elle l'aimait. Ensuite, elle avait eu l'air horrifié quand il lui avait dit que Kate était désolée à cause de l'incendie.

Hannah lui avait annoncé qu'elle avait demandé à son amie Jessie de représenter Kate si elle était accusée d'avoir provoqué l'explosion.

Et Gus ? Sa femme allait-elle aussi engager un avocat pour défendre sa réputation ?

Doug se posait toutes ces questions en rentrant de l'hôpital peu après neuf heures. Le spacieux huit pièces de la 82e Rue Est où il avait élevé ses deux filles était tout proche de la Cinquième Avenue et du Metropolitan Museum of Art. Aujourd'hui, chacune avait son propre appartement. Il n'avait pas besoin d'autant d'espace, mais il appréciait sa situation sur le Museum Mile et le restaurant qui se trouvait dans l'immeuble. L'appartement, rempli des copies de meubles anciens Connelly, était charmant à sa manière, mais il devait reconnaître que l'atmosphère y était un peu trop guindée à son goût et le mobilier inconfortable.

En réalité, c'était un rappel quotidien que Kate avait entièrement raison. Soit les millionnaires achetaient des meubles anciens d'époque à titre d'investissement, soit ils préféraient mêler l'ancien au confort moderne. Un décor complet fait de copies de meubles anciens, même de très grande qualité, était de plus en plus démodé, y compris pour les chaînes d'hôtels cinq étoiles qui avaient été ses meilleurs clients. Doug en avait eu la preuve lorsque Kate avait meublé son propre appartement, même si elle l'avait fait dans un esprit de rébellion. Pas la moindre table d'appoint ne venait de la manufacture.

Doug serrait et desserrait son poing dans un geste machinal. Pour calmer ses nerfs, il alla dans la bibliothèque et se servit une vodka, en dépit de l'heure matinale. Tout en la buvant lentement, il s'assit dans le seul siège confortable de la pièce, un fauteuil en cuir à dossier inclinable, et essaya de réfléchir à la situation. Devait-il engager un avocat ? Il n'en avait pas besoin pour savoir que la compagnie d'assurances ne paierait aucune indemnité sur les meubles anciens ni sur le reste de la manufacture, s'il était prouvé qu'un membre de la famille y avait mis le feu.

Sans la manufacture, même si elle perd de l'argent, je serai à court de liquidités dans deux mois, pensa-t-il.

Je peux éventuellement prendre une hypothèque sur la société, sachant que l'argent ne sera pas disponible avant que soit connue l'issue des poursuites judiciaires. Un frisson parcourut son corps moite de sueur. Pas maintenant, pensa-t-il en fermant les yeux. Il allait revivre le moment qui avait changé sa vie à jamais tant d'années auparavant – le moment où le bateau avait heurté le câble. On aurait dit la fin du monde. L'étrave avait été sectionnée et le reste s'était enfoncé sous l'eau. Il était à la barre. Les autres se trouvaient dans la cabine, en bas.

Ils n'avaient jamais su ce qui était arrivé, se dit-il. L'équipage du tanker n'avait jamais su qu'ils venaient de heurter le câble. Il avait attrapé un gilet de sauvetage et l'avait enfilé. Puis il était parvenu à jeter à l'eau le radeau de survie, avait saisi le sac qui contenait son portefeuille et sauté tandis que le bateau sombrait. Doug ferma les yeux, attendant que le souvenir s'estompe. Et il disparut aussi vite qu'il avait surgi. Il résista à l'envie de se servir une deuxième vodka. Il ouvrit son téléphone portable et appela Jack Worth. Ils ne s'étaient pas parlé depuis la veille, quand ils s'étaient retrouvés à l'hôpital.

Jack répondit immédiatement. Au travail, il appelait toujours Doug « monsieur Connelly », mais quand ils étaient seuls, c'était Doug.

« Comment va Kate ?

— Son état est stationnaire.

— Vous êtes-vous rendu sur les lieux hier ?

— Non, j'en avais l'intention. Mais je suis allé à l'hôpital à deux reprises et ensuite les enquêteurs de la brigade des pompiers se sont pointés ici dans la soirée. Vous y êtes allé, n'est-ce pas ?

— Directement en sortant de l'hôpital. Ces enquêteurs se sont montrés plutôt désagréables à propos du manque de sécurité des locaux. » La voix de Jack trahissait l'inquiétude. « J'ai eu l'impression qu'ils estimaient qu'en tant que directeur de la manufacture, j'aurais dû insister pour faire poser des caméras de surveillance. Je leur ai dit que la manufacture devait être vendue si on en tirait un prix correct. »

La panique sous-jacente qu'il percevait dans la voix de Jack gagna Doug.

« Des collègues de Gus ont appelé sa femme, continua Jack. Vous savez combien il était populaire parmi eux. Elle leur a dit qu'il y avait une veillée funèbre aujourd'hui au Walters Funeral Home à Little Neck, entre quatre et huit heures du soir. Ni vous ni moi ne nous sommes plus intéressés à Gus après l'avoir renvoyé, si bien que je ne sais pas si je dois y aller.

— À mon avis, vous devriez, dit Doug d'un ton catégorique. J'irai moi aussi. Cela montrera notre considération pour Gus. » Il consulta sa montre. « J'y serai vers six heures. » Il réfléchit un instant et décida qu'il n'avait envie de dîner avec aucune des femmes notées dans son agenda. « Nous pourrions nous y retrouver à la même heure et aller manger un morceau quelque part ensuite ?

— Volontiers. » Jack Worth hésita puis ajouta : « Doug, surveillez ce que vous buvez aujourd'hui. Vous avez tendance à trop parler quand vous dépassez les limites. »

Sachant qu'il avait raison, mais irrité qu'on le lui rappelle, Douglas Connelly répliqua sèchement : « Je vous retrouve vers six heures » et ferma son téléphone.

29

Lawrence Gordon, président-directeur général de Gordon Global Investment, dont la fille Jamie avait été assassinée deux ans auparavant, avait demandé à Lou, son chauffeur, de le prendre à son bureau dans Park Avenue le vendredi à quinze heures quinze, mais ce fut seulement une bonne heure plus tard qu'il put s'échapper.

Aux dernières nouvelles, trois grandes compagnies s'apprêtaient à rendre publiques leurs prévisions du quatrième trimestre et toutes étaient très en deçà de leurs attentes. Cette révélation avait fait chuter les marchés.

Lawrence était resté collé à son siège pour surveiller l'évolution de la situation.

À la fin de l'après-midi, la Bourse s'était stabilisée.

Avec un soupir de soulagement, il monta enfin dans sa voiture et commenta à l'adresse de Lou : « Au moins sommes-nous un poil plus tôt que le rush de cinq heures.

— Monsieur Gordon, le rush de cinq heures commence à quatre heures, mais vous serez chez vous avant l'arrivée du reste de la famille », le rassura Lou.

Bedford, au cœur du comté de Westchester, était à une heure de trajet. Lawrence en profitait souvent pour lire les rapports ou écouter le dernier bulletin d'informations. Mais aujourd'hui, il inclina son siège, se laissa aller en arrière et ferma les yeux.

À soixante-sept ans, sa haute silhouette d'un mètre quatre-vingt-huit était un peu voûtée. Ses cheveux clairsemés d'un blanc éclatant, ses traits aristocratiques et l'aura d'autorité qui flottait autour de lui expliquaient le qualificatif de « distingué » qu'on lui appliquait inévitablement lorsqu'on le citait dans la presse.

Ce soir, Lawrence et sa femme, Veronica, fêtaient leur quarante-cinquième anniversaire de mariage. Voilà encore deux ans, ils faisaient toujours à cette occasion un séjour à Paris, à Londres ou dans leur villa sur l'île de Tortola.

Jusqu'à ce que leur fille, Jamie, disparaisse. L'habituel coup de poignard traversa le corps de Lawrence à la pensée de la plus jeune de ses enfants, sa seule fille. Veronica et lui avaient cru que la famille serait définitivement composée de leurs trois fils, Lawrence Jr, Edward et Robert. Puis, quand Rob avait eu dix ans, Jamie était née. Veronica et lui avaient quarante-trois ans, mais l'arrivée de leur fille les avait comblés de joie.

Lawrence se souvenait de son ravissement la première fois qu'il avait tenu Jamie dans ses bras après sa naissance, avec son ravissant minois et ses grands yeux marron. Elle avait refermé ses petits doigts autour de son pouce et il avait éprouvé un moment de bonheur exquis. Il avait pensé à ses ancêtres les Pères

Pèlerins qui croyaient en l'existence d'un lien particulier entre un père et un enfant qui vient de naître, un amour indestructible.

Jamie, adorée par nous tous. Elle aurait pu être une enfant gâtée, mais il n'en a jamais été ainsi, se rappela tristement Lawrence. Même toute petite elle possédait une conscience sociale. Au lycée, elle avait été bénévole pour les distributions de nourriture et aidait au ramassage des vêtements. Quand elle était à l'université de Barnard, elle avait passé deux étés avec l'association Habitat, l'un en Amérique du Sud, l'autre en Afrique.

En dernière année, en classe de sociologie, elle avait décidé d'écrire un article sur les sans-abri. Elle avait expliqué à ses parents qu'elle aurait à interroger des malheureux qui vivaient dans la rue.

Lawrence et Veronica avaient tenté de l'en dissuader, mais Jamie était entêtée. Elle avait promis d'être très prudente, dit en riant qu'elle n'avait pas envie de se mettre en danger. « J'ai une bonne perception des gens et, croyez-moi, je n'ai pas l'intention de me fourrer dans une situation que je ne pourrais pas maîtriser. » Mais trois semaines après son départ, voilà presque deux ans, Jamie avait disparu. Un mois plus tard, une vedette des gardes-côtes avait repêché son corps dans l'East River. Il y avait une marque noir et bleu sur sa mâchoire, ses mains et ses pieds étaient ligotés et elle avait été étranglée.

On n'avait pas trouvé le moindre indice de l'endroit où elle s'était rendue, ni de qui l'avait assassinée. Parce qu'elle avait été prise en photo par les caméras de surveillance en train de parler aux sans-abri de

Lower Manhattan la veille de sa disparition, l'affaire dépendait de la juridiction du bureau du procureur de Manhattan. L'inspecteur qui avait été chargé de l'affaire téléphonait régulièrement à Lawrence. « Je vous promets que l'enquête restera ouverte tant que nous n'aurons pas retrouvé le barbare qui s'est attaqué à votre fille », disait-il.

Lawrence secoua la tête. Il ne voulait pas penser à Jamie en ce moment, il ne voulait pas se souvenir du frais parfum de ses cheveux bruns aux reflets dorés qui lui tombaient sur les épaules. « Si tu continues à les laver tous les jours, ils vont finir par tomber », la taquinait-il. Même quand elle était étudiante et rentrait passer le week-end à la maison, elle aimait se blottir sur le canapé à côté de lui pour regarder les nouvelles du soir.

Tandis que la voiture progressait lentement dans Manhattan en direction de la West Side Highway, Lawrence essaya de se concentrer sur le cadeau qu'il allait offrir à Veronica pour leur anniversaire. Il avait l'intention de doter de deux millions de dollars une chaire de sociologie à Barnard au nom de Jamie. Il savait que Veronica l'approuverait. Jamie lui manquait tellement. Elle nous manque autant à tous les deux, pensa-t-il.

Lorsqu'ils tournèrent en direction du nord sur la West Side Highway, il jeta un regard vers l'Hudson. Sous le ciel morose, le fleuve ressemblait à une ombre mouvante d'un gris sale. Lawrence détourna rapidement les yeux. Qu'il passe en voiture le long de l'Hudson ou de l'East River, il imaginait chaque fois le corps de Jamie flottant entre deux eaux, ses longs cheveux mêlés de saletés.

Désireux de chasser cette image atroce, il se pencha en avant et tourna le bouton de la radio.

Il était cinq heures et demie quand Lou actionna la commande qui ouvrait les grilles de la propriété. Lawrence avait détaché sa ceinture de sécurité avant même qu'il ait atteint le milieu de la longue allée. Ses fils et belles-filles étaient attendus à dix-huit heures et il voulait avoir le temps d'endosser des vêtements plus confortables.

Quand il sortit de la voiture, Lou avait déjà ouvert la porte d'entrée de la luxueuse maison de brique. Lawrence s'apprêtait à grimper à la hâte l'escalier en courbe du grand vestibule lorsqu'il jeta un coup d'œil vers la salle de séjour. Veronica y était assise dans un fauteuil près de la cheminée, déjà vêtue pour le dîner d'un corsage en soie colorée et d'une longue jupe noire.

Si Lawrence était qualifié de « distingué », les médias décrivaient Veronica comme la « ravissante et élégante Veronica Gordon », sans jamais omettre de dresser la liste des œuvres caritatives dont elle s'occupait inlassablement. Depuis l'année précédente, la liste comprenait la fondation pour les sans-abri qu'elle et Lawrence avaient créée en souvenir de Jamie.

Elle s'efforçait toujours de faire bonne figure, mais il s'était maintes fois réveillé la nuit en l'entendant étouffer ses sanglots dans l'oreiller. Il ne pouvait alors que la prendre dans ses bras et dire : « Laisse-toi aller, Ronnie. C'est pire d'essayer de refouler ton chagrin. »

Mais aujourd'hui, en le voyant entrer dans la salle de séjour, elle s'élança à sa rencontre. « Lawrence, tu ne vas pas le croire. Tu ne vas pas le croire. »

Sans lui laisser le temps de la questionner, elle continua d'un ton précipité : « Je sais que tu vas trouver ça insensé, mais j'ai entendu parler d'une voyante absolument extraordinaire.

— Ronnie, tu n'es pas allée la voir ! s'écria Lawrence, incrédule.

— J'étais certaine que tu me prendrais pour une folle. C'est pourquoi je ne t'ai pas dit que j'avais pris rendez-vous avec elle. Elle recevait dans la maison de Lee cet après-midi. Lawrence, tu sais ce qu'elle m'a dit ? »

Lawrence attendit. Quoi que ce fût, si cela apportait du réconfort à Veronica, il l'acceptait.

« Lawrence, elle m'a dit que j'avais enduré une tragédie, une terrible tragédie, que j'avais perdu une fille nommée Jamie. Elle a dit que Jamie était au ciel, qu'elle n'était pas destinée à vivre longtemps, et que tout le bien que nous faisons en mémoire d'elle la rend très heureuse. Mais elle est triste de nous voir aussi affligés et voudrait que nous nous sentions réconfortés en pensant à elle. »

Lee a probablement mis la voyante au courant, bénie soit-elle, pensa Lawrence.

« Et elle a dit que le nouveau bébé sera une fille et que Jamie est ravie qu'ils lui donnent son nom. »

Leur plus jeune fils, Rob, et sa femme attendaient leur troisième enfant pour Noël. Ils avaient déjà deux petits garçons et avaient décidé de ne pas chercher à savoir à l'avance si le bébé serait une fille ou un garçon. Si c'était une fille, ils l'appelleraient Jamie.

Lee était aussi au courant, pensa Lawrence.

L'expression de Veronica changea. « Tu sais combien nous aurions voulu voir le meurtrier de Jamie arrêté avant que la même chose arrive à une autre jeune fille.

— Et combien j'aurais aimé être présent dans une salle de tribunal pour voir ce monstre condamné à pourrir en prison pour le reste de sa vie, ajouta durement Lawrence.

— C'est pour bientôt. La voyante a dit que dans très peu de temps, on va retrouver quelque chose qui appartenait à Jamie et que cela conduira la police au meurtrier. »

Lawrence regarda fixement sa femme. Ce n'était certainement pas Lee qui avait raconté ça à la voyante. Seigneur Dieu, pensa-t-il, cette femme aurait-elle raison ? Était-ce possible ?

Quelques jours plus tard, il recevrait la réponse à sa question.

30

Le vendredi à seize heures trente, Jessica vint chercher Hannah chez elle pour l'emmener au funérarium
de Little Neck, où avait lieu la veillée funèbre de Gus
Schmidt. Hannah avait troqué sa tenue de sport contre
un tailleur de tweed noir et blanc, l'une de ses créa-
tions. Alors qu'elle montait dans la voiture, Jessie lui
dit d'un ton admiratif : « Tu as le chic pour porter des
tenues coordonnées. Le contraire de moi, qui donne
toujours l'apparence de quelqu'un qui ouvre son placard, ferme les yeux et attrape ce qui lui tombe sous
la main.

— C'est faux, dit Hannah posément, et en plus tu
exagères. C'est moi qui t'ai aidée à choisir ce tailleur
chez Saks et il te va très bien. »

Elle jeta sa cape imperméable sur le siège arrière,
où elle atterrit près du trench-coat de Jessie.

« Au temps pour moi, j'ai oublié que je l'avais
acheté avec toi », dit Jessie d'un ton contrit en
appuyant sur le champignon, manœuvrant habilement
sa Volkswagen entre les voitures stationnées en
double file.

« De toute façon, tu voulais juste faire diversion, ce

qui est très gentil de ta part, dit Hannah, mais c'est inutile. J'admets que je suis nerveuse à l'idée de voir Lottie Schmidt, pourtant il le faut.

— Tu sais tout comme elle qu'il doit y avoir une explication rationnelle à la rencontre de Kate et de Gus à la manufacture l'autre nuit. Dès que Kate sortira du coma, nous découvrirons la vérité », dit fermement Jessie.

Hannah ne répondit pas.

Jessie attendit d'avoir tourné dans la 34e Rue et de se diriger vers le Queens Midtown Tunnel avant de demander : « Hannah, aurais-tu appris quelque chose que tu me caches ? » Puis elle ajouta : « Je suis l'avocate de Kate. Il est absolument essentiel que tu me dises ce que tu sais afin que je puisse la défendre convenablement. Tu comprends combien c'est important, n'est-ce pas ? Et ne t'inquiète pas, si Kate devait être inculpée de crime, je ne suis pas tenue de dire au procureur ce que j'ai découvert par moi-même. »

En l'écoutant, Hannah se sentit paralysée par la peur. Kate était encore dans un état critique. Elle pouvait mourir à tout moment, ou, si elle se rétablissait, souffrir d'une lésion cérébrale. Si elle se rétablissait et était accusée d'avoir fait sauter la manufacture et provoqué la mort de Gus, elle risquait de passer quasiment le reste de sa vie en prison. Un scénario sinistre qui repassait en boucle dans son esprit.

« D'accord, Jessie, je comprends. Kate n'a rien dit de plus. »

Jessie lui jeta un regard soucieux, mais préféra ne pas insister. La fin du trajet se déroula dans un silence gêné et elles arrivèrent au funérarium en quarante-cinq minutes.

En pénétrant dans l'allée du parking, Jessie dit : « Regarde qui arrive ! » Hannah tourna la tête rapidement et vit avec consternation les enquêteurs des pompiers entrer dans le funérarium. « Tu crois que nous devrions attendre un moment dans la voiture et essayer de les éviter ? »

Jessie secoua la tête. « À mon avis, ils vont s'attarder dans les parages et engager la conversation avec ceux des visiteurs qui ont travaillé avec Gus. Allons-y. »

Dans l'antichambre, un huissier au visage grave les conduisit dans le salon où était exposé le cercueil de Gus. Hannah s'étonna que la pièce soit déjà bondée. Une longue file de gens venus exprimer leur sympathie à Lottie et à Gretchen, debout près du cercueil fermé et recouvert de fleurs, s'était formée.

Jessie toucha le bras d'Hannah. « Laissons d'autres personnes s'avancer dans la queue. Je ne veux pas me trouver juste derrière les enquêteurs. »

Hannah hocha la tête. Elles se déplacèrent vers la gauche en passant derrière la dernière rangée de chaises, dont la plupart étaient occupées. De leur place, elles purent constater que Lottie gardait un visage impassible alors que Gretchen serrait en boule dans sa main un mouchoir qu'elle portait fréquemment à ses yeux.

Quelques minutes plus tard, Jessie chuchota : « Il y a davantage de monde qui attend derrière les enquêteurs maintenant. Nous pouvons y aller. »

Peu après qu'elles eurent pris place dans la queue, une femme vint se placer derrière elles et dit à Hannah :

« Je vous ai reconnue d'après votre photo dans les journaux. Comment va votre sœur ? »

Hannah se retourna et croisa le regard compatissant d'une femme très mince d'une cinquantaine d'années. « Elle tient le coup. C'est gentil de votre part de prendre de ses nouvelles.

— Mon mari est venu de son côté. Voyez-vous un inconvénient à ce que je passe devant vous pour aller le rejoindre ? »

Elle désigna Frank Ramsey.

Ce fut Jessie qui répondit. « Pas du tout. » Elles regardèrent la femme poser la même question aux personnes qui étaient devant elles et se glisser dans la queue entre son mari et Nathan Klein.

« Elle n'est sûrement pas venue uniquement parce qu'il enquête sur l'explosion, murmura Jessie. Elle doit avoir un rapport quelconque avec la famille. Il faut que j'entende ce qu'elle a à leur dire. »

Jessie se glissa sur le côté et s'avança jusqu'au pied du cercueil. Elle entendit les enquêteurs exprimer leurs condoléances à Lottie et Gretchen. Puis elle entendit la femme de Ramsey dire : « Lottie, je suis Celia Ramsey. Je ne sais pas si vous vous souvenez de moi, mais nous étions ensemble en chimiothérapie au centre de cancérologie Sloan-Kettering il y a cinq ans. Nous sommes passées par de dures épreuves toutes les deux. Je suis tellement triste de ce qui vous arrive. J'ai toujours remarqué à quel point Gus était attentionné avec vous. »

Celia se tourna vers Gretchen : « Gretchen, je suis navrée. Je me souviens de vous avoir rencontrée au Sloan-Kettering avec votre mère, vous veniez d'acheter votre nouvelle maison. Vous m'avez montré des photos. »

Le visage de Gretchen s'éclaira. Elle fourra son mouchoir trempé dans la poche de son pantalon noir. « Elle est encore plus belle que vous ne pouvez l'imaginer avec tous les travaux que j'y ai faits, à l'intérieur et à l'extérieur. Et je cultive des fleurs et des légumes dans mon potager », dit-elle avec enthousiasme. Elle regarda sa mère, dont l'expression ne changea pas. « Maman, tu ne vois pas d'inconvénient à ce que je montre à Celia quelques photos, n'est-ce pas ? Après tout, elle sait à quoi ressemble la maison. »

Lottie ne répondit pas. Elle se contenta de regarder sa fille quitter sa place, se précipiter vers une chaise au premier rang et chercher son sac à main. Puis Lottie porta son attention vers les gens dans la queue. Hannah se trouva bientôt devant elle.

Avant qu'elle ait pu lui exprimer ses condoléances, Lottie lui dit d'une voix si basse qu'Hannah dut se pencher pour l'entendre : « La police est convaincue que Gus et Kate ont mis intentionnellement le feu à l'usine.

— Ils ont des soupçons, en effet, répondit Hannah calmement. Je ne crois pas qu'ils en soient convaincus d'une façon ou d'une autre.

— Je ne sais pas quoi penser, répliqua farouchement Lottie, mais je sais que mon mari est mort. Si votre sœur l'a convaincu d'allumer cet incendie, il vaudrait mieux qu'elle meure, à moins qu'elle préfère passer le reste de sa vie en prison. »

La mort dans l'âme, Hannah comprit que Lottie avait peur que Gus et Kate aient effectivement provoqué l'incendie. L'avait-elle dit aux enquêteurs ? Certaine maintenant que Lottie n'avait rien à faire de sa compassion, elle se détourna. Assise au premier rang à côté de Celia Ramsey, son iPod sur les genoux, Gretchen détaillait d'un air ravi les photos qu'elle faisait défiler sur l'écran.

Frank Ramsey s'était glissé sur le siège de l'autre côté de Gretchen et pouvait ainsi regarder à sa guise les photos de sa belle maison de Minnetonka, dans le Minnesota.

C'est alors qu'Hannah entendit un gémissement plaintif et pivota sur ses talons, à temps pour voir Jessie essayer de saisir Lottie Schmidt et de retenir son corps frêle au moment où elle s'effondrait évanouie sur le sol.

31

Le jeudi matin, Clyde Hotchkiss était donc parvenu tant bien que mal à s'éloigner de la manufacture avant l'arrivée des flics et des pompiers avec ses affaires empilées à la hâte dans son caddie.

Il avait vu que tous les bâtiments étaient en feu. Le vent soufflait d'épais nuages de fumée. Il avait les yeux larmoyants, commençait à tousser. Au loin, il entendait le hurlement des sirènes. Dégrisé par le choc de l'explosion, il voulait à tout prix s'éloigner au plus vite et trouver une station de métro. Il était sûr qu'il empestait la fumée. Mais la chance lui sourit. Il avait toujours sur lui son pass pour quelques trajets en métro et il parvint à hisser son caddie au-dessus du portillon, à descendre tant bien que mal l'escalier et à déboucher sur le quai au moment où s'arrêtait un train en direction de Manhattan. Avec un soupir de soulagement. Clyde s'engouffra dans une voiture. La rame était presque déserte.

Il ferma les yeux et réfléchit. Je ne pourrai plus jamais retourner là-bas, à Long Island City. Quand l'incendie sera éteint, ils vont sûrement déplacer les véhicules et s'ils inspectent la camionnette accidentée, ils sauront que quelqu'un s'est planqué à l'intérieur. Ils pourraient même essayer de me mettre l'explosion sur le dos. Il avait lu assez de journaux pour savoir que les sans-abri étaient souvent les premiers accusés quand le feu prenait dans une maison ou un bâtiment abandonnés où ils avaient élu domicile.

Puis il repensa à la fille qui s'était introduite dans sa camionnette. Étrangement, il avait rêvé d'elle quand l'explosion avait eu lieu. Je ne crois pas lui avoir fait mal, se dit-il. Je lui ai décoché un coup de poing parce qu'elle n'arrêtait pas de parler et de poser des questions et je voulais qu'on me laisse tranquille. Mais je ne sais pas... je ne sais vraiment pas... Je l'ai peut-être poussée...

Il fit la manche durant la journée dans Lexington Avenue. Cette nuit-là, il regagna l'un de ses anciens refuges. Un garage en sous-sol dans la 46ᵉ Rue avec une rampe d'accès qui donnait sur la rue. Entre une heure et six heures du matin, le garage était fermé et la porte basculante à l'entrée, baissée et verrouillée. Clyde pouvait dormir près de la porte, protégé du vent et à l'abri.

Il traîna dans le coin, attendit de voir le gardien apparaître en haut de la rampe, puis alla s'installer. Cet arrangement lui convenait parce qu'il n'avait en général pas besoin de beaucoup de sommeil, mais il se rendit compte à quel point il regrettait le confort de la camionnette.

Le vendredi matin, il partit avant l'aube et erra dans la 23ᵉ Rue en mendiant. Suffisamment de quarters et de billets de un dollar atterrirent dans son bonnet pour lui permettre d'acheter quatre bouteilles de vin bon marché. Il en but deux dans l'après-midi. Le soir, il poussa son caddie dans la Huitième Avenue jusqu'à la 46ᵉ Rue, attentif à repérer les âmes charitables prêtes à l'emmener de force dans un foyer.

Il avait bu encore plus de vin qu'à l'habitude et était impatient de voir le gardien du parking s'en aller. Il était plus d'une heure du matin quand il entendit le fracas de la porte basculante heurtant le sol. Quelques secondes plus tard, le gardien remonta la rampe et disparut dans la rue.

Cinq minutes après, Clyde était installé contre la porte, enfoui sous ses journaux, sifflant son vin, les yeux clos. C'est alors qu'il entendit le bruit d'un autre caddie sur la rampe. Furieux, il ouvrit les yeux et, dans la lumière vague, reconnut un très vieux clochard du nom de Sammy.

« Fous le camp d'ici ! s'écria Clyde.

— Fous le camp toi-même, Clyde ! » cria en retour une voix rauque, bredouillant à moitié.

Puis Clyde sentit une main lui arracher sa bouteille et le contenu lui éclabousser le visage. En un instant son poing se tendit et atterrit sur la mâchoire de Sammy. Le vieil homme chancela et tomba en arrière, mais parvint à se remettre debout. « Bon, bon, tu veux pas qu'on te tienne compagnie, marmonna-t-il. J'me tire. » Il posa sa main sur son caddie, fit quelques pas en avant, puis s'arrêta le temps de donner un coup de pied dans le caddie de Clyde avant de remonter la rampe en vitesse.

La dernière bouteille de Clyde roula hors du caddie et atterrit à côté de lui. Il s'apprêta à se lever et à se lancer à la poursuite de Sammy. Il savait qu'il le rattraperait sans mal et il mourait d'envie de lui serrer les mains autour de la gorge. Au lieu de quoi, il marqua un temps d'arrêt, prit la bouteille, la déboucha et s'installa à nouveau au milieu de ses journaux. De la manche de sa veste crasseuse, il essuya le vin que Sammy lui avait répandu sur la figure.

Clyde ferma les yeux et se mit à siffler son vin. Puis, quand la bouteille fut vide, il sombra dans un profond sommeil avec un soupir satisfait.

32

Tôt dans la soirée du vendredi, Douglas Connelly et Jack Worth se retrouvèrent dans le parking du funérarium et allèrent s'incliner devant le corps de Gus Schmidt. Lottie, d'une pâleur mortelle, avait regagné sa place au pied du cercueil après un bref repos. Elle les reçut avec la même froideur qu'elle avait manifestée à Hannah.

« Gus n'a plus jamais été le même après avoir été renvoyé de chez Connelly, dit-elle à Jack. Il n'était pas trop vieux pour travailler. C'était un perfectionniste, et vous le savez. » Se tournant vers Doug, elle poursuivit : « Kate s'est servie de lui. Il lui était dévoué parce qu'elle s'était battue pour qu'il ait une année de salaire en plus. »

Les deux hommes écoutèrent en silence, puis Doug prit la parole : « Lottie, nous savons ce que disent les médias. Il est de notoriété publique que Gus nous haïssait, Jack et moi. Nous ignorons complètement pourquoi Kate est allée le retrouver à cette heure matinale au musée. Ils étaient bons amis. Pour ce que nous en savons, il est néanmoins peu crédible qu'elle lui ait simplement fait signe pour avoir de ses nouvelles. La vérité finira par éclater. À présent, je vous adresse à nouveau mes sincères condoléances pour la perte de votre mari dans des circonstances aussi tragiques. »

Il était temps de partir. Doug se contenta de saluer Gretchen d'un signe de tête et se dirigea vers la sortie. Mais il n'alla pas loin, car la plupart des personnes de l'assistance étaient ses employés et beaucoup avaient travaillé avec Gus. Ils s'inquiétaient tous de savoir si Doug envisageait de faire reconstruire la manufacture.

Doug les rassura :

« Je vais remuer ciel et terre pour y arriver. »

Il ment comme un arracheur de dents, mais il le fait avec classe, pensa Jack Worth. Il comprit qu'il était temps pour lui d'intervenir : « Monsieur Connelly, dit-il d'un ton respectueux, vous avez eu une journée épuisante à l'hôpital auprès de votre fille. Je sais que vous souhaiteriez parler avec chacun ici mais tous comprendront que vous devez partir, maintenant. » La fermeté de son ton indiquait clairement le sens de son message aux hommes que, jusqu'à hier matin, il avait dirigés quotidiennement.

« Bien sûr… certainement… nous prions pour votre fille, monsieur Connelly. »

Suivi par Jack Worth, Doug quitta le funérarium et parcourut l'allée jusqu'au parking.

Jack ouvrit la portière de sa Mercedes. « Pas de chauffeur ce soir ? demanda-t-il.

— J'ai l'intention de rentrer tôt et de ne pas prendre plus d'un scotch au dîner. Avez-vous réservé chez Peter Luger ?

— Oui, c'est fait.

— Bien. Je vous y retrouve dans dix minutes. »

Moins d'une demi-heure plus tard, ils étaient assis à une table d'angle dans le célèbre steak-house de Peter Luger. Ils commandèrent un scotch avec des glaçons, puis Doug dit : « Lottie m'a donné une très bonne idée – en fait une idée parfaite. Le téléphone portable de Kate prouvera qu'elle a appelé Gus le mercredi après-midi, mais personne ne sait ce qu'ils se sont dit. Peut-être Gus avait-il l'intention de la piéger dans l'explosion. »

Jack regarda avec des yeux ronds le visage aux traits réguliers de son patron. « Doug, vous croyez vraiment que quelqu'un va avaler ça ?

— Pourquoi pas, répliqua Doug. Tous ceux qui connaissent Kate assureront qu'elle a tendance à en rajouter. Par exemple, ne vous a-t-elle pas dit qu'elle aimerait faire sauter toute cette maudite boîte ?

— Si, elle me l'a dit, quand elle est venue, il y a quinze jours, et a vu que le système de vidéosurveillance ne fonctionnait toujours pas.

— Vous croyez qu'elle le pensait ?

— Non, bien sûr que non.

— Enfin, ce n'est pas trop tôt. » Leurs whiskies arrivaient. Doug avala la première gorgée du sien et sourit. « Parfait.

— On peut difficilement rater un scotch on the rocks, fit remarquer Jack.

— Excusez-moi, mais vous vous trompez, Jack. Trop de glaçons peut tout ficher en l'air. »

Il y avait des sujets que Doug avait interdit à Jack d'aborder. « N'y songez même pas », avait-il ordonné.

C'est pourquoi Jack pesa soigneusement ses mots

avant de formuler sa question suivante : « Si Kate se rétablit, croyez-vous qu'elle acceptera de dire que Gus a monté un coup en lui demandant de le rencontrer ?

— Jack, Kate est une jeune femme très intelligente. Elle a un diplôme de commissaire aux comptes. Elle est aussi extrêmement impatiente de recevoir ses dix pour cent de la vente de l'affaire. Si Gus est accusé d'avoir tout fomenté, l'assurance paiera, y compris les indemnités pour les antiquités. Un incendie causé par un ancien ouvrier aigri n'est pas une chose si inhabituelle. »

Le sujet étant clos pour lui, Doug chercha à attirer le regard du serveur.

« Je vais prendre un steak, Jack, dit-il. Et vous ? »

33

L'état de Kate resta stationnaire durant le week-end. Hannah savait que pour le Dr Patel ce n'était pas bon signe. Elle passa la plus grande partie du samedi à l'hôpital, et finit par partir quand Jessie l'obligea à sortir pour dîner.

Le dimanche matin, elle était de retour. Le Dr Patel était passé examiner Kate. Voyant les cernes noirs sous les yeux d'Hannah, il dit d'un ton ferme : « Mademoiselle Connelly, vous ne pouvez pas rester encore toute la journée à attendre. S'il y a le moindre changement significatif dans l'état de votre sœur, vous serez prévenue aussitôt. Après toute la pluie de ces derniers jours, il fait très beau. Sortez faire un tour et ensuite allez vous reposer chez vous. Je doute que vous ayez beaucoup dormi depuis jeudi.

— Je vais sortir, au moins pendant quelques heures », lui répondit Hannah.

Sa décision ne suffit pas à satisfaire le médecin : « Votre sœur peut rester dans cet état pendant des mois, mademoiselle. J'ai eu d'autres cas similaires, des patients plongés dans un coma profond, et j'ai toujours dit aux familles de vivre aussi normalement que possible. Allez travailler demain. Ne renoncez pas à vos activités habituelles.

— Mais Kate a parlé à mon père jeudi après-midi.

— Même si elle a semblé capable d'articuler quelques mots, je peux vous assurer qu'ils n'avaient probablement aucun sens. »

S'ils n'avaient aucun sens, Kate ne savait pas ce qu'elle faisait quand elle a donné l'impression d'avouer avoir mis le feu, pensa Hannah avec un faible rayon d'espoir. Était-ce possible ?

Elle se rendit compte qu'elle luttait pour refouler des larmes d'épuisement et d'inquiétude quand elle remercia le médecin pour les soins qu'il apportait à Kate.

« Je repasserai en fin d'après-midi », lui assura-t-il. Puis, avec un sourire, il ajouta : « Quelle partie de mon conseil allez-vous suivre ? Faire une longue promenade ou vous reposer chez vous ?

— Malheureusement ni l'une ni l'autre, dit Hannah. Je viens de me rappeler qu'il faut que j'aille chez Kate. Il y a sans doute de la nourriture dans son réfrigérateur que je dois jeter.

— C'est probable », reconnut le Dr Patel.

Au même instant son téléphone portable sonna et il quitta la pièce avec un bref salut de la main.

Pendant trente secondes de pure angoisse, Hannah imagina qu'il avait été appelé auprès de Kate, mais elle le vit passer dans le couloir, de l'autre côté de la baie vitrée intérieure. Il parlait dans son téléphone et s'éloignait en souriant. Il est temps que j'aille prendre l'air, pensa-t-elle. Je vais traverser le parc à pied jusqu'au West Side. Cela me fera du bien. Je reviendrai plus tard voir Kate.

Après une semaine presque entière de froid et de pluie, Central Park était rempli de joggeurs, de marcheurs et de cyclistes qui profitaient du soleil bien qu'il ne fasse guère plus de six degrés. En marchant Hannah respira profondément, s'efforçant de rappeler son esprit à la raison. Le Dr Patel l'avait prévenue que l'état de Kate pouvait rester stationnaire pendant longtemps encore, se rappela-t-elle. Si la police essaye de l'accuser d'avoir provoqué l'explosion, je dois avoir les idées claires pour travailler avec Jessie à sa défense. Hier, Jessie m'a gentiment suggéré d'engager mon propre avocat au cas où on tenterait de me mêler à toute l'histoire. Elle m'en a recommandé un qu'elle considère parmi les meilleurs. Je vais voir si j'en ai besoin dans les jours qui viennent.

Elle sourit machinalement à la vue d'une jolie jeune femme qui poussait ses deux enfants dans une poussette double. Le plus petit avait environ deux ans, le plus grand un an de plus. Hannah se remémora les photos qui les représentaient, Kate et elle, avec leur mère quand elles étaient petites. Certaines avaient été prises à Central Park. Sur toutes, leur mère, comme cette jeune maman, était ravissante et semblait très fière de ses enfants.

À quoi aurait ressemblé leur existence si elle avait vécu ? Leur père se serait certainement plus occupé d'elles au lieu d'être toujours dehors ou en voyage. La veille, il était passé à l'hôpital en fin d'après-midi et ne s'était pas attardé plus d'une demi-heure. Il lui avait dit que sa plus grande inquiétude était que le personnel de l'hôpital ait pu entendre Kate parler à nouveau de l'incendie. S'il arrive cet après-midi pendant que je suis là, songea-t-elle, je lui transmettrai les propos du Dr Patel, à savoir que tout ce que pouvait dire Kate n'avait sans doute pas le moindre sens.

Elle quitta le parc à la hauteur de la 67e Rue Ouest et le longea jusqu'à la 69e Rue avant de tourner sur la gauche. Elle parcourut encore un bloc et demi et se trouva devant l'immeuble de Kate, à quelques mètres de Columbus Avenue. Kate et elle s'étaient confié réciproquement un double des clés de leur appartement. Nous avons eu raison, pensa-t-elle. On n'avait pas retrouvé le sac à bandoulière de Kate dans lequel se trouvaient ses clés. Il avait sans doute été arraché et détruit par la force de l'explosion.

Le portier lui ouvrit la porte. Elle ne se rappelait pas l'avoir déjà vu. Durant l'année écoulée, elle s'était familiarisée avec une partie du personnel régulier. Le concierge la reconnut tout de suite et, machinalement, elle lui fit la même réponse qu'elle donnait à tout le monde : « Kate est dans un état critique. Nous espérons, et prions pour qu'elle s'en tire le mieux possible. »

Elle ramassa le courrier de sa sœur et le mit dans son sac, puis elle prit l'ascenseur jusqu'à son appartement. Au premier coup d'œil, tout semblait dans l'ordre parfait habituel. Jessie l'avait prévenue qu'au fur et à mesure du déroulement de l'enquête, la police soupçonnerait Kate d'avoir activement participé à l'incendie. Dans ce cas, ils obtiendraient un mandat de perquisition. Et de la maison de Gus, aussi. Pauvre Lottie, pensa Hannah.

Elle ôta son manteau et parcourut la salle de séjour. Il y avait une couverture repliée et un oreiller sur le canapé. Le radio-réveil Bose qui se trouvait en général dans la cuisine était posé sur la petite table à côté du canapé. Elle vérifia l'alarme et constata qu'elle avait été réglée sur trois heures et demie du matin. C'est normal, pensa-t-elle. L'explosion a eu lieu une heure plus tard. Elle alla dans la chambre. Tout y était impeccable. Elle ouvrit la penderie. À l'hôpital on lui avait dit que Kate portait une tenue de jogging et une surveste quand elle avait été retrouvée dans le parking de l'usine.

Elle a dû se changer et enfiler sa tenue de jogging au retour de son dîner avec Doug, pensa Hannah. Puis elle a pris une couverture et un oreiller, branché l'alarme et s'est allongée sur le canapé. Mais pourquoi est-elle allée retrouver Gus à cette heure indue ?

Elle inspecta la chambre de Kate, cherchant des réponses à ses questions. Même l'ameublement traduisait un esprit de rébellion contre les belles copies Connelly. Il y avait trois petits tapis blancs sur le plancher de bois clair ciré. Le lit métallique à baldaquin était recouvert d'un édredon blanc. Le cache-sommier plissé bleu et blanc était assorti aux coussins appuyés contre la tête de lit. Les lambrequins blancs avec d'étroits panneaux bleu et blanc encadraient deux larges fenêtres, dont l'une offrait une vue d'ensemble sur l'Hudson.

Des tables de chevet modernes, un poste de télévision pivotant, un bureau et un large fauteuil club agrémenté d'un repose-pied meublaient la pièce. La penderie avait été conçue sur mesure pour contenir des rayonnages de sweaters, écharpes, gants et des casiers à chaussures. Et je ne sais quoi encore, pensa Hannah. Kate ne supportait pas le désordre.

Avec l'impression d'être indiscrète, Hannah se dirigea vers le bureau de sa sœur. L'étroit tiroir situé sous la tablette était un modèle de perfection. Il renfermait tous les accessoires nécessaires. Un coupe-papier, un stylo de rechange, une planche de timbres, du papier à lettres personnalisé, un carnet d'adresses comme on en utilisait avant les mails et les SMS.

Le grand tiroir du fond contenait le genre de dossiers utilisés pour classer les factures, à l'exception du dernier. Il était intitulé « TESTAMENT – COPIE ».

Les mains tremblantes, Hannah sortit le dossier et l'ouvrit. À l'intérieur de la couverture figuraient le nom et l'adresse de l'avocat que Kate avait engagé pour rédiger ses dispositions testamentaires. Elle avait inscrit en dessous : « Original dans le coffre ». Outre la copie de son testament, il y avait une enveloppe scellée à l'adresse d'Hannah dans le dossier.

Hannah s'appliqua à ouvrir l'enveloppe avec précaution pour pouvoir la recoller, puis commença à lire :

Ma chère Hannah,

Si tu lis ceci, c'est sans doute que je serai morte. À l'exception de quelques dons caritatifs, je te laisse tout ce que je possède, y compris, bien sûr, ma part de dix pour cent dans la société.

J'espère que seuls tes yeux liront ce testament mais je dois te prévenir que je ne fais pas confiance à papa. C'est un homme dépensier et qui ne pense qu'à lui. Si jamais il m'arrive quelque chose, assure-toi que mon confrère expert-comptable certifié, Richard Rose, garde un œil sur les livres de comptes de la société. Je ne veux pas que tu sois lésée.

Je ne comprends pas pourquoi Doug ne veut pas affronter la réalité, à moins qu'en mettant la société en faillite il espère en tirer un avantage financier pour lui-même au détriment des employés. Les meubles anciens du musée sont détenus séparément à hauteur de quatre-vingts pour cent par lui et de dix pour cent par chacune d'entre nous et ne font pas partie des actifs de la société.

Je sais que tu as toujours été heureuse de me laisser gérer nos intérêts, mais maintenant, c'est à toi d'en prendre le contrôle.

J'espère que tu ne liras pas ça avant cinquante ans au moins.

Je t'aime, ma petite sœur.

Kate

Les yeux pleins de larmes, Hannah remit la lettre dans l'enveloppe et la recolla. Puis elle hésita. Soyons réaliste, se dit-elle farouchement. Supposons que Kate ne se remette pas complètement. Qui sera son tuteur ? Je ne serais pas étonnée que papa vienne ici et jette un œil sur ses dossiers personnels. Je ne crois pas qu'il possède une clé, mais le concierge la lui donnerait sans se faire prier.

Elle emporta l'enveloppe. Je la remettrai tout de suite à sa place si Kate se rétablit, pensa Hannah, mais jusque-là, elle est plus en sûreté avec moi. Elle avait la combinaison du petit coffre-fort de sa sœur. Il était encastré dans un mur de la penderie. Elle l'ouvrit et sortit les bijoux de Kate de leurs écrins. Dans son testament leur mère avait laissé à ses filles tous ses bijoux qu'on devait leur remettre à l'âge de vingt et un ans. Kate possédait des bagues, des colliers et des bracelets de prix. Apprenant que l'appartement était vide, quelqu'un pourrait trouver le moyen d'y pénétrer. Hannah savait que ces petits coffres étaient une proie facile pour un voleur professionnel.

Elle s'interdit de penser que son père, avec ses habitudes dépensières, pourrait prétendre avoir un droit sur ces bijoux. Hannah rangea la lettre et les bijoux dans son grand sac à bandoulière. Puis elle alla jeter un dernier coup d'œil à la seconde chambre, que Kate utilisait comme petit salon.

La pièce contenait un canapé convertible, un fauteuil confortable, des petites tables et un poste de télévision à grand écran. Hannah savait qu'après une longue journée de travail, Kate aimait se laisser tomber dans son fauteuil préféré, se détendre et dîner ensuite en regardant la télévision. Je donnerais tout pour qu'elle rentre bientôt chez elle, pensa Hannah, les yeux brûlants de larmes.

Elle vérifia la cuisine en dernier. Elle chercha le numéro de téléphone de la femme de ménage, Marina, qui venait une fois par semaine, pour lui demander de jeter toutes les denrées périssables. Elle le trouva sur le dessus du réfrigérateur. Quand Marina lui répondit qu'elle ne devait pas venir avant le jeudi suivant, Hannah inspecta l'intérieur du réfrigérateur pour s'assurer que rien n'était déjà pourri. À la fin, elle se préoccupa de la plante que Kate gardait sur l'appui de la fenêtre. Cela faisait quatre jours que sa sœur avait quitté l'appartement, et elle commençait à manquer d'eau et à se faner.

Voilà bien encore une chose à laquelle je ne connais rien, pensa Hannah. Kate a les doigts verts. Moi, il suffit que je regarde une plante pour qu'elle meure. Le téléphone de la cuisine se mit alors à sonner. Hannah décrocha. C'était le concierge. « Mademoiselle Connelly, dit-il. Un certain M. Justin Kramer est en bas. C'est lui qui a vendu son appartement à votre sœur. Il voulait savoir comment vous joindre et je lui ai dit que vous étiez là. Il semble qu'il ait offert une plante à votre sœur en cadeau de bienvenue, et il voudrait vous proposer d'en prendre soin jusqu'à son retour. »

Jusqu'à son retour ! Les mots qu'Hannah avait un besoin désespéré d'entendre de la bouche de quelqu'un d'autre.

« Faites monter M. Kramer tout de suite », dit-elle.

34

Justin Kramer plut à Hannah dès l'instant où il pénétra dans l'appartement de Kate. La trentaine, svelte, environ un mètre soixante-quinze, avec des yeux noisette, une mâchoire ferme et une crinière de cheveux bruns bouclés, il lui rappela un garçon pour qui elle avait eu le béguin à l'âge de seize ans.

Son inquiétude pour Kate était sincère. Il expliqua : « J'ai eu les yeux plus gros que le ventre quand j'ai acheté cet appartement. Et lorsque j'ai perdu mon job dans la crise de Wall Street, il y a deux ans, j'ai compris qu'il était plus sage de le vendre. Mon père a passé son temps à nous répéter qu'il faut regarder d'où vient le vent quand il y a des restrictions financières et ne pas taper dans ses économies. La société d'investissement dans laquelle je travaille aujourd'hui marche encore mieux que celle où j'étais employé avant. Mais je n'oublierai jamais la sollicitude de votre sœur à mon égard. C'est pourquoi, quand j'ai appris son accident, j'ai pensé à la plante que je lui avais offerte et me propose d'en prendre soin si elle l'avait gardée. En comparaison de tout ce qui est arrivé, je sais que c'est un geste très modeste, mais je voulais faire quelque chose.

— C'est tout à fait Kate, de s'inquiéter pour les autres, dit simplement Hannah. Elle est comme ça.

— J'ai cru comprendre qu'elle avait été gravement blessée, mais, croyez-le ou non, j'ai l'intuition qu'elle s'en sortira. J'ai naturellement lu dans les médias les allusions selon lesquelles votre sœur pourrait être impliquée dans l'explosion. Pour le peu que je la connaisse, je ne crois absolument pas qu'elle puisse avoir participé à une histoire pareille.

— Merci de le dire, dit Hannah, et merci de croire qu'elle va s'en sortir. En ce moment, alors que je suis chez elle à me demander si elle y reviendra jamais, ces paroles me font du bien. »

Ils quittèrent l'appartement ensemble, Justin portant la plante. Quand ils se retrouvèrent dehors sur le trottoir, sans lui laisser le temps de dire au revoir, Justin proposa : « Hannah, il est une heure et demie. Si vous n'avez pas déjeuné, voulez-vous venir manger un morceau avec moi ? »

Hannah n'hésita que deux secondes. « Très volontiers.

— Cuisine italienne, d'accord ?

— Ma préférée. »

Ils parcoururent trois blocs jusqu'à un petit restaurant appelé Tony's Kitchen. Il était évident que Justin était un habitué. Il parut deviner qu'elle n'avait envie de parler ni de Kate, ni de l'explosion, ni du reste et préféra lui parler de lui : « J'ai grandi à Princeton, dit-il. Mes deux parents enseignent à l'université. »

Hannah sourit :

« Alors vous devez être très cultivé.

— Je n'en sais rien. J'ai fait une partie de mes études à Princeton mais pour ma maîtrise j'ai eu envie de changer et je me suis inscrit dans une école de commerce de Chicago. »

Ils commandèrent une salade. Ensuite Hannah prit des *penne* avec une sauce à la vodka. Justin choisit des lasagnes et commanda une demi-bouteille de chardonnay-simi. Hannah se rendit compte que c'était la première fois depuis qu'elle avait dîné avec Jessie pour fêter la naissance de sa nouvelle marque qu'elle était capable de savourer ce qu'elle mangeait. Justin lui demanda ce qu'elle faisait dans la vie, un autre sujet sans risque. En sortant du restaurant, il proposa de lui appeler un taxi.

« Non, je vais traverser le parc à pied jusqu'à l'hôpital. Je ne crois pas que Kate soit consciente de ma présence, mais j'ai besoin d'être avec elle.

— Bien sûr, mais avant de partir j'aimerais que vous me donniez votre numéro de téléphone portable. Je serais heureux de rester en contact avec vous et de savoir comment va Kate. » Il sourit et ajouta : « Et de donner des nouvelles de sa plante. »

Quand Hannah arriva à l'hôpital et monta à l'unité de soins intensifs, elle trouva son père assis au chevet de Kate. Il leva la tête en entendant ses pas. « Elle est pareille, dit-il. Aucun changement. Elle n'a rien dit d'autre. » Il regarda autour de lui, s'assurant que personne, ni médecin ni infirmière, n'était à portée de voix. « Hannah, je réfléchissais. L'autre jour, quand Kate m'a dit qu'elle était désolée pour l'explosion, j'ai cru que cela signifiait qu'elle l'avait provoquée. »

Hannah le regarda, stupéfaite. « Tu as laissé entendre que Kate a dit qu'elle l'avait provoquée.

— Je m'en rends compte. Je n'avais pas les idées claires. En réalité, elle a dit qu'elle était désolée à cause de l'explosion, pas qu'elle était désolée de l'avoir provoquée. Et de toute façon, tu m'as expliqué que, d'après le médecin, tout ce qu'elle murmurait n'avait probablement aucun sens.

— Je n'ai jamais cru que Kate avait provoqué cette explosion, chuchota Hannah d'un ton véhément, et tu aurais pu m'épargner beaucoup de chagrin si tu ne m'avais pas dit l'autre jour qu'elle l'avait reconnu.

— Je sais. C'est seulement que tout ce qui est arrivé ces derniers jours m'a rappelé ces moments où j'ai perdu ta mère et... »

Douglas enfouit son visage dans ses mains tandis que les larmes lui montaient aux yeux.

Se reprenant, il se leva lentement. « Sandra est dans la salle d'attente. Je sais que tu ne veux pas qu'elle entre ici.

— En effet. »

Hannah s'attarda une heure au chevet de sa sœur puis rentra chez elle. Plus tard dans la soirée, elle regarda les nouvelles tout en mangeant un sandwich au beurre de cacahuètes en guise de dîner. Elle voulut regarder le dernier épisode d'un de ses feuilletons préférés, mais s'endormit sur le canapé. Elle se réveilla à minuit, se déshabilla, enfila un pyjama, se lava la figure, se brossa les dents et s'écroula dans son lit.

La sonnerie du réveil la réveilla à sept heures le lundi matin. À huit heures, elle alla voir Kate, resta une demi-heure auprès d'elle, puis passa la journée au bureau, s'efforçant de se concentrer sur une nouvelle ligne de vêtements de sport. C'est une chose d'avoir son nom sur une collection. C'en est une autre de la développer, se rappela-t-elle.

En quittant son travail, elle retourna voir Kate, lui tint la main, lui caressa le front, lui parlant dans l'espoir qu'elle la comprenait peut-être. Elle était sur le point de s'en aller quand le Dr Patel entra. Une profonde inquiétude était perceptible dans sa voix : « Je crains qu'elle ait une poussée de fièvre. »

35

Le lundi matin, Frank Ramsey et Nathan Klein retournèrent sur les lieux de l'explosion. Ils y trouvèrent deux inspecteurs de la compagnie d'assurances en train de passer les décombres au crible. Frank les connaissait. Au cours des années, ils avaient été chargés d'enquêter sur d'autres incendies supposés volontaires. La différence dans ce cas, pensa Frank, c'est que si l'incendie peut être attribué à Gus seul, ils devront payer les indemnités prévues au contrat. Même si Kate Connelly était impliquée, un bon avocat pourrait faire porter le chapeau à Schmidt. À moins, naturellement, qu'elle se rétablisse et avoue que c'est elle qui l'a incité à agir. Ce qui est fort peu probable, conclut Frank.

Au funérarium le vendredi, Klein et lui s'étaient précipités pour prêter assistance à Lottie Schmidt quand ils l'avaient vue s'évanouir. Ils l'avaient portée sur le canapé du bureau du directeur. Elle avait rapidement repris connaissance et, tout comme sa fille, ils avaient insisté pour qu'elle se repose pendant une vingtaine de minutes. Un employé du funérarium lui avait apporté une tasse de thé.

L'absence de Lottie avait permis à Frank et à Nathan de s'entretenir avec les autres ouvriers qui avaient travaillé avec Gus. D'une seule et même voix, ils avaient dit que Gus avait été renvoyé après la nomination de Jack Worth à la direction de l'usine, et qu'il le détestait tout autant que Douglas Connelly.

« Gus était un perfectionniste, dit l'un d'eux. Il aurait fallu engager une équipe d'experts pour trouver la différence entre les pièces d'origine et les copies des meubles qu'il fabriquait. Dire que son travail n'était pas au niveau était une véritable insulte.

— Avait-il jamais parlé de faire sauter la manufacture ? » demanda Ramsey.

L'un des hommes hocha la tête. « C'étaient juste des mots. Je joue dans le même club de bowling que lui. Je veux dire, *je jouais* dans le même club. Il demandait sans arrêt comment ça se passait à la manufacture. Quand je lui ai dit que nous avions beaucoup de retours, il m'a dit quelque chose du genre : "Je ne suis pas surpris. Fais-moi plaisir, fiche le feu à tout le bazar pour moi." »

Tout cela signifiait que l'incendie pourrait être imputé à Gus seul, ce que les experts de l'assurance se virent contraints de reconnaître devant Frank Ramsey. Tandis qu'ils parlaient, les chauffeurs commencèrent à déplacer les camions de transport des gros meubles pour aller les garer ailleurs. À part les dégâts provoqués par la fumée et les débris projetés à distance, tous paraissaient en bon état.

« Connelly n'essaiera jamais de reconstruire les bâtiments, dit Jim Casey, le plus âgé des inspecteurs. S'il touche l'assurance, il pourra vivre comme un pacha. Le terrain à lui seul vaut une fortune, par-dessus le marché. Pourquoi s'embêter à reconstruire ? »

Quatre camions, portant tous le nom de Connelly Fine Antique Reproductions, passèrent lentement devant eux en direction de la route principale. Frank Ramsey s'aperçut alors qu'il restait une camionnette dans le fond du parking où ils étaient habituellement garés. Cette aire de stationnement était couverte d'un auvent et ouverte sur les côtés. Il s'y dirigea, curieux d'examiner le véhicule restant, et remarqua les portes enfoncées, le pare-brise craquelé, l'extérieur rouillé, les pneus à plat. Il était évident que ces dégâts étaient antérieurs à l'explosion et que cette camionnette hors d'usage avait été abandonnée depuis longtemps. Pourquoi ne s'en sont-ils pas débarrassés ? se demanda-t-il. Jack Worth m'a donné l'impression d'être un directeur sérieux. Cela étant, il s'était montré négligent sur la question des caméras de surveillance ; peut-être était-il moins sérieux qu'il n'en avait l'air. Mais Worth leur avait dit que c'était Douglas Connelly qui refusait de dépenser de l'argent. En tout cas, cela n'aurait pas coûté bien cher de remorquer cette épave jusque chez le ferrailleur du coin.

Frank se dirigea vers l'arrière de la camionnette et, sans grand espoir qu'elle s'ouvrirait, tourna la poignée des portes arrière. Stupéfait, il remarqua, à des signes indiscutables, que le véhicule avait été occupé. Des bouteilles de vin vides jonchaient le plancher. Des journaux étaient éparpillés dans le profond espace intérieur. Il ramassa le journal le plus proche de la porte et chercha la date.

Mercredi, la veille de l'incendie.

Preuve que le vagabond qui utilisait cet endroit pour y dormir pouvait y avoir passé cette nuit-là. Frank ne se hasarda pas plus loin. Il referma les portes de la camionnette.

Il était évident, à ses yeux, que le site était devenu une scène de crime plutôt complexe.

36

Mark Sloane avait rendez-vous avec Nick Greco le lundi à treize heures. Il lui avait expliqué qu'il venait de changer de travail et pouvait le rencontrer à la pause du déjeuner. L'autre possibilité eût été de le voir à dix-sept heures.

« J'arrive très tôt dans la matinée mais je rentre chez moi par le train de dix-sept heures vingt, lui avait dit Greco. Nous pourrions nous retrouver à mon bureau et commander quelque chose chez le traiteur ? »

À soixante ans, Nick Greco avait le corps athlétique d'un coureur à pied. Ses cheveux jadis bruns étaient aujourd'hui presque entièrement gris, des lunettes sans monture soulignaient des yeux marron qui portaient sur le monde un regard calme et pénétrant. Insomniaque de nature, Greco se levait souvent à trois ou quatre heures du matin et allait se réfugier dans la pièce que sa femme qualifiait de bureau nocturne. Il pouvait y lire à son aise un livre ou un magazine ou allumer la télévision pour regarder les dernières nouvelles.

Le jeudi matin, peu après cinq heures, il avait regardé le premier bulletin de la journée et vu les photos de l'incendie qui avait ravagé la manufacture des Connelly Fine Antique Reproductions à Long Island City. Comme toujours, Nick avait fait des recherches sur le Web. Sa mémoire photographique avait été aussitôt envahie par les détails de la tragédie survenue presque trente ans auparavant, quand Douglas Connelly, son épouse Susan, son frère Connor, et quatre de leurs amis avaient été victimes d'un accident de bateau. Douglas avait été le seul survivant.

Certains semblent voués au malheur, avait pensé Greco. D'abord, ce type perd sa femme, son frère et ses amis. Aujourd'hui sa fille est dans le coma et son affaire est anéantie. Et maintenant les médias laissent entendre que Kate Connelly et un ancien employé, Gus Schmidt, pourraient avoir concocté ensemble l'explosion. Greco en conclut qu'il n'y avait rien de pire que de perdre sa fille, si ce n'était de découvrir qu'elle avait non seulement ruiné le travail de toute votre vie, mais contribué en outre à la mort d'un tiers.

Ce n'était pourtant pas ce qu'il avait à l'esprit quand la réceptionniste annonça l'arrivée de Mark Sloane, le frère de Tracey Sloane qui avait été portée disparue des années auparavant. « Faites-le entrer », dit Greco en se levant pour aller à la porte. Un moment plus tard, il serrait la main de Mark et l'invitait à s'asseoir dans son spacieux bureau.

Ils convinrent de commander des sandwichs jambon-fromage au pain de seigle. Greco demanda à la réceptionniste de téléphoner au traiteur. « J'ai une excellente machine à café, expliqua-t-il à Mark. À condition de l'aimer noir, nous pourrons le boire chaud plutôt que d'attendre qu'on nous l'apporte. »

Mark Sloane lui plut immédiatement avec sa poignée de main ferme et son regard franc, même si le jeune homme le dominait un peu de sa haute taille. Il était également visible qu'il était tendu. Qui ne le serait pas à sa place ? pensa Nick Greco avec sympathie. Revivre la disparition de sa sœur doit être douloureux. C'est pourquoi il s'attarda pendant quelques minutes sur la nouvelle situation de Mark avant d'ouvrir le dossier qu'il avait parcouru un peu plus tôt dans la journée.

« Comme vous le savez, j'étais l'un des inspecteurs chargés de l'affaire lorsque Tracey s'est volatilisée, commença Greco. Au début elle a simplement été portée disparue, mais lorsqu'on a constaté qu'elle ne s'était pas présentée à son travail, avait manqué deux auditions importantes et n'avait contacté aucun de ses amis, on en a conclu qu'il s'agissait presque certainement d'un acte criminel. »

Il lut à haute voix le résumé du dossier : « "Tracey Sloane, âge vingt-deux ans, a quitté à vingt-trois heures le Tommy's Bistro à Greenwich Village, où elle était employée comme serveuse. Elle a refusé de prendre un dernier verre avec plusieurs de ses camarades, prétextant qu'elle rentrait directement chez elle. Elle voulait se reposer le plus possible avant une audition prévue pour le lendemain matin. Apparemment, elle n'a jamais regagné son appartement de la 23e Rue. Au bout de deux jours, comme elle ne se présentait pas à son travail, Tom King, le propriétaire du restaurant, craignant qu'elle ait eu un accident, se rendit à son domicile. Accompagné du gérant de l'immeuble, il entra dans l'appartement. Tout était en ordre, mais il n'y avait aucune trace de la jeune femme. Jamais ni sa famille ni ses amis ne la revirent ni n'entendirent plus parler d'elle." »

Greco regarda Mark en face de lui. Le chagrin se lisait dans ses yeux, le même qu'il avait vu tant de fois au cours des années chez ceux qui cherchaient à retrouver un être cher disparu. « Votre sœur sortait beaucoup mais, d'après les informations que nous avons recueillies, sa carrière tenait la première place et elle n'était pas prête pour une relation sérieuse. Après ses cours d'art dramatique, elle prenait un hamburger et un verre de vin avec quelques-uns de ses camarades étudiants, mais ça n'allait pas plus loin. Nous avons élargi au maximum nos recherches, interrogé ses voisins et amis, les autres élèves du cours et ses collègues de travail, sans aucun succès. Elle a tout simplement disparu. »

Les sandwichs arrivèrent. Greco servit le café. Remarquant que Mark touchait à peine à son sandwich, il dit : « Je vous en prie Mark, mangez. Je vous assure que ce jambon-fromage est très bon et vous avez une grande carcasse à nourrir. Je sais que vous êtes venu dans l'espoir de trouver des réponses, mais je n'en ai aucune. Le cas de votre sœur est toujours resté présent à mon esprit. Lorsque j'ai pris ma retraite, j'ai emporté une copie du dossier avec moi. Je n'ai jamais cru qu'il s'agissait d'un enlèvement ou d'un crime fortuits. Sauf par très mauvais temps, Tracey rentrait toujours chez elle à pied. Elle avait dit à ses collègues qu'elle voulait faire de l'exercice. Je ne crois pas qu'elle ait été enlevée de force dans la rue. Je pense qu'elle a rencontré une personne qu'elle connaissait et qui l'attendait peut-être à la sortie du restaurant.

— Vous voulez dire une personne qui avait l'intention de la tuer ! s'exclama Mark.

— Ou au moins de l'enlever – et ensuite les choses ont mal tourné. Il s'agissait peut-être de quelqu'un qu'elle considérait comme un ami mais qu'elle obsédait. Elle a pu accepter de monter dans sa voiture. Elle a peut-être repoussé ses avances et il aura perdu son sang-froid. En tout cas, je peux vous dire que, même au bout de presque vingt-huit ans, un dossier n'est jamais définitivement clos. Récemment, les corps de quatre femmes, dont certaines avaient disparu depuis plus de vingt ans, ont été retrouvés enterrés au même endroit, sans doute l'œuvre d'un tueur en série. L'ADN qui avait été prélevé sur leurs restes a été comparé à celui des membres de leur famille qui avait été déposé dans la base de données de la police utilisée en de telles circonstances.

— Ni ma mère ni moi n'avons été sollicités pour donner notre ADN, dit Mark. Cela ne laisse pas beaucoup d'espoir que le dossier soit resté ouvert. »

Greco hocha la tête. « Certes, mais il n'est jamais trop tard. Je vais appeler les types de mon bureau et leur demander de s'en occuper. Ils contacteront votre mère afin qu'elle leur donne un échantillon. Dites-lui de ne pas s'inquiéter. C'est juste un peu de salive prélevée avec une sorte de coton-tige.

— Donc, on n'a jamais trouvé aucun suspect jusqu'à présent ?

— Non, et il n'y en a jamais eu. Bien que je sois à la retraite, mes anciens gars m'auraient prévenu s'il y avait eu le moindre fait nouveau. La seule question que nous nous sommes posée – et que nous nous posons encore – concerne cette photo que Tracey gardait sur sa commode. »

Mark regarda la photo. Tracey, ravissante avec ses longs cheveux et son sourire joyeux, était assise à une table entre deux femmes et deux hommes.

« Elle a été apparemment prise au cours d'une des soirées où Tracey rejoignait ses amis au Bobbie's Joint, dit Nick. Nous les avons surveillés tous les quatre mais n'avons rien trouvé. Néanmoins, j'ai toujours eu le sentiment que cette photo recelait une clé, et qu'elle m'a échappé. »

37

Pour certaines choses, Clyde Hotchkiss était très prudent. Quand il faisait la manche, il essayait toujours de garder assez d'argent pour pouvoir se payer un pass de métro. L'endroit où il allait importait peu. Il montait dans un train, tard dans la nuit, et en descendait pour gagner sa camionnette ou une autre planque. S'il s'endormait, il continuait jusqu'au bout de la ligne et retournait ensuite à Manhattan.

Quand il se réveilla après sa querelle avec Sammy, Clyde avait décidé de quitter la rampe du garage de la 46e Rue, et avait poussé son caddie jusqu'à la 31e Rue pour se rendre à la soupe populaire de St. Francis. Puis, sachant que Sammy parlerait à ses copains SDF de ce qui lui était arrivé et qu'ils risquaient tous de lui tomber dessus, il décida de faire une chose qu'il détestait vraiment : passer la nuit du dimanche dans un foyer pour sans-abri. Arrivé sur place, la proximité des autres le rendit fou. Cela lui rappelait le corps de Joey Kelly se pressant contre le sien au Vietnam, mais il resta quand même. Il toussait beaucoup et sa vieille blessure à la hanche le faisait souffrir de plus en plus. Et il était malheureux d'avoir oublié la photo de

Peggy, Skippy et lui en s'enfuyant de la camionnette. Il ne s'en était pas soucié au début, mais il savait maintenant qu'il avait besoin du réconfort, du sentiment d'être aimé que lui apportait cette photo. Il n'avait pas revu Peggy et Skippy pendant toutes ces années, mais leurs visages étaient soudain très clairs dans son esprit.

Et puis le visage de Joey et celui de la fille suivirent ceux de Peggy et de Skippy, tournant en rond comme un manège.

Au matin, il recommença à pleuvoir. La toux de Clyde augmenta tandis qu'il frissonnait, recroquevillé contre un immeuble dans Broadway. Presque personne dans la foule pressée ne s'arrêta pour jeter une pièce ou un dollar dans le bonnet en loques qu'il avait placé à ses pieds. Sa chance avait tourné, et il le savait. Il s'était tellement habitué au réconfort de sa camionnette qu'il ne survivrait plus très longtemps dans la rue sans pouvoir s'y réfugier la nuit.

Frigorifié, trempé, il poussa son caddie dans le bas de la ville vers un autre asile de nuit. Quand il arriva à la porte, il s'évanouit.

38

Maman dansait avec ses souliers de satin rouge. Le souvenir était si net, les images se formaient à nouveau dans son esprit pendant qu'elle était plongée dans le coma artificiel provoqué par les médecins dans l'espoir de lui sauver la vie. Maman portait sa robe du soir rouge et ses escarpins rouges. Ensuite, papa est entré dans la chambre et a dit à maman combien elle était belle et il m'a prise dans ses bras et s'est mis à danser avec maman et moi sur la terrasse, malgré la neige qui commençait à tomber. Et il m'a chanté une chanson. Puis il a dansé avec maman et moi tout autour de la chambre. Le lendemain soir papa et maman sont partis en bateau pour aller pêcher.

Kate se rappelait qu'après la mort de maman elle avait pris les chaussures de satin rouge et les avait serrées très fort contre elle parce qu'elle pouvait ainsi sentir les bras de maman et de papa autour d'elle. Puis papa les lui avait enlevées. Il n'était plus le même. Il pleurait et il avait dit que c'était trop triste de les voir, que ce n'était pas bon pour elle de les garder contre son cœur comme ça. Et il avait dit qu'il ne danserait plus jamais avec personne de toute sa vie.

Le souvenir s'évanouit et Kate retomba dans son profond sommeil. Après un moment, elle entendit le murmure d'une voix familière et sentit des lèvres embrasser son front. Elle savait que c'était Hannah, mais elle ne pouvait pas tendre la main vers elle. Pourquoi Hannah pleurait-elle ?

39

À midi, l'épave de la camionnette avait été trans-portée au laboratoire où chaque centimètre en serait passé au crible pour tenter de découvrir l'identité de celui qui s'y était réfugié. Et si cet individu s'y était trouvé la nuit de l'explosion, pouvait-il y avoir été mêlé ? se demandaient Frank Ramsey et Nathan Klein.

« Voilà qui ouvre de nouvelles perspectives », dit Frank tandis qu'ils se rendaient à nouveau chez Lottie Schmidt. « Nous savons que l'individu qui créchait là avait apporté le journal du mercredi. Probablement ramassé dans une poubelle. On a trouvé des restes de nourriture. Mon sentiment est que cet homme, ou cette femme, mais j'ai l'intuition qu'il s'agit d'un homme, se pointait à la nuit tombée. Pas de gardien. Pas de vidéo-surveillance. Et il partait probablement tôt le matin avant que quelqu'un arrive sur les lieux. Et ça a duré longtemps. Les premiers journaux datent de deux ans.

— Et s'il n'a rien à voir avec l'incendie, il a peut-être entendu ou vu quelque chose ou quelqu'un sur place. » Klein pensait tout haut. « J'aimerais savoir si les traces d'ADN ou les empreintes correspondent à celles d'une personne figurant dans le fichier.

— Tu sais qu'il y a deux types qui ne vont pas se réjouir en apprenant que l'explosion a peut-être été provoquée par un vagabond, fit remarquer Frank. Ce sont nos amis les inspecteurs de la compagnie d'assurances. Ils auront un mal de chien à refuser de payer Connelly si on identifie ce type et qu'on découvre qu'il a un passé criminel, en particulier s'il est répertorié en tant qu'incendiaire. »

Frank avait téléphoné à Lottie et lui avait demandé s'ils pouvaient s'arrêter chez elle pendant quelques minutes. Il avait noté son ton résigné quand elle avait répondu : « Je m'attendais à ce que vous souhaitiez me revoir. »

Trente-cinq minutes plus tard, ils sonnaient à la porte de la modeste maison de Little Neck. L'œil exercé des deux hommes enregistra que les buissons étaient parfaitement taillés, que le pommier du Japon dans le jardin avait été récemment élagué, et qu'on avait refait la surface de l'allée peu de temps auparavant.

« Apparemment, Gus prenait grand soin de sa maison et de son jardin », fit observer Nathan. « Je parie que ces volets ont été fraîchement repeints, et on voit qu'il a réparé certains bardeaux sur le côté droit. »

Lottie Schmidt entendit la dernière remarque en ouvrant la porte. « Mon mari était un homme très méticuleux, dit-elle. Entrez. » Elle s'écarta pour les laisser passer, puis referma derrière eux et les conduisit dans la salle de séjour.

Un regard suffit à Frank Ramsey pour constater que la pièce était aménagée exactement comme sa mère et son père avaient meublé leur salon cinquante ans auparavant. Un canapé, un fauteuil club, un fauteuil à oreilles, et des tables d'appoint assorties à la table basse. Des photos de famille sur le manteau de la cheminée, et d'autres accrochées au mur. Le tapis, une imitation de tapis d'Orient, était élimé par endroits.

Lottie était vêtue d'une jupe de lainage noir, d'un pull à col cheminée blanc et d'un cardigan noir. Ses maigres cheveux blancs étaient serrés en un chignon. Il y avait une expression de lassitude dans ses yeux et les deux hommes remarquèrent que ses mains tremblaient.

« Madame Schmidt, nous sommes désolés de devoir vous déranger à nouveau. Nous ne voulons certes pas vous inquiéter davantage, mais il faut que vous sachiez que l'enquête concernant l'explosion n'est pas terminée, loin de là », dit Frank Ramsey.

Le regard de Lottie devint méfiant. « Ce n'est pas ce qu'on lit dans la presse. Un journaliste du *Post* a parlé aux amis de Gus. L'un d'eux, qui jouait au bowling avec lui et qui travaille toujours chez Connelly, a rapporté qu'il y a seulement quelques semaines, Gus lui avait dit de ficher le feu à la manufacture de sa part.

— Revenons un peu en arrière. Quand votre mari a été renvoyé, est-ce qu'il s'y attendait ?

— Oui et non. Il y avait eu un formidable directeur pendant des années. Russ Link. C'était lui qui dirigeait l'affaire depuis l'accident de bateau. Douglas Connelly s'en remettait pratiquement à lui pour tout ce qui concernait la manufacture. Il ne venait que deux ou trois fois par semaine quand il n'était pas en vacances ou ailleurs.

— L'affaire marchait bien sous Russ Link ?

— Gus disait que les problèmes avaient déjà commencé avant son départ. Les ventes diminuaient. Les gens appréciaient moins ce genre de mobilier qu'autrefois. Ils voulaient des meubles confortables et faciles à entretenir, pas des divans de style baroque ou des crédences florentines. »

Lottie se tut, les yeux emplis de rage. « Gus était leur meilleur artisan, tout le monde le savait. Le marché décroissait, mais personne n'était capable de copier un meuble comme lui. Il portait un soin amoureux à chaque pièce. Ensuite, Jack Worth, ce misérable, a remplacé Russ et quelques mois après Gus était viré.

— Est-ce que vous connaissiez Jack Worth ?

— Personnellement, très peu. On le voyait tout au plus pour la fête de Noël. Gus m'avait dit que Worth courait toujours derrière les jeunes femmes qui travaillaient à la manufacture. C'est pourquoi sa femme a divorcé. Et il a mauvais caractère. Quand il était de mauvaise humeur, il s'en prenait à tout le monde.

— En ces circonstances, il me semble que Gus aurait dû être content de quitter Connelly, fit observer Nathan Klein.

— Gus aimait ce qu'il faisait. Il savait se tenir éloigné de Worth. »

Frank Ramsey et Nathan Klein étaient assis sur le canapé. Lottie dans le fauteuil à oreilles. Frank se pencha en avant, les mains jointes. Il regarda Lottie avec attention. « Est-ce que votre fille est encore avec vous ?

— Non. Gretchen est repartie hier dans le Minnesota. Elle est masseuse, elle a une bonne clientèle.

170

— Elle m'a dit qu'elle était divorcée.

— Depuis de nombreuses années. Gretchen est faite pour être célibataire. Elle est parfaitement heureuse avec son travail et ses amis, et elle est très active à la paroisse de l'église presbytérienne.

— D'après les photos que nous avons vues, elle a une très belle maison », fit remarquer Klein. « Je dirais qu'elle vaut probablement un million de dollars au moins. Elle nous a déclaré que son père la lui avait achetée il y a environ cinq ans, quelques mois après avoir été remercié. D'où Gus a-t-il tiré cet argent ? »

Lottie s'attendait à la question. « Si vous examinez son carnet de chèques, vous verrez que c'était lui qui tenait les cordons de la bourse. Il payait les factures et me donnait de quoi régler les courses et les imprévus. Il était très économe. Certains diraient même qu'il était radin. Il y a cinq ans, à peu près à l'époque où j'étais à l'hôpital, il a acheté un billet de loterie et gagné trois millions de dollars. J'ai oublié de quel État dépendait cette loterie. Il achetait des billets de vingt dollars toutes les semaines.

— Il a gagné à la loterie ! A-t-il payé des impôts sur cet argent ?

— Oh, je suis certaine que oui ! » affirma Lottie. « Gus s'inquiétait toujours pour Gretchen, il craignait qu'elle dépense tout ce que nous lui laisserions si jamais il nous arrivait malheur. Quand il a gagné à la loterie, il a fait ce qu'il estimait le mieux pour assurer son avenir. Il lui a acheté cette maison et elle l'adore. Avec le reste de l'argent, il lui a constitué une rente afin qu'elle ait toujours de quoi l'entretenir. »

Lottie regarda les deux enquêteurs « Je suis très fatiguée, et j'imagine que vous pouvez le comprendre. » Elle se leva. « Et maintenant, puis-je vous demander de partir ? »

En silence les deux hommes la suivirent jusqu'à la porte. Après qu'elle l'eut refermée derrière eux, ils se regardèrent. Ils n'eurent pas besoin d'échanger un mot. Ils savaient l'un comme l'autre que Lottie Schmidt avait menti.

Frank dit : « Peu importe où il a soi-disant gagné à la loterie, l'État en aura prélevé une partie pour les impôts. C'est facile à vérifier. Mais je peux t'assurer d'avance que nous ne mettrons pas longtemps à découvrir que Gus Schmidt n'a jamais gagné le gros lot à la loterie. »

Au laboratoire de la police scientifique, l'intérieur et l'extérieur de la camionnette furent méthodiquement examinés à la recherche d'un indice conduisant au vagabond qui y avait passé de nombreuses nuits. Les techniciens relevèrent les empreintes sur les bouteilles de mauvais vin et les piles de journaux jaunis, cherchèrent à déceler des traces de sang et de fluides corporels sur des lambeaux de vêtements, des étiquettes leur permettant d'identifier leur provenance. Les parois et le plancher du véhicule furent passés au crible sous les lampes spéciales du labo afin de s'assurer qu'aucun indice ne soit oublié. Des cheveux furent placés dans des sachets en plastique.

La photo de famille dans son cadre d'argent cabossé qui avait été trouvée dans un coin, sous un pull miteux, suscita le plus grand intérêt. « Elle a visiblement été prise il y a des lustres », dit Len Armstrong, l'ingénieur chimiste en chef à son assistant, Carlos Lopez. « Regarde la façon dont ces gens sont habillés. Ma mère se coiffait comme ça quand j'étais gosse. La coupe de cheveux hirsute du père, avec ses longs favoris, ressemble aux photos de mon oncle dans les années 1970. Et ce cadre n'est pas de la première jeunesse.

— La question est de savoir si la photo a quelque chose à voir avec le type qui créchait ici, ou s'il l'a trouvée dans une poubelle, répliqua Lopez. Les enquêteurs vont sans doute la diffuser sur l'internet pour voir si quelqu'un la reconnaît. »

Ils avaient presque fini d'examiner les piles de journaux. « Nous avons relevé assez d'empreintes pour occuper le FBI pendant un bon mois », commenta Lopez. Puis soudain : « Attends. Regarde ça ! » s'écria-t-il. Il venait de découvrir un carnet à spirale à l'intérieur d'un des journaux. Il l'ouvrit.

Sur la première page ne figuraient que quelques mots : « Propriété de Jamie Gordon. Si vous trouvez ce carnet, prière de téléphoner au 555-425-3795. »

Les deux hommes se regardèrent. « Jamie Gordon ! s'exclama Len. N'est-ce pas l'étudiante dont on a repêché le corps dans l'East River il y a environ deux ans ?

— Si, c'est elle », dit Lopez d'un air sombre. « Et nous venons peut-être de découvrir l'endroit où elle a été assassinée. »

41

Après son déjeuner avec Nick Greco, Mark Sloane s'attarda à son bureau jusqu'à dix-huit heures passées, hésitant à téléphoner à sa mère pour lui demander de faire prélever un échantillon de son ADN. Parler à Greco avait ravivé tant de souvenirs. Il n'avait que dix ans, mais il se rappelait le cri déchirant de sa mère quand elle avait appris que sa sœur avait disparu. Des voisins l'avaient gardé lorsqu'elle était allée à New York. Elle était restée une semaine dans l'appartement de Tracey pendant que se déroulaient les recherches.

Puis, obéissant aux conseils bienveillants de la police, elle était rentrée à la maison. Le visage ravagé de chagrin, elle lui avait dit que les policiers pensaient qu'il était arrivé malheur à Tracey. « Je ne vais pas cesser d'espérer et de prier, lui avait-elle promis. Je continue de croire que Tracey a peut-être eu une forme de perte de mémoire. Elle travaillait si dur, avec tous ces cours qu'elle suivait. À moins qu'elle ait fait une dépression nerveuse. »

Sa mère avait même tenu à payer le loyer de l'appartement de Tracey pendant six mois. Puis, n'y parvenant plus, elle était retournée à New York, cette fois pour empaqueter les vêtements et les autres effets personnels de sa fille qu'elle avait rapportés à la maison. Pendant une année encore, elle avait conservé ses meubles au garde-meuble, mais ensuite elle avait dit aux propriétaires de l'entrepôt de tout donner à l'Armée du Salut.

Telles étaient les pensées qui occupaient l'esprit de Mark avant qu'il se décide à téléphoner chez lui. À la fois surpris et soulagé, il entendit sa mère lui annoncer qu'elle avait déjà été contactée par l'inspecteur Greco. « Il a été très amical, dit-elle. Il m'a prévenue que tu allais m'appeler, mais il voulait d'abord m'assurer que c'était une étape importante dans le processus des recherches pour retrouver Tracey. Je lui ai dit que je n'avais pas oublié combien il s'était montré attentionné autrefois et que je lui en ai toujours été reconnaissante. »

Elle changea de sujet et demanda à son fils des nouvelles de son nouveau travail et de son appartement. Quand leur conversation prit fin, quelque peu réconforté de lui avoir parlé, Mark quitta son bureau. Il avait prévu d'aller s'inscrire au gymnase de son quartier, mais il préféra rentrer directement chez lui. Dans le hall, alors qu'il attendait l'ascenseur, il aperçut la grande et ravissante jeune femme rousse qui accompagnait Hannah Connelly au moment où les enquêteurs étaient arrivés.

Elle lui adressa un bref sourire, puis détourna la tête.

Pas la peine d'être devin pour voir qu'elle est bouleversée, pensa-t-il. « Je suis Mark Sloane, dit-il. Nous nous sommes rencontrés dans l'ascenseur l'autre jour. Depuis, j'ai appris l'explosion de la manufacture Connelly. Comment va la jeune femme qui a été blessée ?

— Elle a de la fièvre, répondit Jessie calmement. Hannah va passer la nuit à l'hôpital et m'a demandé de venir chercher quelques affaires personnelles. »

Les portes de l'ascenseur s'ouvrirent et ils y pénétrèrent ensemble. Mark sortit sa carte de visite et la tendit à Jessie : « Écoutez, je suis le nouveau voisin d'Hannah. S'il y a quelque chose que je puisse faire pour lui être utile, j'espère qu'elle ou vous n'hésiterez pas à m'appeler. »

Jessie jeta un regard à la carte. « Mon nom est Jessie Carlson. Et je suis avocate, moi aussi. Vous avez appris l'explosion, je suppose donc que vous savez que la sœur d'Hannah, Kate, risque d'être accusée d'avoir provoqué l'incendie. Je la représente. »

L'expression de détresse sur son visage céda la place à la détermination. « Elle est innocente et ne peut pas se défendre elle-même. » Puis l'ascenseur s'arrêta à l'étage de Mark et il sortit à regret. L'avocat en lui aurait aimé en savoir davantage sur les charges qui pesaient contre une jeune femme gravement blessée. La pensée de la souffrance qu'endurait sa sœur, depuis peu sa voisine, renforça le chagrin qu'il éprouvait au souvenir de Tracey.

Comment aurait-il pu deviner que la réponse à la disparition de sa sœur serait trouvée parmi les décombres de la manufacture Connelly ?

42

Pendant le week-end, Jack Worth appela tous les jours Douglas Connelly pour s'enquérir de l'état de santé de Kate. La réponse était toujours la même : « Pas de changement. »

Le lundi soir, ce fut Sandra qui lui répondit : « Kate a de la fièvre, expliqua-t-elle. Doug est resté un moment à l'hôpital avec Hannah. Nous avons dîné tard. Le pauvre est tellement inquiet et, de vous à moi, je trouve qu'Hannah n'est pas gentille avec lui. Je l'ai bien vu. C'est à croire qu'elle est la seule à être désespérée par ce qui arrive à sa sœur. J'ai conseillé à Doug de lui dire qu'ils devraient plutôt se réconforter mutuellement.

— Cent pour cent d'accord », dit Jack Worth, et il ajouta, non sans perfidie : « Douglas Connelly aime ses filles plus que tout au monde.

— Il m'a même dit qu'il ne se remarierait jamais, parce qu'il craignait qu'une belle-mère ne soit jalouse. Dites-moi franchement, n'est-ce pas un énorme sacrifice de la part d'un homme aussi beau et généreux que Doug ? »

La voix de Sandra avait pris un ton indigné.

Il n'aurait pas traîné à ses basques un wagon entier de ravissantes idiotes pendant toutes ces années s'il avait été marié, pensa Jack Worth. Comme moi, il aurait divorcé et aurait été obligé de partager son capital. Ce n'était pas le genre de Doug. « Il a fait de grands sacrifices pour ses filles », répondit-il à Sandra d'une voix débordante de sincérité.

Quand il raccrocha, Jack se sentit mal à l'aise. Le scénario selon lequel Gus Schmidt aurait attiré Kate dans la manufacture avec l'intention de la faire mourir dans l'explosion semblait plausible, mais tiendrait-il la route ? Si Kate sortait du coma et retrouvait toute sa lucidité, serait-elle d'accord avec cette thèse ? Si oui, tout irait bien. Sinon, Doug perdrait les millions de l'assurance des meubles anciens, sans parler du reste de la manufacture. Certes, le terrain valait énormément d'argent, mais ce n'était rien comparé à la valeur totale des meubles anciens, des bâtiments, des installations et de tout ce qu'il pourrait faire avaler à l'expert de l'assurance.

La femme de Gus Schmidt avait pratiquement reconnu qu'à son avis Gus et Kate avaient combiné ensemble de faire sauter la manufacture. Ironie du sort, si Kate se rétablissait et pouvait réfuter cette accusation, Gus resterait seul à porter le chapeau. Et tout ce qu'avait raconté Lottie sur l'amertume de Gus à l'égard des Connelly les aiderait finalement à empocher toutes les indemnités.

Jack Worth parcourut du regard sa maison de style colonial que son ex-femme avait décorée avec goût avant de le quitter quinze ans auparavant, alors que Johnny avait trois ans. Elle ne l'avait pas prévenu. Elle avait juste pris ses cliques et ses claques, emmenant Johnny avec elle. Elle avait laissé un mot sur la table : « Cher Jack, j'ai tout fait pour que ça marche, mais ça n'a pas marché, et ça ne marchera pas parce que tu as toujours tes pitoyables petites aventures avec les employées de Connelly. Je vais demander le divorce. Mes parents me soutiennent totalement. Je resterai chez eux pendant un certain temps, jusqu'à ce que je puisse m'installer seule. Ma mère est heureuse de s'occuper de Johnny pendant que je travaille et quand il n'est pas à l'école. Au revoir. Linda. »

Linda était infirmière dans le service des nouveau-nés du Columbia Presbyterian Hospital. Elle y travaillait toujours, mais s'était remariée avec un gynécologue, Theodore Stedman. À l'âge de douze ans, John William Worth Jr avait demandé à changer de nom et à s'appeler John William Stedman pour ne pas se sentir différent de ses deux petits frères.

« Et en plus, papa, avait-il expliqué à Jack, je ne te vois pas souvent.

— Écoute, tu sais ce que c'est, Johnny. Je n'ai pas beaucoup de temps. »

Johnny avait dix-huit ans à présent et était quarterback de l'équipe de football de son lycée. Jack savait que son fils participait à un match important ce soir-là et hésitait à s'y rendre. Puis il haussa les épaules. Le temps fraîchissait et il n'avait pas envie de rester assis sur des gradins glacés, à pousser des hourras pour l'équipe du lycée. Sans compter que Johnny se fichait éperdument qu'il soit là ou non.

Il n'était pas sûr de vouloir se rendre dans le Connecticut au Mohegan Sun Casino, où il pourrait tenter sa chance à la table de black jack. Mais il ne se sentait pas en veine ce soir, il avait plutôt envie de se cantonner au pub du coin, de s'asseoir au bar, de déguster un bon steak en buvant un ou deux verres, et de regarder le match sur l'écran géant de la télévision. Et qui sait ? Peut-être aurait-il de la chance avec une des femmes qui traînaient par là.

Jack sourit. Voilà qui compenserait la journée éprouvante qu'il venait de passer. Il s'apprêtait à prendre sa veste dans la penderie de l'entrée quand le téléphone sonna. C'était Frank Ramsey. « Je suis heureux de vous trouver chez vous, monsieur Worth, dit-il. Nous pouvons être à votre domicile dans une vingtaine de minutes. C'est extrêmement important.

— Bien sûr, je vous attends », dit Worth.

Il raccrocha lentement et se laissa tomber sur une chaise. Les yeux fixés dans le vague, il essaya de deviner ce qu'il y avait de si urgent pour que ces types aient besoin de le voir sur-le-champ. Calme-toi, se dit-il. Tu n'as rien à craindre. Absolument rien.

43

Les deux enquêteurs Frank Ramsey et Nathan Klein s'étaient précipités au laboratoire de la police scientifique quand on les avait prévenus qu'un carnet à spirale appartenant à Jamie Gordon, l'étudiante assassinée, avait été trouvé dans la camionnette. On avait déjà relevé les empreintes digitales, vérifié la présence d'échantillons de cheveux et de sang quand ils arrivèrent. Les empreintes correspondaient à celles qui figuraient dans le dossier de Jamie. Elles avaient été relevées après sa disparition par les premiers enquêteurs qui avaient examiné ses effets personnels chez ses parents et à son domicile en ville.

Avec précaution, les mains gantées, Ramsey et Klein avaient parcouru le carnet. Il y avait quatre rapports sur les sans-abri, hommes et femmes, qu'elle avait interviewés. Y figurait aussi une liste de ceux qu'elle avait en vain essayé d'interroger. Parfois, elle ignorait leur nom et ne donnait que leur signalement, notant qu'ils n'avaient pas voulu lui parler. Dans certains cas, ses observations étaient plus détaillées.

« Une femme d'une soixantaine d'années, longs cheveux gris, à moitié édentée… manifestement délirante… dit qu'elle était une bohémienne au Moyen Âge et qu'elle est destinée à se réincarner. Je crois qu'elle a reçu une solide instruction. Elle dort dans les asiles de nuit mais n'y reste pas dans la journée, à moins qu'il fasse très mauvais dehors. Elle dit s'appeler Noemi. D'après ce que j'ai pu apprendre à son sujet, elle avait l'habitude de squatter l'un des immeubles abandonnés du Lower East Side, mais ils ont été plus ou moins évacués. Problème de drogue. Elle mendie de la marijuana à d'autres sans-abri. Ils sont tous comme elle, et la plupart partagent volontiers. Elle les bénit afin que dans leur prochaine incarnation ils reviennent sur terre en rois, en reines ou en sultans. »

Les trois autres cas étaient très détaillés.

« Le cahier est plutôt en bon état, fit remarquer Frank Ramsey. Elle l'avait sans doute sur elle quand elle est entrée dans la camionnette.

— Il y a une trace de boue séchée sur la couverture, signala Klein. Il existe peut-être une autre hypothèse. Elle s'est sentie menacée par un individu qu'elle interrogeait, l'a laissé tomber pendant qu'elle s'enfuyait en courant, et le type qui habitait la camionnette l'a ramassé. »

Ils étaient entrés en contact avec l'inspecteur de police chargé du meurtre de Jamie Gordon, John Cruse, et l'avaient informé de leur trouvaille. Cruse avait aussitôt décidé que la découverte du cahier ne serait pour l'instant révélée ni à la famille ni aux médias. « Nous allons attendre un peu », avait-il dit. Ils étaient tous convenus que mettre en branle le cirque médiatique dès maintenant porterait préjudice aux deux enquêtes. Ils savaient que le moindre indice concernant la disparition de Jamie Gordon resterait en première page des tabloïds pendant des semaines.

« Une description des sans-abri auxquels Jamie a parlé ou qu'elle a décrits dans son carnet sera envoyée à tous les commissariats de New York, dit Cruse. Les flics connaissent les clochards de leur secteur. »

Malgré l'heure tardive, Ramsey et Klein décidèrent de se rendre directement du laboratoire au domicile de Jack Worth à Forest Hills, dans le Queens. Ramsey posa une première question : « Monsieur Worth, sachant qu'il est désormais évident que cette camionnette a servi de refuge à un vagabond, comment se fait-il que personne n'ait remarqué sa présence ? »

Jack Worth, sur la défensive, répondit d'un ton revêche : « Avant de répondre à ce genre de question, j'aimerais vous livrer quelques informations. J'ai commencé à travailler ici à l'âge de vingt-cinq ans. C'est-à-dire il y a plus de trente ans. J'ai grimpé les échelons jusqu'à devenir le bras droit de Russ Link. Il dirigeait la manufacture depuis la mort du père de M. Doug Connelly, deux ans avant le terrible accident. Ensuite, Doug Connelly s'est très peu occupé de l'affaire, se contentant de faire quelques apparitions pendant la semaine. Quand des clients importants se présentaient, il leur faisait visiter le musée puis les invitait à dîner et au théâtre. Parfois, il se rendait au siège de leur compagnie à Rome ou Londres ou je ne sais où. C'est après le départ de Russ à la retraite et le moment où j'ai pris sa succession, il y a plus de cinq ans, que les registres de la comptabilité ont indiqué une sérieuse diminution des ventes. Alors seulement, Doug Connelly a commencé à s'intéresser à la question. »

Il haussa les épaules. « C'est aussi à cette époque que l'un de nos nouveaux chauffeurs a eu un accident avec la camionnette. Il avait effectué une livraison en Pennsylvanie et, apparemment, s'était arrêté dans un bar au retour. Il était à quelques kilomètres de la manufacture, dans le New Jersey, quand il s'est endormi au volant et a heurté un arbre à la limite d'une propriété. La camionnette a été sérieusement endommagée, mais il a été capable de la conduire jusqu'au parking. Heureusement pour nous, personne n'a vu l'accident, et heureusement pour lui, il n'a pas été poursuivi pour conduite en état d'ivresse.

« M. Connelly a préféré ne pas déclarer que la camionnette avait été accidentée par un chauffeur ivre. Il a renvoyé le type et m'a dit de résilier le contrat d'assurance. Puis on a abandonné la camionnette dans le fond du parking.

— M. Connelly semble très au fait en matière d'assurance, fit remarquer Klein. Lui est-il venu à l'esprit que le propriétaire du terrain où se trouvait cet arbre aurait dû être prévenu ? » C'était une question pour la forme. Klein ajouta : « Aucun des autres employés n'a fait d'observation sur l'état de la camionnette ?

— Je pense qu'ils avaient tous compris qu'il valait mieux ne rien dire.

— Comment s'appelle le chauffeur qui a eu l'accident ?

— Gary Hughes. Il travaille dans un service de

location de limousines, d'après mes informations. Bonne chance aux clients qu'il conduit. » Jack Worth se leva, sortit un répertoire de son bureau et inscrivit sur une feuille le nom complet du chauffeur et l'adresse de son domicile. « Si tant est qu'il habite toujours là et travaille encore pour cette société, dit-il en tendant à Klein la feuille de papier.

— Nous le trouverons », dit calmement Ramsey.

Visiblement nerveux, Jack Worth s'humecta les lèvres avant d'ajouter : « Comme je vous l'ai précisé, M. Connelly savait que l'affaire allait à vau-l'eau. Il attendait une offre plus satisfaisante que celle qu'on lui avait faite. Il avait raison. La propriété a beaucoup plus de valeur que la somme proposée. Il loue des yachts, mais il n'a pas dépensé un dollar pendant ces cinq dernières années pour faire des réparations dans la manufacture. »

Worth se leva. « Écoutez, j'ai eu une longue journée. Je ne vois rien d'autre à vous dire. Tenons-nous-en là.

— Très bien, répliqua Klein. Nous allons vous quitter, mais nous vous rappellerons.

— Je n'en doute pas », fit Jack d'un ton caustique.

44

Kate avait 38,6° de fièvre. La gorge nouée par l'angoisse, Hannah était assise à son chevet. Elle ne pouvait que murmurer : « Pitié, mon Dieu, je vous en supplie. » Elle savait qu'elle aurait dû appeler son père, mais elle n'en avait pas envie. Je ne veux pas le voir sangloter ici, pensa-t-elle. De toute façon, le Dr Patel lui a probablement téléphoné de son côté. C'est une bonne raison pour ne pas l'appeler.

Kate, Katie, je t'en prie, ne meurs pas. Je t'en prie, ne meurs pas.

À dix-neuf heures trente, Jessie vint lui apporter un sac avec ses affaires pour la nuit. Hannah la retrouva dans la salle d'attente des soins intensifs. « J'ai mis un jean, un pull et des baskets, en plus de ta brosse à dents et du dentifrice, dit Jessie. J'ai pensé que tu serais plus à l'aise qu'avec ta tenue de ville et tes talons hauts.

— Merci, murmura Hannah.

— Comment va-t-elle ? »

Jessie savait qu'elle devait poser la question, même si elle lisait la réponse dans le regard de son amie.

« S'ils parviennent à faire baisser la fièvre dans les prochaines heures, c'est bon signe. Si elle continue à monter, cela indiquera sans doute qu'il y a un second foyer d'infection et… » Hannah ne termina pas la phrase. Elle se mordit les lèvres : « Jess, je vais me changer et retourner auprès de Kate. Je ne veux pas que tu restes ici si je dois y passer toute la nuit. Si la fièvre tombe, je te promets de rentrer à la maison. » Elle tenta de sourire. « D'ailleurs, le Dr Patel me mettra dehors. »

Jessie comprit qu'Hannah avait besoin d'être seule. « Un coup de téléphone et j'arrive, ne l'oublie pas.

— Je sais.

— Et ton père ? Est-ce qu'il doit venir ?

— Le Dr Patel m'a dit qu'il lui avait parlé. Il sera là d'une minute à l'autre. » Puis Hannah explosa : « Je voudrais juste qu'il se tienne à l'écart. Je t'assure que la seule chose qui l'intéresse, c'est de flanquer l'incendie sur le dos de Gus et que Kate sorte du coma avec une histoire qui colle avec sa thèse. Le plus important pour papa est de mettre la main sur l'argent de l'assurance. Si jamais il ramasse le pactole, oublie la location de yachts. Il en achètera un ! »

La porte de la salle d'attente s'ouvrit. C'était le Dr Patel. « Kate commence à réagir à la médication, dit-il. Sa température a chuté d'un degré. Je ne promets rien, mais c'est plutôt bon signe. » Avec un sourire encourageant, il ajouta : « Je reste dans les parages, Hannah. Allez avaler une tasse de café et manger quelque chose. » Avec un bref signe de tête, il regagna le couloir.

« Tu viens d'entendre une bonne nouvelle et un conseil avisé, dit vivement Jessie. Tu devrais aller te changer. Pendant ce temps, j'irai chercher des sandwichs et du café à la cafétéria. Nous mangerons ici, et ensuite je te débarrasserai de ma présence. » Sans écouter les protestations d'Hannah elle ajouta : « Il est presque huit heures du soir. L'heure du dîner pour les gens chic.

— Merci. Tu as raison », convint Hannah.

Kate a moins de température, se répétait-elle, tout en craignant de s'emballer trop vite en la croyant sortie d'affaire. Toute fièvre, même si elle diminue, reste dangereuse.

Jessie se dirigea vers l'ascenseur et Hannah vers les toilettes qui se trouvaient à l'opposé. Son sac de nuit à la main, elle entra dans la pièce, vérifia qu'il n'y avait personne et, d'un geste rapide, ôta ses chaussures à talons, sa veste, son chemisier et son pantalon. J'espère que personne ne va entrer pendant que je me déshabille, pensa-t-elle, mais me changer dans un de ces box minuscules aurait pris deux fois plus de temps.

Elle regagna la salle d'attente à temps pour voir son père disparaître dans l'unité de soins intensifs. Je vais le laisser seul avec Kate, pensa-t-elle. Le connaissant, il ne restera pas plus d'un quart d'heure. Cinq minutes plus tard, Jessie était de retour avec le café et les sandwichs. Tandis qu'elles les déballaient, Hannah fit un geste du menton en direction de la salle où son père venait d'entrer. « Doug est arrivé. Il ne m'a pas vue. Je me demande combien de temps il va rester. »

Quinze minutes plus tard, elles mettaient emballages et gobelets vides dans la poubelle quand Doug entra dans la pièce.

La première réflexion de Jessie fut celle qui lui venait souvent à l'esprit quand elle se trouvait en face de Doug Connelly. C'était un très bel homme avec un visage aux traits parfaitement réguliers. Des cheveux noirs à peine parsemés de fils gris aux tempes, des yeux d'un bleu profond écartés et soulignés de longs cils. Son sourire révélait des dents parfaites sans trace visible de la moindre couronne. Il était d'une élégance raffinée, chemise à rayures, cravate et cardigan. Hannah lui avait dit qu'il s'habillait de préférence chez Armani.

Outre cette apparence séduisante, Doug donnait aussi l'impression d'être un véritable sportif. Jessie savait que ce n'était pas qu'une impression. Elle avait assisté avec Kate et Hannah à de nombreuses remises de prix où il avait reçu la coupe du championnat de golf ou de tennis de son club. Elle savait aussi qu'il avait joué au polo quand il était plus jeune.

« Hannah, je viens de parler au Dr Patel. Il estime rassurant que la fièvre de Kate soit en train de tomber.

— Je sais, répliqua Hannah.

— J'aimerais rester plus longtemps, mais il paraît que ces maudits enquêteurs veulent m'interroger ce soir. Je ne comprends pas la raison de cette précipitation, pourquoi cela ne peut pas attendre demain matin. Tu as eu des nouvelles d'eux ?

— Non. Pas depuis jeudi soir.

— J'imagine qu'ils sont avec Jack Worth en ce moment. »

Doug semble inquiet, pensa Jessie, et je ne crois pas que ce soit à cause de l'état de Kate.

Douglas embrassa timidement sa fille sur la joue et dit : « Je suis certain que tes prières ont été exaucées. La fièvre semble maîtrisée.

— Oui. Et je suis restée trop longtemps loin de Kate, dit Hannah. Au revoir, papa. Jessie, merci mille fois. »

Elle reprit le chemin de l'unité de soins intensifs. Jessie ne fut pas mécontente d'avoir l'occasion de rester quelques minutes avec Doug, tandis qu'ils prenaient l'ascenseur puis quittaient l'hôpital devant lequel attendait la voiture de Doug. « Je vous proposerais bien de vous raccompagner chez vous, dit-il, mais ces types vont arriver et la circulation en ville est toujours dense.

— Ne vous inquiétez pas, dit Jessie. Voilà un taxi. » Elle leva la main et le héla. « Mais, Doug, ajouta-t-elle rapidement, n'oubliez pas que je représente Kate. Toutes les informations que je pourrai réunir, si jamais elle est accusée d'être impliquée dans l'explosion, sont très importantes. J'aimerais beaucoup savoir ce que manigancent ces enquêteurs.

— Je vous téléphonerai dans la matinée si j'ai appris quelque chose d'intéressant », promit-il en montant dans sa voiture.

Dès la seconde où il fut à l'intérieur, la portière refermée, il sortit son téléphone portable et appela Jack Worth. « Vous leur avez parlé ?

— Oui. Vous vous souvenez de la camionnette accidentée qui était garée dans le fond du parking ?

— Et alors ?

— Un vagabond en a fait son petit chez-soi pendant les deux dernières années.

— Pendant les deux dernières années ? répéta Doug à voix basse d'un ton anxieux.

— Oui. Ils se demandent s'il pourrait avoir provoqué l'incendie. C'est une bonne chose. Un autre aspect de la situation qui éloignerait les soupçons pesant sur Kate.

— Vous avez raison, c'est une bonne chose. Selon eux, il était là souvent ?

— D'après les journaux qu'ils ont trouvés, il venait assez régulièrement et il y était sûrement la nuit de l'explosion.

— Donc, si ce n'est pas lui qui l'a provoquée, il pourrait être un témoin. »

Douglas Connelly ne voulut pas envisager ce que cela impliquait. Il raccrocha.

45

Frank Ramsey et Nathan Klein avaient quitté Jack Worth et pris le pont de la 59e Rue pour entrer dans Manhattan. Quand ils atteignirent l'immeuble luxueux où résidait Douglas Connelly, le portier les informa qu'il venait d'arriver. Ils montèrent à l'étage et eurent droit au même scénario que la première fois. Sandra leur ouvrit la porte et les conduisit dans la bibliothèque où ils trouvèrent Connelly dans un fauteuil, un verre à la main.

« Je voudrais seulement vous prévenir que Kate a eu un accès de fièvre et, comme vous pouvez le constater, Doug est très soucieux, dit Sandra. J'espère que vous ne vous attarderez pas car il a besoin de se reposer et d'avaler quelque chose. Le pauvre est à bout.

— Nous sommes désolés d'apprendre que l'état de santé de Mlle Connelly s'est aggravé, dit sincèrement Ramsey. Si M. Connelly a l'intention de se rendre à l'hôpital ce soir, nous le comprenons et nous pouvons remettre notre rendez-vous à demain.

— Non. Son autre fille joue les héroïnes. Elle veut être seule avec sa sœur.

— Ça suffit, Sandra. » Son verre à la main, Connelly se leva. « Quelle est cette histoire qu'on m'a racontée à propos d'un SDF qui aurait séjourné dans une camionnette de la manufacture ?

— Qui *a* séjourné dans une camionnette, monsieur Connelly, rectifia Frank Ramsey.

— Et si je comprends bien, il aurait dormi là pendant plusieurs années ?

— Au moins deux. On y a trouvé des journaux qui remontent aussi loin. »

Douglas Connelly avala une gorgée de vodka. « Aussi incroyable que cela puisse paraître, j'imagine comment c'est arrivé. Vous avez vu le hangar où sont garés les camions. Il est ouvert par-devant mais les côtés et l'arrière sont fermés. Cette camionnette était garée au fond. Durant ces dernières années deux des quatre camions étaient constamment en service alors que les deux autres empêchaient de voir le véhicule accidenté. Parfois, lorsque nous avions une livraison lointaine à faire, les chauffeurs démarraient tard le soir ou très tôt le matin. Mais aucun n'aurait eu de raison d'inspecter cette vieille carcasse. Si l'individu qui l'occupait partait le matin avant l'arrivée des employés, personne ne l'aura remarqué. Et pas davantage s'il restait à l'intérieur toute la journée. Mais, étant donné qu'il lui fallait sans doute se nourrir et satisfaire certains besoins, j'imagine qu'il s'en allait à la première heure, quand il n'y avait personne dans les parages, et revenait tard la nuit.

— Vous avez sans doute raison, dit Nathan Klein. Nos hommes ont interrogé les habitants du voisinage. Plusieurs personnes ont remarqué un clochard pous-

194

sant un caddie tôt dans la matinée, mais avec tous les entrepôts abandonnés qui entourent la manufacture, de nombreux sans-abri viennent se réfugier dans le coin.

— Et il y a autre chose, monsieur Connelly, dit Frank Ramsey. Nous pensons que ce vagabond s'est peut-être trouvé sur place au moment de l'explosion. Il a pu être témoin de ce qui s'est passé cette nuit-là. »

Plissant les yeux, il surveilla attentivement la réaction de Connelly.

« Nous savons que ma fille Kate et Gus Schmidt se trouvaient sur les lieux. Mais admettons que le clochard les ait vus ensemble, il n'avait aucun moyen de savoir si Kate avait été entraînée par Gus Schmidt. »

« Et ce sera la version officielle », conclut ironiquement Ramsey à l'intention de Klein tandis qu'ils retournaient à Fort Totten pour compléter leur rapport. Quand ils eurent terminé, ils montèrent chacun dans leur voiture et, exténués, rentrèrent chez eux.

46

Le lundi à vingt-deux heures trente, la fièvre de Kate grimpa brusquement à 40°. Le Dr Patel passa toute la nuit à l'hôpital. L'infirmière déclara à Hannah qu'il prenait un peu de repos dans une chambre au bout du couloir mais pouvait revenir bientôt. Hannah n'avait plus de larmes. Incapable d'une pensée cohérente, elle était assise, hébétée, auprès de Kate. Elle la voyait parfois s'agiter, déclenchant une alarme, provoquant l'arrivée précipitée de l'infirmière qui s'assurait qu'elle n'avait pas débranché la perfusion.

Le lendemain matin, à sept heures, la fièvre tomba. Avec un large sourire, l'infirmière demanda à Hannah de patienter à l'extérieur de la chambre pendant qu'elle changeait la chemise de Kate et ses draps trempés de sueur.

Quand Hannah entra dans la salle d'attente, flageolant sous l'effet de la fatigue et du soulagement, elle y trouva un prêtre qui l'attendait. Il se leva et l'aborda avec bienveillance. C'était un homme grand et mince, avec des yeux couleur noisette qui se plissèrent quand il la salua. Sa poignée de main était ferme et rassurante. « Bonjour, Hannah, je suis le père Dan Martin.

Je viens juste de voir le médecin, dit-il. Je sais donc que Kate va mieux. Vous n'avez aucune raison de vous souvenir de moi mais, quand vous étiez petite, votre famille faisait partie des paroissiens de Saint-Ignace-de-Loyola.

— En effet », dit Hannah, songeant avec regret que depuis que Kate avait acquis son appartement dans le West Side et qu'elle-même s'était installée dans le Village, ni l'une ni l'autre n'étaient guère allées à l'église, sauf pour les fêtes importantes.

« Je n'étais pas à Saint-Ignace alors, mais c'est moi qui ai célébré la messe de funérailles de votre mère et de votre oncle. Je venais d'être ordonné prêtre et depuis l'accident, j'ai bien souvent pensé à vous et à votre famille. Vous n'étiez qu'un bébé et votre sœur avait trois ans. Elle n'avait que trois ans et tenait la main de votre père. J'ai assisté à beaucoup d'obsèques émouvantes mais celles-ci me sont toujours restées présentes à l'esprit. J'ai prié pour Kate depuis ce qui est arrivé et je voulais seulement vous demander si vous me permettiez d'aller la voir. »

Il fit une pause puis ajouta : « Kate était une si jolie petite fille, avec ses longs cheveux blonds et ses ravissants yeux bleus. Les deux cercueils étaient disposés dans l'allée et elle tirait sans cesse sur le drap qui couvrait le premier, comme si elle savait que c'était celui où reposait sa mère.

— Il y avait une foule de journalistes à l'extérieur de l'église et au cimetière, dit Hannah. J'ai vu les images à la télévision. Ç'a été un accident tellement atroce. Les deux autres couples qui sont morts étaient connus dans le monde de la finance.

Le père Martin acquiesça. « J'ai tenu à rendre visite à votre père par la suite, et nous avons sympathisé. Il était dans un tel état de désespoir après avoir perdu votre mère, et son frère, bien sûr, plus ses amis. Le pauvre homme pleurait sans arrêt. Il était éperdu de douleur. Il m'a dit que s'il n'y avait pas eu ses petites filles, il aurait tout donné pour mourir lui aussi dans l'accident. »

Il a parfaitement surmonté ce sentiment, pensa Hannah, aussitôt honteuse d'elle-même. « Je sais à quel point il aimait ma mère, dit-elle. À treize ans, je lui ai demandé pourquoi il ne s'était pas remarié. Il m'a dit qu'on avait posé la même question au poète anglais Robert Browning après la mort d'Elizabeth Barrett Browning. Il avait répondu que se remarier eût été une insulte à la mémoire de sa femme.

— Quelques mois après l'enterrement, j'ai été nommé à Rome à l'Université grégorienne et j'ai perdu contact avec votre père. J'aimerais le revoir. Pourriez-vous me donner son numéro de téléphone ?

— Bien sûr. »

Elle récita d'un trait les numéros de Doug, y compris celui de son portable, et faillit ajouter le téléphone de la manufacture, mais s'arrêta à temps. Le père Martin les nota.

Hannah eut un instant d'hésitation avant de poursuivre : « Après avoir passé douze années à la Sacred Heart University, j'aurais sans doute dû demander que Kate reçoive l'extrême-onction.

— Je suis prêt à la lui administrer maintenant, dit doucement le père Martin. Les gens croient trop souvent, même de nos jours, qu'elle n'est administrée qu'à l'heure de la mort, ce qui est une erreur. C'est aussi une prière pour que le patient recouvre la santé. »

Quand l'infirmière les invita à revenir au chevet de Kate, ils la trouvèrent qui reposait calmement, dormant d'un sommeil paisible.

« Elle est sous sédation, mais il lui arrive de prononcer quelques mots, murmura Hannah. D'après le médecin, ce qu'elle dit n'a probablement aucune signification.

— J'ai vu de nombreux cas où un malade qui semble être dans le coma est en fait conscient de presque tout ce qui se passe autour de lui », dit le père Martin en ouvrant la mallette de cuir noir qu'il avait apportée.

Il en sortit son étole pliée, la baisa et la passa autour de son cou. Puis il déboucha une petite fiole d'huile consacrée. « C'est de l'huile d'olive vierge bénite par l'évêque, dit-il à Hannah. Elle a été spécialement choisie en raison des effets curatifs et stimulants qui la caractérisent dans la vie courante. »

Hannah le regarda tremper son doigt dans l'huile sainte et faire le signe de croix sur le front et les mains de Kate. « Soigner et réconforter », pensa-t-elle en écoutant les paroles de la prière que, penché sur Kate, le père Martin prononçait. Une sensation de paix l'envahit et, pour la première fois, elle commença à croire que sa sœur allait peut-être guérir et être capable d'expliquer pourquoi elle se trouvait cette nuit-là dans la manufacture avec Gus.

Je suis sans doute trop dure avec papa, pensa-t-elle. Depuis le début il craint que Kate ait mis le feu à l'usine. Peut-être n'est-ce pas seulement l'assurance qui le préoccupe. Peut-être est-il affolé à la pensée que Kate, si elle se rétablit, soit accusée d'avoir provoqué l'incendie et qu'elle risque des années de prison. Peut-être devrais-je lui faire confiance.

Quand elle quitta Kate à la suite du père Martin quelques minutes plus tard, elle s'arrêta au bureau de la salle de soins : « Promettez-moi de rentrer chez vous maintenant, Hannah », lui dit l'infirmière qui lui était devenue familière.

« Vous avez raison. Je vais prendre une douche et me changer. La mode est un métier où tout bouge sans arrêt, et je ne peux pas rester trop longtemps éloignée du bureau. Après avoir vu que Kate va mieux, je n'ai plus peur de la laisser. »

Le père Martin attendit un instant qu'elle retire son sac et son manteau de la penderie et ils sortirent ensemble de l'hôpital. À la porte, elle lui dit : « Je vais être franche. Je n'ai pas été très gentille avec mon père depuis que cet accident est arrivé. C'est une longue histoire, mais vous m'avez permis de réfléchir à certaines choses et j'espère que vous allez bientôt le revoir. C'est très important pour lui, je le sais. »

47

Tim Fleming était le supérieur hiérarchique à qui Frank Ramsey et Nathan Klein remettaient leur rapport. Pendant les cinq jours qui s'étaient écoulés depuis l'explosion de la manufacture Connelly, ils lui avaient fait quotidiennement un compte rendu détaillé du déroulement de l'enquête. Le mardi matin, ragaillardis par une bonne nuit de sommeil, ils étaient dans son bureau de Fort Totten.

Fleming, un homme d'une cinquantaine d'années, de solide constitution, avec des cheveux d'un gris d'acier et un visage impassible, avait méticuleusement examiné les rapports et aussitôt abordé les faits saillants de l'affaire. Sa voix était profonde et sonore : « Ce Connelly et son directeur ont laissé pourrir une camionnette accidentée dans leur parking pendant cinq ans ? Il serait intéressant de vérifier que leur chauffard n'avait bien embouti qu'un arbre, et non pas un pauvre type à bicyclette.

— L'extérieur du véhicule a été examiné soigneusement à la recherche de traces de sang ou de tissus humains, dit Klein pour rassurer son patron. Il a bien embouti un arbre. C'était un orme et, d'après eux, il était déjà mort.

— Donc cet ivrogne a évité au propriétaire de voir l'arbre tomber sur sa maison lors d'une tempête, fit remarquer Fleming. Un mec drôlement attentionné ! »

Ramsey et Klein sourirent. Leur patron était connu pour ce genre de commentaire. Mais Fleming revint à l'affaire : « Que le carnet de notes de Jamie Gordon ait été trouvé dans la camionnette ne signifie pas qu'elle l'y ait apporté elle-même.

— Non, bien entendu.

— Et le SDF qui campait là n'a pas de casier ?

— On n'a rien trouvé. Aucune des empreintes relevées dans le véhicule ne correspond à celles d'individus ayant un casier judiciaire.

— Bon. Nous allons organiser une conférence de presse à midi pour faire savoir qu'un clochard a pu se trouver sur les lieux au moment de l'explosion. On m'a prévenu que les descriptions des sans-abri répertoriés dans le carnet ont été communiquées à tous les commissariats de la ville. »

Klein et Ramsey hochèrent la tête.

« Les flics connaissent les SDF de leur secteur. Je ne serais pas surpris qu'ils en interpellent rapidement un certain nombre. La direction a décidé de communiquer des copies de la photo de famille aux médias. Mais nous ne révélerons encore rien à la presse concernant le carnet de Jamie Gordon. Les types du labo savent que son nom ne doit pas être prononcé.

— Absolument, confirma Ramsey.

— Informer les médias de l'existence du SDF leur

donnera de quoi s'occuper, dit Fleming. Ils sont tous pratiquement convaincus que c'est la fille Connelly, celle qui a été blessée, qui est responsable de l'explosion, avec son copain, le dénommé Schmidt. »

Il se leva, signifiant que la réunion était terminée. « Il est midi », dit-il. Puis il ajouta : « Vous avez fait du bon boulot, les gars, ce qui, soit dit en passant, ne m'étonne pas. »

Trois heures plus tard, avec la conférence de presse, l'annonce qu'un vagabond s'était probablement trouvé présent sur les lieux au moment de l'explosion fut largement relayée. Des copies de la photo du jeune couple avec son bébé furent distribuées un peu partout. Après avoir laissé entendre pendant presque une semaine que Kate Connelly et Gus Schmidt étaient les incendiaires, les journalistes, grâce à cette nouvelle information, eurent de quoi meubler leur une.

À quatorze heures, la photo prise plus de quarante ans auparavant dans une modeste maison de Staten Island était diffusée sur l'internet.

Frank Ramsey était plus convaincu que Nathan Klein du rapport qui existait entre le vagabond et la photo. « Je parie qu'elle a été mise à la poubelle par quelqu'un en train de vider sa maison, dit Nathan, sceptique. Ainsi, quand une amie de ma femme Sarah, Kat LeBlanc, a perdu sa grand-mère, il y avait chez elle des tiroirs pleins de vieilles photos. Des instantanés, certains datant de quatre-vingts ou quatre-vingt-dix ans, de cousins de sa grand-mère, de gens que Kat ne pouvait même pas identifier. Sarah lui a demandé si elle allait les rapporter chez elle et les monter au grenier pour que ses enfants soient obligés de les jeter au bout de trente ou quarante ans.

— Qu'a fait son amie ? » demanda Frank, se rappelant que sa propre mère gardait encore des boîtes pleines de photos de parents disparus depuis longtemps.

« Kat en a gardé certaines où figurait sa grand-mère. Et quelques autres sur lesquelles elle pouvait reconnaître Untel ou Unetelle, et elle a déchiré le reste.

— Je persiste à croire que la photo trouvée dans la camionnette va nous fournir une piste, soutint Frank, et j'ai hâte de rendre une nouvelle visite à Lottie Schmidt. Le rapport du service des impôts de New York devrait nous parvenir dans la journée. Si Gus Schmidt a payé les taxes sur ce qu'il a gagné à la loterie, je veux bien manger mon chapeau, comme disait mon père.

— Ton chapeau ne risque rien, assura Klein. Je vais rappeler les types des impôts et leur dire qu'"urgent" signifie "urgent". »

48

Shirley Mercer, une belle femme noire âgée d'une petite cinquantaine d'années, était l'assistante sociale chargée de rendre visite au sans-abri prénommé Clyde à l'hôpital. Elle arriva à la hauteur de son lit dans une salle du Bellevue le mardi en fin d'après midi. On lui avait donné un bain, coupé les cheveux et il était rasé. Il souffrait d'une sévère bronchite, mais depuis son hospitalisation, dix-neuf heures plus tôt, sa température était redevenue normale et il avait bien mangé. Il était sur le point de sortir et Shirley avait pris des dispositions pour qu'il ait une chambre dans un des hôtels gérés par la ville.

Shirley avait étudié son dossier avant de venir le voir. Le personnel de l'asile de nuit devant lequel il s'était évanoui en savait peu sur lui. Il n'y avait séjourné qu'occasionnellement, et chaque fois avait donné un nom différent. Ils supposaient que son prénom était exact. Il disait s'appeler Clyde. Mais les noms de famille changeaient. Clyde Hunt. Clyde Hunter. Clyde Holling. Clyde Hastings. Hastings était le nom qu'il avait donné la veille quand il avait repris connaissance et attendu l'ambulance.

Certains des habitués de l'asile avaient dit au directeur qu'on le croisait dans les parages depuis plusieurs années. « Il va et vient, toujours seul. Il ne parle à personne. Il se fiche en rogne si quelqu'un veut partager son coin dans la rue. On ne l'a pratiquement pas vu la nuit depuis deux ans. Tout le monde a pensé qu'il avait trouvé un endroit où crécher. »

Un autre sans-abri avait raconté que, le samedi soir, Clyde avait donné un coup de poing à Sammy quand ce dernier avait voulu dormir sur la même rampe d'accès d'un parking que lui.

Mais il n'était pas fiché par la police, nota Shirley, et n'avait apparemment aucun domicile fixe depuis plusieurs années. Il avait dit à l'infirmière qu'il avait soixante-huit ans, ce qui paraissait plausible. Cependant, une chose était certaine, pensa-t-elle, s'il restait dans la rue, il mourrait de pneumonie.

Munie de ces informations, elle s'était rendue au chevet de Clyde. Il avait les yeux fermés. Malgré les marbrures qui marquaient son visage et les rides profondes autour de son nez et de ses lèvres, on devinait qu'il avait dû être beau dans sa jeunesse.

Elle lui effleura la main. Les yeux de Clyde s'ouvrirent brusquement et il redressa la tête. « Excusez-moi, monsieur Hastings, dit-elle d'une voix douce. Je ne voulais pas vous effrayer. Comment allez-vous ? »

Clyde se laissa aller en arrière sur l'oreiller et observa le regard bienveillant de la femme qui se tenait près de son lit. Puis il se mit à tousser, d'une toux profonde et rauque qui lui secouait la poitrine et le dos.

« Pas très fort, dit-il.

— Heureusement qu'on vous a amené ici la nuit dernière, dit l'assistante sociale. Sinon, vous auriez une broncho-pneumonie à l'heure qu'il est. »

Clyde avait le vague souvenir de s'être évanoui au moment d'arriver à l'asile de nuit. Une autre pensée l'envahit soudain. « Mon caddie ! Mes affaires ! Où sont-elles ?

— Ils les tiennent à votre disposition », dit vivement Shirley. « Clyde, votre nom de famille est bien Hastings, n'est-ce pas ?

— Ouais. Pourquoi ?

— Il vous est arrivé de donner d'autres noms.

— J'ai parfois les idées embrouillées.

— Je vois. Avez-vous de la famille, Clyde ?

— Non.

— Personne ? Un frère ou une sœur ? »

Clyde pensa à la photo où il figurait avec Peggy et Skippy. Des larmes brillèrent dans ses yeux.

« Vous avez quelqu'un, n'est-ce pas ? demanda Shirley d'un ton compatissant.

— C'était il y a longtemps. »

Shirley Mercer comprit qu'il était inutile de parler à Clyde d'éventuelles attaches familiales. « Vous avez été dans l'armée ? demanda-t-elle. D'après votre dossier médical, vous avez des cicatrices sur la poitrine et le dos. Vous avez à peu près l'âge d'être un vétéran du Vietnam. »

Elle allait trop loin. « Je n'ai jamais mis les pieds dans l'armée », répliqua Clyde, puis il ajouta : « J'étais ce qu'on appelle un objecteur de conscience quand ils ont rétabli la conscription. »

Joey Kelly. *Dis à maman combien je l'aimais…* Je

ne suis jamais allé voir sa mère, pensa Clyde. Je ne pouvais pas lui raconter qu'il essayait de retenir ses entrailles à pleines mains en me disant cela. Et son sang se répandait sur moi comme si j'étais moi-même en train de mourir…

« Fermez-la », dit-il d'un ton furieux à Shirley Mercer. « *Fermez-la*. Et dites-leur de me rendre mes habits. Je veux me barrer d'ici. »

L'assistante sociale eut un mouvement de recul, craignant qu'il la frappe. « Clyde, protesta-t-elle, vous ne pouvez pas partir tout de suite. Je me suis arrangée pour que vous ayez une chambre dans un hôtel de la municipalité. On va vous donner vos médicaments et il ne faudra pas oublier de les prendre tous. Vous serez au chaud et au sec et vous serez nourri. Vous en avez besoin pour guérir. »

Je dois faire attention, se dit Clyde. Il savait qu'il avait été sur le point de la frapper. Si je fais un truc pareil, on va m'arrêter et me fourrer dans un de ces trous sordides qu'ils appellent prisons. « Je suis désolé, dit-il, vraiment désolé. Je n'aurais pas dû me mettre en colère contre vous. Ce n'est pas votre faute. Vous êtes une gentille personne. »

Il savait à quoi ressemblerait l'hôtel. Un taudis. Un vrai taudis. Je mettrai les voiles dès qu'elle aura tourné les talons, pensa-t-il. Je trouverai un autre endroit comme ma camionnette où je pourrai rester toutes les nuits. Puis ses yeux s'élargirent. Le poste de télévision fixé sur le mur, derrière l'assistante sociale, était allumé. Il vit un de ces types qui présentaient le journal montrer la photo où il était avec Peggy et Skippy. Ils vont tout me mettre sur le dos, se dit-il. L'explosion. La fille qui est venue dans la camionnette cette nuit-là.

S'efforçant de dissimuler sa panique, il dit : « Je serai content d'aller dans cet hôtel avec vous. Je m'en doutais. Je ne peux plus rester dans la rue.

— Non, vous ne le pouvez pas », dit Shirley Mercer d'un ton ferme, même si elle devinait les pensées de Clyde. Nous allons nous occuper de son installation à l'hôtel, puis il se sauvera, pensa-t-elle. Je me demande quelle est la vérité au sujet de son passé, mais j'imagine que nous ne le saurons jamais. Elle se leva. « Je vais envoyer quelqu'un pour vous aider à vous habiller. Ils vous donneront de bons vêtements chauds. »

Derrière elle, le présentateur disait : « Si vous reconnaissez la famille qui est sur cette photo, veuillez appeler ce numéro immédiatement… »

49

À quarante-deux ans, Skip Hotchkiss était propriétaire de cinq *delicatessen* à Irvington et à Tarrytown,
dans l'État de New York. Deux villes de banlieue du
comté de Westchester, à moins d'une heure de voiture
de Manhattan. Dans sa jeunesse, il allait souvent après
l'école dans le *delicatessen* de Staten Island où sa
mère travaillait depuis la disparition de son père.

Compréhensif, le propriétaire, un immigré allemand
du nom de Hans Schaeffer, accueillait volontiers le
jeune garçon. Enfant, Skip faisait ses devoirs dans
l'arrière-boutique du magasin, et, plus âgé, il avait
commencé à remplir les rayons et faire des livraisons.

Les salades maison, viandes froides et *Apfelstrudel*
que préparaient les Schaeffer étaient délicieux et Skip
s'asseyait souvent à côté de Mme Schaeffer pendant
qu'elle cuisinait. Très vite, il l'avait aidée dans ses
préparations. Il avait beaucoup d'amis à l'école et
c'était un élève brillant, mais il ne montrait pas beaucoup d'intérêt pour le sport. Le *delicatessen* était le
seul endroit où il avait envie d'être.

À six heures du soir, sa mère et lui rentraient chez
eux à pied. Elle n'avait jamais quitté la petite maison

qu'elle avait partagée avec son père. « Ne crois jamais qu'il nous a abandonnés, Skip, lui disait-elle. Il nous aimait de tout son cœur tous les deux, mais il est rentré de la guerre ravagé et en proie à la peur. Il lui est arrivé quelque chose dont je suis certaine qu'il n'a jamais parlé, même quand les médecins ont essayé de l'aider. Regarde toutes ces médailles qu'il a gagnées au Vietnam. Il les a payées très cher. »

Skip se souvenait d'avoir dit « Trop cher ? »

Il n'avait jamais oublié le sourire mélancolique de sa mère. « Je pense que oui. »

En sortant du lycée, Skip avait obtenu une bourse pour Virginia Tech et s'était inscrit à l'école de cuisine. Son diplôme en poche, il avait travaillé pendant deux ans comme sous-chef dans un restaurant de New York. Mais le vieux M. Schaeffer s'apprêtait alors à prendre sa retraite et il laissa son commerce entre les mains de Skip. Il le lui vendit sans lui demander de premier versement, juste un règlement étalé sur dix ans. « Les gens me traitent de fou, avait-il dit. Je ne suis pas fou. Je te connais. Tu ne mettras pas cinq ans à rembourser la totalité. »

C'était exactement ainsi que les choses s'étaient passées. À ce stade, marié et père de deux petits garçons, Skip avait décidé de s'installer dans le comté de Westchester. Il avait vendu le vieux *delicatessen* et en avait ouvert un tout nouveau à Irvington. Aujourd'hui, quinze ans plus tard, il était un membre prospère et apprécié de la communauté. Aucun de ses quatre fils, qui avaient entre dix et seize ans, ne s'appelait Clyde. Il pensait souvent que son père l'avait surnommé Skip parce que lui non plus n'aimait pas ce prénom.

Sa mère, Peggy, était restée à Staten Island. « Tous mes amis sont ici, lui avait-elle dit. Ce n'est pas si loin et tu me verras bien assez. » À plus de soixante ans, elle était bénévole au sein de sa paroisse et s'occupait d'organisations caritatives. Et puis il y avait Donald Scanlon, un veuf et voisin de longue date qui avait été inspecteur de la police de New York et qui aurait bien aimé épouser Peggy.

Le mardi soir, Skip finit la tournée de ses magasins et rentra chez lui à dix-sept heures quarante-cinq. Il avait beau adorer son commerce, jamais il n'avait laissé celui-ci le distraire de son rôle de mari et de père. Il arrive qu'on apprenne par manque d'exemple, pensait-il parfois avec mélancolie.

En ouvrant la porte d'entrée, il entendit ses deux cadets engagés dans une violente discussion. « Je suggère que vous alliez un moment vous calmer dans vos chambres, dit-il d'une voix posée mais indiscutablement ferme.

— Mais, papa… »

Les protestations cessèrent et les garçons montèrent à l'étage, leur pas lourd trahissant leur amertume devant tant d'injustice. Quand ils furent seuls, sa femme, Lisa, soupira : « Je ne sais pas comment une femme peut élever des enfants seule. » Elle l'embrassa. « Bienvenue sur le champ de bataille.

— De quoi s'agissait-il, cette fois ?

— Ryan a fait tomber le téléphone portable de Billy dans les toilettes.

— Par maladresse, j'espère, dit vivement Skip.

— Oui, je crois. Mais il a encore l'air de marcher. Le dîner sera prêt dans une heure. Allons prendre un verre de vin et regarder les informations en attendant.

— Volontiers. À quelle heure rentrent Jerry et Luke ?

— Comme d'habitude. L'entraînement sera bientôt fini. »

En la voyant le précéder dans le salon, Skip Hotchkiss se dit qu'il était un homme heureux. Lisa et lui s'étaient connus à Virginia Tech. Il n'y avait jamais eu quelqu'un d'autre, ni pour lui, ni pour elle.

C'était ce que ma mère éprouvait pour mon père, pensa-t-il soudain tandis qu'il servait le vin derrière le bar, puis choquait son verre contre celui de Lisa en s'asseyant à côté d'elle sur le canapé.

Le bulletin d'information de CBS avait commencé. « Rebondissement dans l'affaire de l'explosion de la manufacture de meubles Connelly qui a fait un mort et gravement blessé la fille du propriétaire », disait Dana Tyler, la présentatrice. « On vient d'apprendre qu'un SDF vivait dans une camionnette accidentée abandonnée sur un parking de la manufacture et qu'il était peut-être présent la nuit de l'explosion. Une photo découverte dans le véhicule pourrait aider la police à retrouver cet homme. La voici. »

Skip s'était moyennement intéressé à l'information, plus concerné par la énième dispute de ses deux garçons. Mais soudain il retint sa respiration. « Oh, mon Dieu, s'écria-t-il. Oh, mon Dieu.

— Skip, qu'y a-t-il ? demanda Lisa, affolée.

— Cette photo. Regarde. Où l'as-tu déjà vue ? »

Lisa regarda fixement l'écran. « C'est celle que ta mère a sur sa cheminée. Oh, Skip, est-il possible que ce SDF soit ton père ? »

50

Le déblaiement des décombres de la manufacture commença le mardi matin. Après une enquête méthodique, l'origine et la cause de l'explosion et de l'incendie qui en avait résulté avaient été déterminées : la conduite de gaz en partie dévissée, signe évident d'une action malveillante, avait permis au gaz de se répandre dans le musée avant de prendre feu à cause d'un fil électrique dénudé dans la suite Fontainebleau.

Les inspecteurs de la compagnie d'assurances avaient découvert, brisés et calcinés, les pieds de superbes fauteuils et tables d'époque, ainsi que des lambeaux d'étoffes tissées trois siècles auparavant. Certaines pièces avaient été retrouvées des centaines de mètres plus loin dans les allées qui menaient aux entrepôts. À présent, il était temps de débarrasser les gravats qui pouvaient se révéler dangereux.

Des chariots élévateurs furent placés sur des remorques, des bennes descendues des camions et amenées dans la partie où commençaient les travaux de déblaiement. Les ouvriers s'attaquèrent en priorité au musée qui avait longtemps abrité les meubles anciens remarquables que Dennis Francis Connelly avait été si fier de copier. « On se croirait dans une zone de guerre, dit José Fernandez, un des jeunes ouvriers, au chef d'équipe. Celui qui a fait ça ne rigolait pas.

— C'est une zone de guerre, reconnut le chef d'équipe. Et tu as raison, le type qui a fait ça ne rigolait pas. Il faut faire gaffe aux affaissements de terrain. Je ne veux pas qu'un de mes hommes soit blessé et je ne peux pas perdre mon matériel. »

Toute la journée, avec un arrêt à midi pour un bref déjeuner, toute l'équipe entreprit de déblayer les vestiges calcinés et d'abattre les murs endommagés qui penchaient dangereusement.

À dix-sept heures, alors qu'ils s'apprêtaient à partir, un affaissement se produisit dans le sol près de l'endroit où étaient stationnés les camions auparavant. « Pas de dégâts, dit le chef d'équipe. Entourez tout ça d'une bande de sécurité au cas où un imbécile déciderait de venir fouiller le chantier cette nuit. »

Pas mécontents de cette décision, les hommes disposèrent quatre piquets autour de l'éboulement et tendirent un ruban de plastique orange portant l'inscription : DANGER.

À CHAQUE JOUR SUFFIT SA PEINE, pensa José en s'étirant pour soulager ses épaules endolories avant de s'installer au volant de l'un des camions. Avec son diplôme d'histoire ancienne et plus de cent mille dollars d'emprunt pour payer ses études, il avait été heureux de décrocher ce boulot, et s'était promis de tenir jusqu'à ce que l'économie redémarre. Élevé dans un lotissement de Brooklyn par ses parents, d'honnêtes travailleurs immigrés du Guatemala, il aimait chercher des citations qui collaient avec la situation dans laquelle il se trouvait.

À CHAQUE JOUR SUFFIT SA PEINE. Quelle est la première phrase ? se demanda-t-il en démarrant. *NE VOUS INQUIÉTEZ DONC PAS DU LENDEMAIN : DEMAIN S'INQUIÈTERA DE LUI-MÊME. À CHAQUE JOUR SUFFIT SA PEINE.* Satisfait, José appuya sur l'accélérateur.

Derrière les camions qui s'éloignaient, les ombres du soir avaient déjà commencé à recouvrir une forme presque entièrement dissimulée sous les pavés défoncés. Un squelette qui portait encore une chaîne d'argent ternie et sale avec un médaillon où était gravé un nom : TRACEY.

Justin Kramer ne pouvait s'empêcher de penser à Hannah Connelly.

Il avait été touché par la sollicitude de Kate, le jour de la signature du bail, quand elle avait compris qu'il était obligé de vendre l'appartement parce qu'il avait perdu son emploi. Il avait essayé de la persuader que ce n'était pas très grave. Certes, il avait bien aimé habiter là. Mais il ne voulait pas vivre au-dessus de ses moyens. Deux mille dollars par mois de charges en plus du remboursement de l'emprunt ne rentraient pas dans son budget maintenant qu'il était au chômage.

L'idée de donner à Kate la broméliacée lui était venue après coup. Il se trouvait dans l'appartement le jour où l'agent immobilier le lui faisait visiter. Elle l'avait admirée et s'y connaissait visiblement en plantes. Voilà comment s'était matérialisé son cadeau de bienvenue. Il avait trouvé Kate charmante.

Mais quand il s'était rendu à l'appartement le dimanche après-midi et avait rencontré Hannah Connelly, il s'était passé quelque chose. Ses yeux d'un bleu profond, frangés de longs cils, étaient mis en valeur par un teint d'ivoire et un casque de cheveux d'un noir d'ébène. Elle portait des chaussures de jogging et lui arrivait à peine à l'épaule. Avec son mètre soixante-quinze, Justin avait toujours rêvé d'avoir au moins cinq centimètres de plus.

Il se souvint qu'un jour où il se plaignait de sa taille, son père lui avait conseillé sèchement : « Alors, tiens-toi droit. Rien ne vaut un maintien militaire pour donner l'impression d'être plus grand. »

Hannah et lui s'étaient attardés un moment dans le salon avant d'aller dans la cuisine et il avait pris la plante. Puis, en descendant dans l'ascenseur, Justin avait hésité à demander à Hannah si elle avait déjà déjeuné.

Il s'était décidé à lui poser la question, elle avait dit non et accepté d'aller au restaurant avec lui. Et ils avaient passé un moment très agréable. Après le déjeuner, Hannah était retournée à l'hôpital auprès de sa sœur. Toute la journée du lundi, Justin avait hésité à l'appeler, mais il ne voulait pas donner l'impression qu'il la harcelait. Il s'était dit que l'arrosage d'une plante n'était pas nécessairement le moyen le plus efficace pour cultiver une amitié qu'il avait très envie de voir grandir.

Le mardi, il avait rendez-vous avec un client, un homme qui avait hérité d'une certaine somme d'argent et souhaitait l'investir intelligemment. Ensuite, Justin choisit de rentrer chez lui à pied depuis ses nouveaux bureaux. Décision qui devait l'amener à passer devant l'immeuble de Kate Connelly.

En arrivant à sa hauteur, il jeta un regard vers la porte d'entrée, espérant voir Hannah. Au lieu de quoi il reconnut l'homme qui sortait à ce moment-là. Il avait vu suffisamment de photos de Douglas Connelly dans la presse ces derniers temps pour être certain de ne pas se tromper. Justin l'aborda : « Monsieur Connelly », dit-il.

Surpris, Douglas Connelly s'arrêta, jaugea Justin. Remarquant son allure convenable et son costume de bonne coupe, il s'efforça de sourire.

« Monsieur Connelly, je suis un ami de vos filles. Comment va Kate aujourd'hui ?

— Son état s'améliore, je vous remercie. Où l'avez-vous connue ? »

Justin lui expliqua en peu de mots dans quelles circonstances ils s'étaient rencontrés et conclut : « Puis j'ai fait la connaissance d'Hannah ici même, dimanche après-midi, en venant chercher la plante que j'avais offerte à Kate.

— Dimanche après-midi ?

— Oui.

— Et vous avez vu Hannah ici ?

— Oui, monsieur. Absolument.

— Elle ne m'a pas dit qu'elle était venue à l'appartement. Voilà qui explique tout », dit Connelly, se parlant plus à lui-même qu'à Justin. « Eh bien, ravi de vous avoir rencontré. » Avec un bref signe de tête, il monta dans sa voiture.

C'était une Bentley. Justin admira en connaisseur la superbe voiture tandis que le chauffeur démarrait. Puis il pensa qu'il avait cette fois une bonne excuse pour appeler Hannah. Il lui dirait qu'il venait de rencontrer son père par hasard.

Sans attendre, il sortit son téléphone portable. Le numéro d'Hannah était déjà sur sa liste de contacts.

Elle répondit tout de suite. Quand il demanda des nouvelles de Kate, elle lui raconta sa visite à l'hôpital dans la soirée du dimanche, et qu'ensuite Kate avait eu un accès de fièvre lundi pendant la nuit.

Il perçut l'épuisement dans sa voix.

« Comment est-elle à présent ?

— La fièvre est tombée ce matin. J'ai dû aller travailler aujourd'hui, mais je suis passée la voir et elle va aussi bien que possible.

— J'allais vous inviter à dîner, mais j'ai l'impression que vous préférez vous coucher.

— Vous avez deviné. Je n'ai pas fermé l'œil de la nuit dernière, mais je vous remercie. »

Justin se souvint alors qu'il avait appelé Hannah sous le prétexte qu'il venait de rencontrer son père. Tandis qu'il lui en faisait part, il se rendit compte que rien, dans les paroles de Douglas Connelly, n'avait laissé supposer que l'état de Kate était aussi inquiétant.

« Vous venez de voir mon père sortir de l'appartement de Kate ? demanda Hannah, stupéfaite.

— Oui. En réalité, il était en train de monter dans sa voiture.

— Il ne m'a pas dit qu'il avait l'intention d'y aller, mais c'est sans importance. » Hannah tenta de dissimuler la colère contenue dans sa voix. Pour quelle raison son père s'était-il rendu chez Kate ? Certainement pas par souci de ce qui traînait dans le réfrigérateur, se dit-elle. Il voulait mettre la main sur les bijoux et avait sans doute l'intention de fouiller dans le bureau de sa fille et d'y chercher ce qui l'intéressait.

Il n'échappa guère à Justin qu'Hannah était bouleversée par ce qu'il venait de lui dire. « Hannah, vous allez bien ? »

Hannah eut l'impression que la question lui parvenait du bout du monde. « Oh, oui, ça va, dit-elle très vite. Excusez-moi, Justin. J'ai été seulement... surprise. Merci encore de m'avoir téléphoné. »

Justin Kramer espéra qu'avant de raccrocher Hannah l'avait entendu dire : « Je vous rappellerai d'ici un jour ou deux. »

52

Mark Sloane se plaisait dans ses nouvelles fonctions. Il partait tous les matins au bureau avec un entrain qu'il n'avait plus éprouvé depuis longtemps.

Il aimait son appartement et avait passé le lundi à déballer les tableaux et les objets qu'il avait rapportés de ses vacances à l'étranger.

Il les avait ensuite regroupés au pied des murs où il avait l'intention de les accrocher. Ceux qui étaient destinés aux rayonnages de la deuxième chambre, dont il avait fait un bureau, étaient déjà en place. La pièce avait une salle de bains séparée et le canapé convertible le plus confortable qu'il ait pu trouver. Il l'avait acheté dans l'espoir que sa mère viendrait lui rendre visite plusieurs fois par an.

Après être tombé sur Jessie le lundi soir, la pensée que Kate Connelly avait fait une rechute l'avait poursuivi toute la journée. Il n'ignorait pas que son intérêt pour une voisine qu'il n'avait pratiquement jamais rencontrée était lié à son entrevue avec Nick Greco et à leur conversation à propos de la disparition de Tracey. Comme si les plaies morales qu'il croyait cicatrisées au fil des années s'étaient soudain rouvertes.

Il savait à quoi ressemblaient cette attente de chaque instant, l'espoir, les prières. L'inquiétude poignante d'Hannah Connelly et de son amie Jessica Carlson lui rappelait celle de sa mère le jour où elle avait reçu le coup de téléphone concernant Tracey.

L'instant de l'appel était resté gravé dans la mémoire de Mark bien qu'il n'ait eu alors que dix ans. Il n'était pas allé à l'école à cause d'un gros rhume et il était assis à la table de la cuisine avec sa mère. Elle venait de lui préparer une tasse de thé et un sandwich au bacon quand le téléphone avait sonné.

« *Disparue !* » C'était le mot qu'il avait entendu sa mère prononcer d'une voix tremblante, et il avait compris aussitôt qu'il s'agissait de Tracey.

Puis l'attente avait commencé. L'attente qui durait toujours.

Le mardi soir, Mark Sloane alla s'inscrire au gymnase et effectua une heure et demie d'exercices qui éliminèrent les contractures de son cou et de son dos. Après avoir pris une douche et s'être changé, il fourra ses vêtements de sport dans un sac qu'il alla déposer chez lui. Puis, peu désireux de se faire griller le steak qui était dans le réfrigérateur, il chercha sur le Web la liste des restaurants du quartier. Le Tommy's Bistro y était toujours indiqué, à seulement quatre rues de son immeuble.

Ils n'ont sans doute conservé que le nom, pensa-t-il en enfilant son blouson. Je n'imagine pas que le propriétaire soit le même au bout de trente ans.

Il n'avait pas atteint la porte d'entrée que son portable sonna. C'était Nick Greco. « Vous ne devinerez jamais où je m'apprête à aller, lui dit Mark. Au Tommy's Bistro, l'endroit où travaillait Tracey, à quatre rues d'ici. J'ai l'intention d'y dîner, et si, par hasard, l'ancien propriétaire est toujours là, j'essaierai de lui parler. C'est lui qui s'inquiétait tellement pour ma sœur qu'il était parti à sa recherche quand elle ne s'était pas présentée à son travail.

— Je vous téléphone à temps, dit Greco. Je viens de recevoir un appel d'un de mes amis de la police. Ils s'apprêtent à annoncer d'un instant à l'autre qu'ils ont procédé à une arrestation liée à l'homicide d'une autre jeune femme qui a disparu le mois dernier et a été retrouvée morte. Elle a été étranglée.

— Je ne comprends pas, dit Mark. Nick, qu'est-ce que vous me racontez ?

— Le tueur présumé se nomme Harry Simon. Il a cinquante-trois ans et – croyez-le ou non –, il travaille à la cuisine du Tommy's Bistro depuis trente ans ! Comme tous les autres employés, il a été interrogé lors de la disparition de Tracey, mais il semblait avoir un alibi en béton à l'époque. Peut-être allons-nous savoir si ce prétendu alibi en béton tient toujours, après tout ce temps. »

53

Shirley Mercer avait accompagné Clyde dans sa chambre de l'hôtel Ansler qui, avec ses plafonds dorés et ses candélabres délicats, avait possédé jadis l'une des plus célèbres salles à manger de New York. Mais quatre-vingt-dix ans s'étaient écoulés depuis. Dans les années 1950, passé de mode auprès des New-Yorkais sophistiqués, il avait fini par fermer. Situé près du grand magasin Macy's dans la 33e Rue, il était longtemps resté avec ses portes et fenêtres condamnées, avant d'être utilisé depuis quelques années par la municipalité comme foyer pour les sans-abri.

L'assistante sociale avait constaté avec satisfaction que Clyde avait droit à une chambre individuelle avec un lit étroit, une petite commode et une chaise. La salle de bains se trouvait au bout du couloir. En arrivant, elle remarqua que des restes de nourriture traînaient par terre. Elle savait que l'équipe de nettoyage faisait du mieux qu'elle pouvait mais avait parfois affaire à des gens qui avaient perdu depuis longtemps le sens de l'hygiène. Quelqu'un dans la chambre voisine mettait la musique à fond, un bruit à vous déchirer les tympans.

Elle observa l'expression de Clyde tandis qu'il tirait son caddie à l'intérieur de la chambre. Impassible, indifférente. J'aurai à peine tourné les talons qu'il va prendre ses jambes à son cou, pensa-t-elle.

Clyde se mit à tousser, de cette toux rauque, caverneuse, qu'elle avait remarquée à l'hôpital. « J'ai apporté deux bouteilles d'eau, Clyde. Vous ne devez pas oublier vos médicaments.

— Oui. Merci. C'est très chouette ici. Comme à la maison.

— Je vois que vous avez le sens de l'humour, dit Shirley. Bonne chance, Clyde. Je viendrai prendre de vos nouvelles dans un jour ou deux.

— C'est gentil. »

Quel genre d'homme était-ce ? se demanda Shirley en descendant à pied les quatre étages de l'escalier qui menait au hall d'entrée. C'était ça ou s'en remettre à l'ascenseur qui tombait régulièrement en panne. Elle y était restée bloquée pendant une heure quelques mois plus tôt.

Une fois sur le trottoir, elle s'arrêta le temps de fermer le bouton de col de son manteau, puis elle hésita à s'arrêter chez Macy's afin d'acheter un cadeau pour une fête donnée en l'honneur d'une de ses amies qui attendait un bébé. Mais la pensée de son petit appartement douillet de Brooklyn, du fait que c'était le jour de congé de son mari et qu'il lui avait promis de faire la cuisine était trop tentante. Elle continua jusqu'au coin de la rue et descendit dans le métro, heureuse de rentrer chez elle et d'y retrouver une atmosphère de chaleur et d'amour.

Si seulement je pouvais aider vraiment des malheureux comme Clyde, songea-t-elle. Mais le mieux que je puisse faire, c'est de lui éviter de mourir de pneumonie au fond d'une ruelle.

54

Dans sa maison de Staten Island, Peggy Hotchkiss regardait le même bulletin d'information que son fils et sa belle-fille. Un cri étouffé lui échappa, suivi d'un gémissement sourd tandis qu'elle se cramponnait aux bras du fauteuil club dans lequel elle était assise.

Son regard se tourna immédiatement vers la cheminée où trônait la photo de Clyde, elle et Skip. Elle avait été prise quelques semaines seulement avant que, au retour d'une visite chez ses parents en Floride, elle trouve sur la table la courte lettre et l'argent laissés par Clyde, entourés de ses médailles militaires gagnées au Vietnam. Elle avait remplacé la photo où ils figuraient tous les trois, que Clyde avait emportée, par une copie de celle qu'elle avait donnée à son père et sa mère.

En dépit du choc qu'elle avait éprouvé alors, elle s'était persuadée qu'on le retrouverait rapidement et qu'on pourrait le soigner. Mais il avait bel et bien disparu. Pendant des mois, elle s'était rendue à la morgue chaque fois qu'un homme non identifié d'à peu près la même taille et la même corpulence était trouvé mort. Chaque fois elle avait contemplé le visage que dévoilait un employé en soulevant le drap qui le recouvrait, chaque fois elle avait secoué la tête et s'était détournée, soulagée.

Clyde s'était évanoui dans la nature sans laisser le moindre indice de l'endroit où il était allé. Après douze ans et sans aucune nouvelle information, le père de Peggy l'avait finalement convaincue de le faire déclarer légalement décédé afin de toucher son assurance militaire. Elle avait vingt-sept ans quand il avait disparu. Elle occupait un poste de secrétaire quand Clyde était dans l'armée, mais ensuite, avec un enfant, elle avait trouvé plus raisonnable de travailler au *delicatessen* situé deux rues plus loin plutôt que de faire tous les jours le trajet jusqu'à Manhattan.

Aujourd'hui, quarante et un ans plus tard, Peggy était une jolie dame de soixante-huit ans, satisfaite de son existence. Skip était resté l'enfant que tous les parents rêvent d'avoir. La rente qu'il avait constituée pour sa mère afin d'améliorer sa retraite lui permettait de vivre confortablement. La maison qu'elle n'avait jamais quittée avait été rénovée et possédait tout le confort moderne, y compris un petit sauna dans la salle de bains à l'étage, une nouvelle cuisine et des fenêtres à isolation thermique. « Et Dieu sait quoi encore », disait-elle en plaisantant à ses amis.

Peggy, qui professait une foi à toute épreuve, était diacre de sa paroisse et bénévole dans le foyer de son quartier destiné aux sans-abri. Ses longues années d'activité au *deli* avaient fait d'elle une cuisinière et pâtissière hors pair, et les habitués du foyer savaient toujours quand c'était Peggy Hotchkiss qui était en cuisine.

Donald Scanlon et sa femme, Joan, avaient été ses voisins et amis depuis le jour où ils s'étaient installés dans le quartier, des années auparavant. Joan était morte cinq ans plus tôt et Donald ne cachait pas à ses amis qu'il aurait bien aimé épouser Peggy, mais il savait qu'il valait mieux ne pas insister. C'était incroyable, mais Peggy était convaincue que Clyde était toujours en vie et reviendrait un jour.

Au fond de son cœur, Peggy n'ignorait pas que, même si la porte s'ouvrait brusquement pour laisser entrer Clyde, ils seraient devenus des étrangers l'un pour l'autre. Mais il avait eu besoin d'elle autrefois et, d'une certaine manière, elle n'avait pas su l'aider. Elle était tellement absorbée par le petit Skip qu'elle avait cherché des excuses à l'alcoolisme de Clyde. Elle avait trouvé des bouteilles de vin cachées et préféré ne pas l'ennuyer, se convaincre que c'était juste un mauvais passage. Quand elle était partie en Floride rendre visite à ses parents avant Noël, quelque chose l'avait avertie qu'elle n'aurait pas dû le faire.

« Si vous reconnaissez l'une des personnes qui figurent sur ce cliché… », disait la présentatrice, Dana Tyler, en désignant la photo aux téléspectateurs.

« Reconnaissez… reconnaissez… », dit Peggy en sanglotant. Elle répéta fébrilement le numéro mais tout se brouillait dans son esprit.

Le téléphone sonna. Elle le saisit. « Allô.

— Maman, c'est Skip.

— Je l'ai vu aussi. Skip, quel est ce numéro ? Je ne l'ai pas retenu.

— Maman, laisse-moi les appeler.

— Ils disent que la photo a été trouvée dans un véhicule où dormait un sans-abri, qu'il était peut-être présent au moment de cette explosion à Long Island City.

230

— Je sais, maman. Mais le sans-abri qui avait cette photo avec lui l'a peut-être trouvée quelque part il y a des années. »

Peggy Hotchkiss se calma soudain. « Non, Skip, dit-elle. Je ne le crois pas. J'ai toujours pensé que si nous retrouvions ton père un jour, ce serait dans ce genre de situation. Oh, Skip, nous l'avons peut-être retrouvé, nous allons peut-être le voir. Je savais que Dieu exaucerait mes prières. L'attente a été si longue. »

55

Le mardi soir, Douglas Connelly rentra chez lui de très mauvaise humeur. Il était allé chez Kate dans l'Upper West Side plus tôt dans la journée. En arrivant, il avait demandé au concierge de le faire entrer, prétextant qu'il devait vérifier certaines choses pour sa fille. Une fois seul dans l'appartement, il avait systématiquement fouillé le bureau de Kate. Il ne contenait rien d'intéressant.

Il connaissait la combinaison de son coffre. Il avait entendu Kate la donner à Hannah peu de temps après son installation.

« Ton anniversaire le 30/3, mon anniversaire le 3/6, et celui de maman, le 19/7. »

Doug n'avait jamais oublié ces chiffres. L'anniversaire de maman, avait-il pensé. Et pourquoi pas le mien ? Mais l'information était utile, et si Kate ne se rétablissait pas, il estimait que les bijoux qui avaient appartenu à Susan lui revenaient. Après tout, même si Susan en avait hérité d'une partie, j'y ai droit aussi, se répétait-il. Peu importe ce qu'elle a mis dans son testament.

Mais quand il l'avait ouvert, le coffre était vide. Hannah les a déjà pris, pensa-t-il, furieux.

En partant, il avait croisé une connaissance de Kate. Justin Kramer, s'il avait bien compris son nom. Un garçon à l'air convenable, avait-il jugé, puis il l'avait évacué de son esprit.

Il était remonté dans sa voiture. Comme à son habitude, pendant qu'il attendait, Bernard, son chauffeur, avait écouté les nouvelles. « Monsieur Connelly, ils parlent d'un type qui campait dans la camionnette à la manufacture.

— Et que disent-ils ?

— Je crois qu'ils ont montré à la télévision une photo de famille qui était dans la camionnette.

— J'espère que s'il a de la famille et qu'ils voient cette photo, ils seront assez malins pour ne pas chercher à le retrouver », dit sèchement Doug, contractant son poing d'un geste convulsif.

Bernard comprit tout de suite que son patron était d'une humeur de chien et que mieux valait faire profil bas. « Avez-vous toujours l'intention de vous arrêter à l'hôpital, monsieur Connelly ? demanda-t-il.

— Non, je ne pense pas. Le Dr Patel m'a assuré que la fièvre de Kate était tombée et que son état était stable. Je suis mort de fatigue. Rentrons à la maison. Je ne ressortirai pas ce soir.

— Bien, monsieur. »

Sandra avait prévenu Doug qu'elle avait l'intention de dîner avec des amies, puis de rentrer chez elle. « Je voudrais bien rester avec toi, Doug, avait-elle dit, mais je dois ramasser mon courrier et faire quelques courses demain matin. »

Doug se demanda si l'une de ces amies ne s'appelait pas Majestic, mais peu lui importait. Se reposer de la présence continuelle de Sandra ces derniers jours ne lui ferait pas de mal. Il décida de dîner dans le restaurant de son immeuble puis de se coucher tôt. Il avait besoin de tranquillité, de calme et de se concentrer.

Jack Worth l'avait appelé plus tôt dans la journée. « Je suis passé à la manufacture. L'équipe de déblaiement est sur place. Ce qui signifie que les enquêteurs de la compagnie d'assurances ont emporté ce qui les intéressait et qu'ils ont terminé.

— Bon, maintenant qu'ils savent qu'il y avait quelqu'un sur les lieux, peut-être ne tarderont-ils plus à débloquer la somme que j'attends. »

J'ai besoin de cet argent, pensa Doug. Je vais être à court de liquidités dans très peu de temps si je ne l'ai pas… Que fabriquait Kate avec Gus à une heure aussi matinale dans le musée ?… Ce sans-abri aurait-il vu par hasard quelque chose qui pourrait compromettre le versement des indemnités ?… Si j'avais trouvé les bijoux de Kate, j'aurais pu les mettre en gage jusqu'à ce que je touche l'assurance, pensa Doug. Hannah a eu un sacré culot de vider le coffre.

C'est dans cet état d'esprit qu'il arriva chez lui à dix-neuf heures ce mardi soir. Il n'avait pas plus tôt refermé la porte que le téléphone sonnait dans l'entrée. Qu'il sonne, se dit-il. Pratiquement toutes les personnes que je connais m'appellent sur mon portable.

Mais il se souvint qu'il avait donné à la compagnie d'assurances les numéros de son portable et de son téléphone fixe. Les heures de bureau étaient largement dépassées, mais… Il traversa l'entrée en deux enjambées et souleva le récepteur. « Douglas Connelly, dit-il.

— Douglas, dit une voix inconnue, ici le père Dan Martin. Peut-être ne vous souvenez-vous pas de moi, mais à l'époque de la tragédie qui a frappé votre famille, j'étais un jeune prêtre à Saint-Ignace-de-Loyola et j'ai célébré la messe des funérailles. Nous nous sommes rencontrés à plusieurs reprises par la suite, puis j'ai été nommé à Rome.

— Je me souviens très bien de vous, dit Doug, s'efforçant de prendre une intonation chaleureuse. Vous vous êtes montré très bon avec moi, j'étais dans un état épouvantable.

— Ce furent des moments terribles pour vous. Je suis désolé de ce qui vous arrive. Je suis passé à l'hôpital tout à l'heure pour voir Kate et la bénir. J'ai vu Hannah et j'ai parlé avec elle, j'aimerais beaucoup reprendre contact avec vous. »

Mais moi, je ne veux surtout pas reprendre contact avec vous, pensa Doug. Je n'ai pas envie que quelqu'un me dise qu'il prie pour Kate et pour moi. Je crois ne pas avoir mis les pieds dans une église depuis l'enterrement. Rosie Masse y emmenait toujours les filles quand elles étaient petites.

Et pas question que ce prêtre vienne chez moi quand Sandra est dans les parages. Mais s'il est libre ce soir, peut-être pourrais-je m'en débarrasser rapidement. « Mon père, est-ce que vous téléphonez depuis Saint-Ignace ?

— Oui. J'habite ici au rectorat.

— Vous n'êtes donc pas loin. Avez-vous dîné ?

— En fait, je suis sur le point d'aller retrouver un vieil ami. Peut-être un autre soir. Je suis sincèrement heureux d'avoir pu vous joindre.

— Très bien. Je me mettrai en rapport avec vous plus tard dans la semaine, dit Doug.

— Parfait. »

Avec un soupir Doug raccrocha. Je rappellerai ce prêtre quand il brûlera en enfer, pensa-t-il en se dirigeant vers la bibliothèque. Il alla directement au bar et se versa un double scotch. Bois lentement, se dit-il. Détends-toi. Mais avant d'être trop détendu, je vais appeler l'hôpital et prendre des nouvelles de Kate. Au cas où Hannah chercherait à savoir si j'ai rendu visite à sa sœur ce soir.

L'infirmière fut rassurante. « Je viens de finir mon service, monsieur Connelly. Comme vous le savez déjà, la fièvre de Kate est tombée ce matin. Elle a passé une très bonne journée.

— C'est une bonne nouvelle. Merci de m'avoir tenu au courant », dit Doug.

Une question l'obsédait. Kate était-elle éveillée quand ce prêtre était à ses côtés ? Il était resté un moment auprès d'elle puisqu'il l'avait bénie. Kate était-elle suffisamment consciente pour lui parler ?

Et, dans ce cas, que lui avait-elle dit ?

56

Le mardi soir, le père Dan Martin alla chercher son ancien supérieur, le père Mike Ferris, maintenant âgé de quatre-vingt-sept ans, à la maison de retraite des jésuites de Riverdale, dans le nord-ouest du Bronx. Il avait proposé au père Ferris de dîner dans un restaurant de son choix, sachant pertinemment qu'il préférerait aller au Neary's, l'emblématique pub irlandais de la 57e Rue Est de Manhattan.

Le Neary's avait ouvert plus de quarante-cinq ans auparavant un 17 mars, jour de la Saint-Patrick. C'était l'endroit préféré du père Mike à l'époque où il exerçait son ministère à Saint-Ignace-de-Loyola et il aimait s'y rendre.

Le père Dan avait réservé pour vingt heures, et à vingt heures dix ils étaient installés à leur table, savourant un cocktail.

Le père Mike fut le premier à mentionner ce qui était arrivé aux Connelly. « Je connaissais toute la famille, dit-il. Le vieux Dennis Francis et son épouse Bridget appartenaient déjà à notre paroisse. Susan et Douglas se sont mariés à Saint-Ignace et se sont installés près de la Cinquième Avenue. Douglas habite toujours le même appartement. »

C'était exactement le point dont le père Dan Martin voulait discuter. Il avait délibérément évité de l'aborder en premier, mais maintenant le sujet était sur la table. « Si vous vous en souvenez, je me trouvais temporairement à Saint-Ignace au moment de l'accident. C'est moi qui ai célébré la messe de funérailles. J'ai téléphoné à Douglas Connelly le lendemain. Je venais d'être ordonné prêtre. Je voulais l'aider dans la mesure du possible. Je ne pense pas qu'aucun de nous aurait pu lui apporter beaucoup de réconfort. Il était amoureux fou de Susan. Je n'ai jamais vu un couple s'aimer autant. Et je sais qu'il était accablé de remords, se sentant coupable, non seulement d'avoir provoqué sa mort, mais aussi celle de son frère et de quatre de leurs meilleurs amis. Il était à la barre du bateau, mais l'enquête a clairement montré qu'il n'était pas responsable. Il n'avait commis aucune imprudence et personne n'avait bu. Quand ils partaient à la pêche au thon, la nuit, il n'y avait jamais d'alcool à bord. »

Liz, leur serveuse, qui travaillait au Neary's depuis le jour de l'ouverture, se tenait près de leur table. « Laissez-moi deviner, dit-elle. Pour le père Mike, ce sera le saumon irlandais en entrée, suivi du corned-beef au chou.

— Bien vu, Liz, confirma le père Mike.

— Pour le père Dan, cocktail de crevettes et saumon en plat principal.

— Je ne croyais pas être aussi prévisible, mais on ne peut rien vous cacher. » Le père Martin sourit et reprit le fil de la conversation avec son ancien supérieur : « Mike, nous avons tous les deux été témoins d'immenses chagrins au cours de notre existence, mais l'image de Douglas Connelly à l'enterrement de sa femme et de son frère, tenant la petite Kate par la main, ne m'a plus jamais quitté. Quand je lui ai rendu visite chez lui, par la suite, j'avais l'impression de m'adresser à un somnambule.

— Oui. Il était rongé de culpabilité, mais c'est le cas de tous ceux qui survivent à une tragédie dans laquelle ils ont perdu un être cher. Et là, il s'agissait de deux êtres qu'il aimait par-dessus tout et de quatre amis proches. Le bateau était équipé d'un radar, mais c'était il y a presque trente ans. En quittant un quai de Brooklyn à onze heures du soir vous avez l'impression d'avoir l'Atlantique pour vous tout seul, pourtant le trafic est intense. Comme vous le savez, ils avaient l'intention d'arriver à l'aube sur les lieux de la pêche au thon, à environ soixante-dix miles de là. »

Le père Ferris s'arrêta pour beurrer un petit pain, en mangea une bouchée et secoua la tête. « Douglas pouvait voir le remorqueur et il y avait toute la place voulue entre lui et son bateau. Mais ce qu'il n'a pas vu et qui n'apparaissait pas sur le radar, c'était qu'il tirait une barge. Le câble était si long et la nuit si sombre que lorsque Douglas, à une distance sûre, a voulu passer derrière le remorqueur, le câble a découpé littéralement le fond de son bateau. Une brassière de sauvetage et un radeau pneumatique étaient rangés à proximité de la barre. Il est parvenu à lancer le radeau par-dessus bord et à enfiler la brassière. Les autres étaient dans la cabine et n'ont eu aucune chance, ils ont coulé aussitôt.

— Personne sur le remorqueur ne s'est aperçu de rien, se souvint Dan Martin.

— Non. L'équipage est peu important sur ce genre de bateau et, à cette heure de la nuit, comment savoir qui était éveillé. Le lendemain, naturellement, lorsque personne n'a pu les joindre sur la radio du bord, une équipe de recherche a été dépêchée et a découvert Douglas, à demi mort, gisant au fond du radeau. Il avait heurté des débris et était couvert de blessures et d'ecchymoses de la tête aux pieds. Il est resté à l'hôpital pendant trois semaines. On a retrouvé les corps de tous les autres, et retardé les funérailles de Susan et de Connor jusqu'à ce que Doug soit en état d'y assister. C'est incroyable de penser que sa fille souffre aujourd'hui d'un traumatisme crânien, car c'est exactement ce qu'il lui était arrivé. Il avait des trous de mémoire et il lui arrivait de parler à Susan comme si elle était dans l'appartement. Il n'a plus jamais été le même par la suite – du moins à mes yeux. »

Le prêtre regarda dans le vague et soupira : « Le vieux Dennis Francis Connelly venait régulièrement ici. Un sacré bonhomme.

— Je n'étais pas encore arrivé à Saint-Ignace.

— Peut-être avez-vous eu de la chance. C'était le vieil Irlandais le plus grincheux, le plus superstitieux, le plus buté que j'aie jamais rencontré. Son passé est intéressant. Un galopin de Dublin doté d'une intelligence brillante. Assez malin pour vouloir faire des études, il avait réussi à décrocher une bourse pour Trinity College. Son diplôme en poche, il s'embarqua pour l'Amérique et obtint une place de coursier à la Bourse. À vingt-deux ans, il avait déjà compris que c'était l'endroit où il fallait être pour apprendre à faire de l'argent, et il en a fait. »

Les entrées arrivèrent. Mike Ferris parcourut la salle du regard. « Je me souviens de l'époque où Hugh Carey était gouverneur. Il venait souvent ici. Il disait que le Seigneur avait changé l'eau en vin mais que Jimmy Neary avait inversé le processus. Jimmy adorait cette plaisanterie et la citait souvent.

— C'est la première fois que je l'entends, fit Dan Martin. Elle est plutôt réjouissante.

— Dennis s'est donc enrichi mais il a toujours souffert de ne pas descendre d'une famille noble habituée à vivre dans un château et à chasser à courre. Sa solution fut de créer son propre univers. Il fit fortune, vendit sa société d'investissement et ouvrit la manufacture Connelly Fine Antique Reproductions. Le musée était son château et il aimait par-dessus tout montrer aux gens les meubles anciens qu'il renfermait. Il connaissait l'histoire de chaque pièce et je peux vous dire qu'avant d'avoir fini la visite vous la connaissiez aussi.

— J'ai lu qu'il ne s'était marié qu'à la cinquantaine.

— À cinquante-cinq ans, je crois. Bridget O'Connor avait vingt ans de moins que lui. Puis sont arrivés les deux garçons.

— Ils avaient un an de différence, n'est-ce pas ?

— Quatre minutes, vous voulez dire. Douglas est né une minute avant minuit, le 31 décembre. Connor trois minutes après minuit le premier janvier. Ils ne s'attendaient pas à avoir des jumeaux et Dennis en a été bouleversé. Deux générations de jumeaux dans sa famille étaient décédés de mort violente et il était persuadé que ses propres fils connaîtraient le même sort. Il parlait d'eux comme s'ils étaient simplement deux frères, alors que c'étaient de vrais jumeaux. Bridget avait l'interdiction de prononcer ce mot. Même bébés, ils portaient des vêtements différents, étaient coiffés différemment. Douglas avait une frange, Connor les cheveux en brosse. Quand ils ont grandi, Dennis déclarait aux gens qui ne connaissaient pas la famille que ses fils avaient un an de différence. Ils ont fréquenté des écoles différentes depuis le jardin d'enfants jusqu'au collège. Pourtant, malgré tout, ils étaient restés très proches. »

Jimmy Neary s'approchait de leur table. « Tout va bien ? demanda-t-il.

— C'est parfait, répondirent-ils d'une seule voix. Jimmy, je parlais de Dennis Francis Connelly, dit le père Mike. Vous l'avez bien connu.

— Hélas oui ! Il trouvait toujours quelque chose à redire, c'était pas assez chaud ou pas assez froid. Qu'il repose en paix, dit Jimmy Neary. Je suis heureux que ni lui ni Bridget n'aient vécu assez longtemps pour voir mourir l'un de leurs fils et aujourd'hui l'une de leurs petites-filles lutter pour rester en vie, sans compter cette affaire, dont il était si fier, maintenant réduite en cendres.

— En effet », dit le père Mike.

Liz débarrassa les assiettes. Les deux religieux décidèrent de prendre un verre de chardonnay.

Le père Dan dit tout à coup : « Mike, si j'ai voulu parler des Connelly c'est parce que après avoir appris l'accident, j'ai voulu rendre visite à Kate à l'hôpital. Je l'ai vue ce matin et j'ai rencontré Hannah. Kate avait eu un accès de fièvre dans la nuit. Provoqué par une infection, il aurait pu être fatal, mais grâce à Dieu, la température est tombée. J'ai dit à Hannah que j'avais rencontré son père après l'accident de bateau. Je croyais pouvoir lui apporter du réconfort.

— J'avais fait la même chose avec lui à l'époque, dit le père Mike. Mais il m'a fait comprendre qu'il n'avait aucun besoin de l'aide d'un Dieu qui lui avait pris sa femme, son frère et ses amis. Quand je l'ai rencontré, c'était juste une semaine après l'enterrement. Il s'était cassé la .main et souffrait horriblement. Le médecin avait insisté pour qu'il soit veillé par une infirmière. Je pense qu'il craignait qu'il se suicide. Il s'était cassé la main en donnant un coup de poing dans le miroir de la coiffeuse de Susan.

— J'espère que la malédiction qui inquiétait son père ne le rattrapera pas, fit remarquer le père Ferris. Peut-être devrions-nous nous réjouir que Kate et Hannah ne soient pas jumelles. »

57

Mardi à dix-neuf heures, Frank Ramsey éteignit la télévision dans le salon. Celia et lui avaient regardé le bulletin de dix-huit heures sur CBS et vu la présentatrice Dana Tyler montrer aux téléspectateurs la photo trouvée dans la camionnette. Puis Celia était allée finir de préparer le dîner. Elle sortait un poulet rôti du four quand Frank vint la rejoindre. Il en huma les effluves d'un air satisfait. « J'ai faim et j'ai l'impression que nous allons enfin pouvoir passer une soirée tranquille.

— Espérons. Nous n'avons pas eu un moment depuis l'incendie. » Elle le regarda. « Il me semble que tu n'attends pas grand-chose de cette photo. »

Frank goûta la purée de pommes de terre. « Mmm, fameux, fit-il. À dire vrai, j'essaye de ne pas trop en attendre. C'est le seul indice que nous ayons pour retrouver l'individu qui dormait dans la camionnette. »

Il omit de mentionner le carnet de notes de Jamie Gordon, l'étudiante assassinée. Cette information ne devait être partagée avec personne, même pas avec Celia.

Mais Frank était conscient que, depuis la découverte du carnet, Jamie Gordon était constamment restée présente à son esprit. Il savait quel enfer ses parents avaient vécu le jour où l'on avait constaté sa disparition et ensuite, lorsque son corps avait été retrouvé. Si c'était ce clochard qui avait fait le coup, il était bien déterminé à le lui faire payer.

Dix ans auparavant, Celia et Frank avaient agrandi la cuisine pour y inclure une alcôve arrondie où ils prenaient désormais la plupart de leurs repas. Une porte amish ancienne, poncée et munie de quatre pieds, leur servait de table. La banquette garnie de coussins encastrée dans le mur et les chaises à hauts dossiers qui lui faisaient face étaient accueillantes et confortables et contribuaient à créer une agréable sensation de détente à la fin de la journée. Au début de leur mariage, ils avaient décidé que le dîner serait un moment consacré à la conversation, et non à la télévision.

Ils mirent ensemble le couvert et s'installèrent à table. Comptant obtenir des réactions à la diffusion de la photo, Frank posa son téléphone portable à côté de son assiette. Moins d'une minute plus tard, un appel lui parvint. « Frank Ramsey, dit-il.

— Inspecteur Ramsey, ici l'agent Carlita Cortez. Je viens de répondre à un appel concernant la photo de famille que nous avons fait circuler et c'est peut-être la bonne piste. Je crois que vous aimerez parler vous-même à cette femme.

— Qui est-ce ? » Frank reposa la fourchette qu'il portait à sa bouche.

« Elle s'appelle Mme Peggy Hotchkiss et habite Staten Island. Elle dit reconnaître la photo qu'elle a vue au journal télévisé. C'est une photo d'elle, de son mari et de son fils. Elle a été prise il y a plus de quarante ans. Son mari a quitté leur domicile peu de temps après. C'était un ancien combattant du Vietnam qui souffrait de sérieux problèmes psychologiques. Elle n'a jamais pu retrouver sa trace mais a toujours pensé qu'il pouvait être devenu SDF. »

Frank oublia que le dîner qu'il s'apprêtait à savourer une minute auparavant était devant lui. « Passez-la-moi. »

Celia regarda attentivement son mari écouter avec une expression de plus en plus concentrée. « Madame Hotchkiss, dit-il enfin, je ne saurais vous dire à quel point votre appel est important. Je peux être chez vous dans moins d'une heure. Vous dites posséder les papiers militaires de votre mari. Pouvez-vous les préparer afin que je les examine ? Laissez-moi reprendre votre adresse. »

Frank Ramsey mit fin à la conversation et se tourna vers Celia. « Si la photo était encore en la possession du mari de cette femme, il s'agit de Clyde Hotchkiss, un ancien combattant du Vietnam bardé de médailles et qui est rentré chez lui souffrant de graves troubles émotionnels. Elle m'a dit qu'elle avait prié pendant quarante ans dans l'espoir de le retrouver un jour. J'espère seulement que s'il s'agit du même bonhomme, on ne va pas découvrir que c'est un incendiaire, ou pire. »

Frank se rendit compte qu'il avait failli mentionner le carnet de notes de Jamie Gordon.

« Tu vas patienter encore dix minutes, Frank, et manger le dîner que je t'ai préparé, dit Celia fermement.

— Excuse-moi, Celia, bien sûr, fit-il d'un ton contrit. Et, comme je l'ai déjà dit, le type de la camionnette a très bien pu ramasser cette photo Dieu sait où il y a des années. Peut-être n'a-t-elle aucun rapport avec lui. Sinon, en tant qu'ancien combattant, ses empreintes digitales sont archivées dans les dossiers des services de l'armée. Nous pourrons vérifier. »

Frank passa un rapide coup de téléphone à Nathan Klein et ils décidèrent de se retrouver une heure plus tard à Staten Island chez Peggy Hotchkiss. Puis, sachant l'importance qu'y attachait Celia, Frank entreprit d'avaler le repas qu'il avait attendu avec tant d'impatience et qui lui paraissait maintenant sans saveur. Il mesurait déjà le coup qui serait porté à cette malheureuse femme qui venait de lui parler au téléphone de son mari disparu si on venait à découvrir que ce vétéran du Vietnam bardé de décorations était à la fois son mari et un assassin.

Sans compter la réaction de la famille de Jamie Gordon. Tourner enfin la page à la suite d'une arrestation ne se fait pas sans douleur.

Ce n'était pas la première fois dans sa longue carrière que Frank Ramsey se faisait cette réflexion.

58

Les escarpins de satin rouge. Maman les portait pour danser. Elle tournoyait dans la pièce. Puis maman s'était penchée sur elle, l'avait embrassée sur la joue.

Non, c'était Hannah.

Je suis celle qui ressemble à maman, pensa Kate, encore plongée dans les profondeurs de son coma. Hannah ressemble à papa. *Daddy* en version réduite. J'ai si mal… Tout me fait mal…

« Cette fièvre est un sérieux problème. » Une voix d'homme, toute proche…

Je peux vous entendre, pensait Kate. Vous ne vous en rendez pas compte, mais je vous entends. Hannah, ma petite sœur, ne t'inquiète pas. Il m'est arrivé quelque chose mais j'irai bientôt mieux…

Papa lui chantait : « Une chanson douce… »

Et on l'embrassait pour lui dire au revoir…

Quelqu'un lui touchait le front. « Je vous pardonne… »

Quelqu'un prononçait une prière au-dessus d'elle. Je vais guérir, pensa Kate. Si seulement je pouvais dire à Hannah… puis elle sentit qu'elle s'enfonçait de plus en plus profondément dans le sommeil…

Et maman s'arrêta de danser et papa de chanter et…
il n'a jamais…

Sa fièvre diminuant, elle glissa dans un sommeil profond, apaisant, avant d'avoir pu aller au bout de sa pensée.

59

Jack Worth eut du mal à dormir dans la nuit du mardi. Le fait d'apprendre qu'il n'avait plus de travail, ajouté au scepticisme affiché des enquêteurs auxquels il tentait d'expliquer le manque de sécurité de l'usine et la présence de la camionnette accidentée, l'avait laissé dans un état d'irritation et de tension nerveuse intenses.

Que vais-je faire à présent ? se demanda-t-il alors que les premiers signes de l'aube apparaissaient aux fenêtres de sa chambre. Sursauter à chaque sonnerie du téléphone dans la crainte que ces enquêteurs veuillent revenir ?

À cinq heures et demie du matin, il rejeta ses couvertures et se leva. En ont-ils fini avec le déblaiement ? se demanda-t-il. Si les assureurs ont donné le feu vert, c'est sans doute parce qu'ils sont persuadés qu'il n'y a rien de plus à trouver. Et l'arrivée de cette équipe signifie que les mesures de sécurité imposées par la police et les pompiers ont été levées. Je vais aller faire un tour là-bas et voir ce qui s'y passe tant qu'il n'y a personne sur le chantier.

Sa décision prise, Jack s'habilla, enfila en vitesse

une tenue de jogging, de grosses chaussettes et des baskets. Si je perds mon temps à prendre une douche et me raser, je risque de tomber sur quelqu'un de plus matinal que moi. Je n'en ai franchement pas besoin.

Ce dont j'ai besoin, décida-t-il, c'est d'aller en Floride et d'y passer tranquillement l'hiver. Et il faut que je retrouve ma forme. Je pèse cinq kilos de trop.

Plutôt dix kilos. Il écarta cette pensée.

Depuis peu, il notait une expression dédaigneuse dans le regard de certaines femmes avec lesquelles il engageait la conversation dans les bars. Il n'avait jamais laissé son coiffeur, Dom, dissimuler ses mèches blanches, mais peut-être était-il temps d'y songer. Dom l'y incitait. « Je sais que les femmes adorent passer leurs doigts dans votre belle chevelure blond vénitien, Jack. Vous me l'avez dit. Eh bien, elle est encore fournie, mais plus tellement blond vénitien. »

Rien n'est plus comme avant, se dit Jack Worth.

Il alluma la lumière dans l'escalier, descendit au rez-de-chaussée et traversa le salon et la cuisine, sans même jeter un regard sur ce qui l'entourait. Pour Jack Worth, la maison qu'il avait autrefois partagée avec sa femme était surtout l'endroit où il dormait. La femme de ménage venait une fois par semaine, ce qui suffisait. Il était très ordonné.

En été, un jardinier tondait la pelouse et taillait les buissons, en hiver, il ôtait la neige du trottoir et de l'allée du garage.

Son travail à la manufacture Connelly lui avait beaucoup rapporté. Jack Worth tenait à sa liberté. Il n'y aurait pas d'autre « madame Jack Worth ». Et il n'y aurait jamais d'autre enfant dont il faudrait payer les études.

Dès que Jack se mettait à ressasser ces pensées, il voyait rouge. Son fils ne portait même plus son nom. Et quand ils avaient fait le changement au tribunal, son ex lui avait dit que son mari, le Grand Ponte, était tout disposé à prendre en charge les frais universitaires quand Johnny aurait fini ses études secondaires.

Je leur ai déclaré que personne d'autre que moi ne paierait pour que mon gosse aille à l'université, se rappela Jack en claquant la porte de la cuisine qui donnait dans le garage et en ouvrant la portière de sa BMW. Je savais qu'ils voulaient seulement me voir sortir de leur vie. C'était stupide. Maintenant, me voilà coincé avec les frais d'inscription de l'année prochaine.

Mais sachant ce qui venait d'arriver et qu'il n'avait plus de travail, le Grand Ponte dirait peut-être : « J'insiste… »

J'insiste, pensa Jack amèrement. Il pressa sur la commande de la porte du garage et sortit la voiture en marche arrière. Ouais. Peut-être.

Il était à peine plus de six heures et la circulation matinale était fluide. Encore une heure et chaque rue serait transformée en parking, pensa Jack. Bienvenue en ville.

L'explosion n'avait eu lieu qu'une semaine auparavant et pourtant, le trajet familier jusqu'à la manufacture lui parut inexplicablement angoissant. Quelque chose d'autre allait arriver. La cerise sur le gâteau.

Par un jour ordinaire, il se serait dirigé vers ce qui avait été l'entrée principale. Il préféra n'en rien faire. Sa BMW était connue des gardiens et pouvait être repérée par les caméras de surveillance des entrepôts voisins. Or il ne voulait pas que sa visite matinale soit repérée. Il décida de pénétrer dans la manufacture par l'entrée des livraisons. Une barrière temporaire avait été installée après l'explosion pour éloigner les curieux. Jack gara sa voiture et sauta aisément par-dessus la clôture. Et on me fait tout un plat de la sécurité ! marmonna-t-il, rageur.

Il se dirigea vers le parking où stationnaient les camions de livraison et où un inconnu avait séjourné dans la camionnette. C'est alors qu'il aperçut le ruban orange DANGER et se rendit compte qu'une partie du dallage s'était effondré. Affolé, Jack se précipita pour voir la profondeur du trou.

Il enjamba le ruban de plastique orange et regarda en contrebas. Le trou se trouvait dans la partie est du terrain et le soleil matinal brillait d'un éclat intense, pénétrant le secret de ce qui était resté longtemps caché sous les dalles brisées.

« Non ! gémit Jack Worth. Non ! »

Il regardait fixement le médaillon au bout de la chaîne ternie qui entourait le cou du squelette de la femme qui avait jadis été Tracey Sloane. Le médaillon qui la reliait à lui inexorablement.

60

Clyde Hotchkiss se réveilla tôt le mercredi matin, clignant des yeux dans l'éclat aveuglant du soleil. Il se sentait vraiment mal, brûlant et gelé à la fois, surtout brûlant.

Où suis-je ? Parfois, quand il n'avait pas bu trop de vin, il se posait une autre question : Où vais-je ?

Clyde Hotchkiss secoua la tête et se mit à reconstituer tout ce qui lui était arrivé. L'asile de nuit. L'hôpital. Sa photo à la télévision.

Et si Peggy et Skip l'avaient vue ? Aujourd'hui Peggy est probablement remariée et Skip a grandi en pensant que ce type est son père. Et toutes mes médailles sont sans doute enfouies dans une boîte au grenier. Si elles n'ont pas déjà atterri à la poubelle.

Il se força à réfléchir, bien qu'il eût atrocement mal à la tête. S'ils faisaient le lien entre lui et cette photo et découvraient qui il était, même si Peggy et Skip ne voulaient plus entendre parler de lui, les flics resteraient toujours à ses trousses. Et que se passerait-il s'ils déclaraient qu'il était à l'origine de l'explosion ?

Cette Shirley. Elle était gentille. Elle s'inquiétait vraiment pour lui. Elle ne croyait tout de même pas qu'il allait rester dans cette taule. Clyde se souleva sur un coude. Il se mit à rire, un rire rauque qui se transforma en toux déchirante. Où étaient les pilules qu'elle lui avait données ? D'une main puis de l'autre, il fouilla dans les poches du poncho qu'on lui avait fourgué à l'hôpital. Il avait des poches profondes, ce qui était plutôt pas mal parce qu'on pouvait y fourrer des choses. Mais c'était le blouson qu'ils ne lui avaient pas rendu qu'il préférait.

Quand les touristes voyaient ce vieux blouson minable, ils avaient pitié de lui. Les dollars qu'ils déposaient dans son bonnet s'entassaient. Il fallait qu'il se débarrasse du poncho et fasse des trous dans ce pantalon neuf en tissu épais et chaud. Il avait l'impression d'être un bébé phoque là-dedans, un gentil bébé phoque, chaud et content. Les gens aimaient les bébés phoques, mais ils ne les plaignaient pas.

J'ai besoin de boire un coup, pensa Clyde. Et où est-ce que je vais dormir ?

Il regarda autour de lui et poussa un grognement de surprise. Inconsciemment, il s'était dirigé vers les Chelsea Piers, au bord de l'Hudson, non loin du Village. Il commençait à se souvenir un peu mieux de la journée de la veille. Shirley-la-bonne-âme lui avait dit au revoir à l'hôtel.

Il avait attendu quinze ou vingt minutes.

La femme derrière ce comptoir qu'on nommait pompeusement « réception » lui avait demandé s'il allait revenir. Et il avait dit qu'il reviendrait, bien sûr.

Quand il avait toussé si fort dans la rue, quelqu'un avait laissé tomber dix dollars dans sa casquette et il avait acheté deux bouteilles de vin. Il avait donc eu droit à une bonne nuit. L'ennui était qu'il ne pouvait continuer à tousser pour que les gens aient pitié de lui. Il fallait qu'il ait l'air d'avoir froid et faim au lieu de ressembler à un bébé phoque.

Clyde laissa retomber sa tête en arrière dans le tas de journaux. La nuit précédente s'était bien passée. Il avait dormi sans que personne s'approche, avec les bruits rassurants de New York dans les oreilles. La circulation sur la West Side Highway, de temps en temps un avion qui passait dans le ciel, et les ferries matinaux qui commençaient à traverser l'Hudson. Il s'était installé au milieu de ses journaux, et les vêtements chauds dont il ne voulait pas lui avaient donné l'impression d'être un bébé dans les bras de sa maman quand il s'était endormi.

Mais à présent, il avait peur. La photo. La fille. Il savait qu'il lui avait fait mal. Il l'avait frappée vraiment fort. Mais il ne savait pas ce qui s'était passé ensuite.

J'ai commencé à la suivre. J'étais furieux. J'avais peur qu'elle me dénonce et que je ne puisse plus revenir dans ma camionnette. Et ensuite…

Il se remit à tousser. Il se redressa, le corps secoué de tremblements, sous l'effet des spasmes furieux de ses poumons. Il avait de plus en plus de mal à respirer. Il n'arrivait pas à inspirer et ne pouvait plus s'empêcher de tousser.

« Vous allez bien ? Vous avez besoin d'aide ? »

Clyde tenta de dire : « Allez-vous-en. Laissez-moi tranquille. » Il brandit le poing mais sans rien atteindre. Il retomba sur les journaux, incapable de se redresser, cherchant désespérément à reprendre son souffle.

Il n'entendit pas la sirène de la voiture de police qui s'arrêtait trois minutes plus tard sur West Side Drive, répondant à un appel lancé sur le 911 par une jeune joggeuse.

Elle désigna la forme affaissée sur le sol. « Faites attention, monsieur l'agent. Je crois que cet homme est mourant, mais quand je lui ai demandé si je pouvais l'aider il a essayé de me frapper.

— Très bien, m'dame. S'il vous plaît, reculez-vous. Je vais appeler une ambulance. »

Le jeune policier s'avança vers Clyde. Remarquant ses efforts désespérés pour respirer, il songea que ce type aurait de la chance s'il était encore en vie à l'arrivée de l'ambulance.

61

Le mercredi matin, Sal Damiano, le contremaître de l'équipe de déblaiement, décida d'attendre que les décombres de la manufacture soient entièrement dégagés pour combler le trou provoqué par l'affaissement du dallage.

Les blocs de pierre des murs écroulés, les vestiges des machines qui avaient transformé les planches d'acajou et d'érable en meubles précieux, les bidons défoncés remplis de l'huile nécessaire à leur entretien, tout était systématiquement soulevé par les grues et déversé dans les bennes.

Quand José Fernandez était rentré chez lui la veille au soir, il avait ouvert son ordinateur et cherché la manufacture Connelly sur l'internet. Assis dans la cuisine du quatre pièces qu'il occupait dans une résidence près du pont de Brooklyn, il avait raconté à sa mère ce qu'il était en train d'étudier

« Maman, viens voir les photos de ce musée, regarde à quoi il ressemblait avant l'explosion. Ces meubles devaient valoir une fortune. Ils appelaient cette pièce la suite Fontainebleau. C'était dans le vrai château de Fontainebleau que se trouvait la chambre de Marie-Antoinette avant la Révolution française. »

Dans la cuisine, la mère de José, Carmen, se retourna et regarda par-dessus son épaule. « Trop chic. Trop difficile à entretenir. Qui était Marie-Anter... ?

— Antoinette. C'était une reine de France.

— Grand bien lui fasse. Tu as un prêt étudiant de cent mille dollars, et te voilà en train de mettre aux ordures ce qui reste de tous ces meubles hors de prix. »

José soupira. C'était un refrain qu'il connaissait bien. Il savait qu'il aurait été plus intelligent de sa part d'obtenir un diplôme de gestion, mais il y avait dans son ADN un truc qui le poussait à s'intéresser à l'histoire. Je suis quand même content de l'avoir étudiée, se dit-il. Si seulement je n'avais pas tous ces emprunts. Mais je trouverai un poste de professeur un de ces jours. Il allait déjà à l'université de la ville de New York pendant les week-ends et espérait décrocher un master afin de pouvoir enseigner l'espagnol. Il était sûr de réussir. Et ses prêts étudiants étaient une réalité comme une autre. Il les rembourserait de la même manière qu'il rembourserait un emprunt immobilier ou se paierait une voiture.

Le seul problème était qu'il n'avait ni maison ni voiture.

Pendant toute la journée, cependant, tandis qu'il maniait la pelle et entassait les gravats sur le terrain de la manufacture, l'affaissement du dallage continua à occuper son imagination. Au temps jadis, de nouvelles villes étaient érigées sur les ruines de celles qui avaient été dévastées par les guerres, les inondations ou les incendies.

Lorsqu'il était étudiant, il avait profité des vacances d'été pour parcourir en auto-stop et à pied le Moyen-Orient et la Grèce. À douze ans, il avait lu un ouvrage sur Damas et il se souvenait de son excitation le jour où il s'était trouvé sur les lieux. Il avait murmuré en lui-même les premiers mots de ce livre : « Damas, Damascus, la plus ancienne ville du monde, construite sur une cité… »

Puis, l'été suivant, il était à Athènes quand il avait appris que malgré toutes les fouilles archéologiques qui avaient déjà eu lieu, les ouvriers qui élargissaient les rues en vue de la tenue des Jeux olympiques découvraient encore des habitations anciennes ensevelies.

Je perds la raison, pensa José en chargeant, transportant, déchargeant l'amoncellement de gravats dans la zone de déblaiement qui lui était attribuée. Je suis en train de comparer un trou dans un parking à Long Island City à des lieux fabuleux comme Damas et Athènes.

Mais à dix-sept heures, comme les terrassiers, harassés, s'apprêtaient enfin à déposer leur équipement, il ne put résister à l'impulsion d'aller regarder le trou de près. Il faisait presque nuit, mais il y avait une torche dans le camion. Il la prit et se dirigea vers l'arrière du parking.

Derrière lui, Sal appela : « Tu as l'intention de rentrer à pied chez toi, José ? »

José sourit. Sal était un brave type. « Juste envie d'aller jeter un coup d'œil là-dedans. » Il désigna le trou.

« Bon, mais grouille-toi si tu veux rentrer avec moi.

— Je ne serai pas long. »

Accélérant le pas, José parcourut la distance en quelques secondes. Comme Jack Worth quelques heures plus tôt, il enjamba le ruban orange et, attentif à ne pas faire porter son poids trop près du bord de l'excavation, il alluma sa torche et la pointa vers le bas.

Ce ne fut pas le médaillon ni le collier qu'il remarqua en premier. En dépit de la saleté, il pouvait distinguer le nom qui y était gravé.

Tracey.

La vue des longues mèches de cheveux qui adhéraient encore au crâne du squelette le paralysèrent au point qu'il ne put ni bouger, ni même appeler. Le souvenir incongru d'un cours de biologie traversa son esprit. Il se souvint du professeur qui leur disait : « Même après la mort, les cheveux et les ongles continuent à pousser. »

62

Comme toujours, Peggy Hotchkiss assista à la messe de huit heures à Sainte-Rita, l'église de sa paroisse à Staten Island. Même si elle n'avait pas fermé l'œil de la nuit, il ne lui était pas venu à l'esprit de rompre avec cette habitude vieille de quarante ans. La messe quotidienne faisait partie intégrante de son existence et sainte Rita, la patronne des causes désespérées, était sa sainte préférée. Mais ce matin-là, sa prière fut encore plus intense. « Faites qu'ils le retrouvent, je vous en prie, je vous en supplie. Qu'ils le retrouvent. Je sais qu'il a besoin de moi. »

Les enquêteurs de la brigade des pompiers ont été si gentils, pensa-t-elle. Quand ils sont venus à la maison, ils ont pris soin de dire qu'il était très possible que le sans-abri qui dormait dans la camionnette ait trouvé, ou même volé, la photo.

« Ni trouvé ni volé, leur avait dit Peggy. Je vous parie tout ce que vous voulez que Clyde a gardé la photo. J'ai vu ce qui était arrivé à la manufacture Connelly à la télévision. Je peux imaginer la scène si c'était Clyde qui dormait dans ce véhicule, à quelques mètres de l'explosion. Il se sera précipité pour se sortir de là et n'aura pas eu le temps de prendre la photo. »

Le scepticisme des deux hommes ne lui avait pas échappé, mais ils s'étaient montrés très courtois. Elle avait compris qu'ils ne voulaient pas l'inquiéter en laissant entendre que le sans-abri était peut-être Clyde, mais elle leur avait facilité la tâche.

« Je veux le retrouver, leur avait-elle dit. Son fils veut le retrouver. Nous n'avons pas honte de lui. Il est allé au Vietnam et a été fier de servir son pays. Il n'a pas donné sa vie, mais à cause de ce qui lui est arrivé là-bas, il a perdu le reste de la vie qu'il aurait dû avoir. »

Sainte-Rita n'était qu'à cinq blocs de chez elle. Sauf par très mauvais temps, Peggy s'y rendait toujours à pied. À neuf heures moins le quart, elle arrivait à la hauteur de sa rue quand son téléphone portable sonna. C'était l'enquêteur Frank Ramsey. « Madame Hotch-kiss, dit-il, un sans-abri vient d'être conduit à l'hôpital Bellevue de Manhattan. Le personnel des urgences l'a reconnu. Ils avaient signé sa décharge pas plus tard qu'hier soir. Il dit s'appeler Clyde Hastings. Nous pensons qu'il s'agit peut-être de votre mari. »

Peggy s'efforça de garder son calme. « Je pars tout de suite pour l'hôpital et je vais prévenir mon fils. Le Bellevue est près de la 23e Rue, n'est-ce pas ?

— Où vous trouvez-vous en ce moment, madame Hotchkiss ?

— À cent mètres de chez moi.

— Rentrez chez vous, madame Hotchkiss, et atten-dez. J'envoie une voiture de police vous prendre dans cinq minutes. Je suis désolé, mais je dois vous dire que l'homme qui est à l'hôpital est en train de mourir d'une pneumonie. S'il s'agit de votre mari, peut-être pourrez-vous le convaincre de nous dire ce qu'il sait de cette jeune fille qui a disparu. »

Une heure plus tard Peggy arrivait au service des urgences de l'hôpital Bellevue. Skip la rejoignit quelques minutes après. « Ça va, maman ? demanda-t-il doucement.

— Oui, ça va. »

Frank Ramsey l'attendait. « Ils l'ont mis dans une chambre individuelle au bout du couloir. Le médecin nous a dit qu'il n'en avait plus pour bien longtemps. Nous espérons qu'il pourra nous parler de cette jeune étudiante qui aurait tenté de l'interviewer sur la condition des sans-abri. »

La gorge sèche, humectant ses lèvres machinalement, agrippée au bras ferme de son fils, Peggy suivit la haute silhouette de l'enquêteur de la brigade des pompiers qui s'effaça pour la laisser entrer dans la petite chambre.

Dès le premier regard, Peggy sut que c'était Clyde. Le grand front haut, l'implantation des cheveux, la cicatrice à peine visible sur l'aile du nez. Il avait les yeux fermés, sa respiration rauque, difficile, était le seul bruit qu'on entendait dans la pièce. Peggy lui prit la main. « Clyde, Clyde, je suis là. »

De très loin, Clyde entendit une voix qu'il reconnut, une voix tendre et douce, et il ouvrit les yeux. Il lui était parfois arrivé de voir Peggy dans ses rêves mais en ce moment, il savait qu'il ne rêvait pas. La femme qui le regardait avec des larmes coulant le long de ses joues était Peggy. Il parvint à prendre son souffle. Il fallait qu'il lui parle. Il réussit à sourire. « Ai-je l'honneur de m'adresser à la belle Margaret Monica Farley ? » demanda-t-il d'une voix faible et épuisée, puis il ajouta : « Oh, Peggy, tu m'as tellement manqué.

— Tu m'as manqué toi aussi. Tellement. Et Skip est là. Nous t'aimons. Nous t'aimons. »

Clyde tourna la tête avec difficulté pour voir l'homme qui se tenait à côté de Peggy. Leurs deux visages étaient clairs, mais derrière eux il faisait plus sombre tout à coup. Mon fils, pensa-t-il, et alors il l'entendit dire : « Hello, papa.

— Je regrette, murmura Clyde, je regrette tant. »

Frank Ramsey et Nathan Klein approchèrent. Avant l'arrivée de Peggy à l'hôpital, ils avaient essayé de questionner Clyde au sujet de Jamie Gordon, mais il avait fermé les yeux et refusé de répondre. Il était manifeste que sa mort était imminente. Se penchant sur lui, d'un ton pressant, Ramsey dit : « Clyde, parlez à Peggy du carnet de notes. Dites-lui si vous avez vu la jeune fille.

— Clyde, ne crains rien, chéri. Tu serais incapable de faire du mal à quelqu'un, murmura Peggy. Je veux que tu leur dises ce qui est arrivé. »

Tout était si paisible à présent. Peggy lui tenait la main. C'était bon. « La fille m'a suivi. Je lui ai dit de partir. Elle ne voulait pas. »

Il se mit à tousser. Il n'arrivait pas à reprendre sa respiration.

« Clyde, tu l'as tuée ? Tu l'as jetée dans le fleuve ?

— Non... non. Elle ne voulait pas partir. Je lui ai donné un coup de poing. Puis elle est partie. Et je l'ai entendue crier... »

Clyde referma les yeux. Tout devenait noir autour de lui.

« Clyde, elle s'est mise à crier, dit Frank. Qu'est-il arrivé ensuite ? Répondez-moi, demanda-t-il d'une voix forte. Répondez-moi.

— Elle a crié : "Au secours, au secours !"

— Vous étiez encore dans la camionnette ?

— Ou... »

Avec un long soupir, il rendit son dernier souffle. La vie tourmentée de Clyde Hotchkiss, mari et père, vétéran du Vietnam, héros et sans-abri, était achevée.

63

Le mercredi après-midi, Hannah et Jessie déjeunèrent dans un petit restaurant de Garment District, à une rue du bureau d'Hannah. Maintenant que Kate n'était plus dans un état critique, Jessie avait décrété que toutes deux avaient besoin de parler. Elles commandèrent un sandwich et un café. Rien de comparable avec leurs dîners du Mindoro's où elles buvaient du vin, mangeaient des pâtes et se racontaient leur vie.

Jessie jeta un coup d'œil admiratif à son amie assise en face d'elle. Ses yeux brillaient. Les ombres qui les soulignaient avaient disparu. Elle portait un pull blanc à col roulé et avait jeté sur ses épaules une écharpe de marque dans des nuances de bleu. « Tu es superbe, dit Jessie. Je suppose que tu as bien dormi la nuit dernière. »

Hannah sourit : « Tu n'es pas mal toi non plus, dit-elle. Je suis contente de t'avoir poussée à acheter ce tailleur. Le vert s'accorde à ravir avec tes cheveux roux. Je me suis écroulée à huit heures hier soir et je me suis réveillée à huit heures ce matin. Je ne suis même pas encore allée à l'hôpital. Mais quand j'ai téléphoné, ils m'ont dit que Kate dormait calmement et que sa température était normale. Je sais que je ne peux pas en demander davantage à ce stade. »

Jessie ne voulut pas se montrer plus optimiste qu'elle. « Non, en effet, mais le fait que la fièvre soit tombée est la meilleure nouvelle possible.

— Tu as raison. Dis-moi, Jess, en quoi l'éventuelle présence de quelqu'un dans la camionnette la nuit de l'explosion aurait-elle une incidence sur les soupçons qui pèsent sur Kate et Gus ?

— Cela donne une autre dimension à l'affaire. J'imagine que tu n'as pas regardé les informations hier soir ?

— Non, en effet.

— On a trouvé une photo de famille dans cette camionnette. Elle a été diffusée partout. La police espère pouvoir l'utiliser pour identifier la personne qui s'y trouvait. »

Le serveur arriva. « Deux jambon-fromage-pain-de-seigle-salade-et-moutarde. Deux cafés noirs », énuméra-t-il en posant brusquement sur la table les assiettes avec les tasses de café.

Jessie regarda les éclaboussures dans sa soucoupe. « Tu parles d'une classe, murmura-t-elle. Oh, qu'importe, leurs sandwichs sont toujours aussi bons.

— Et si on découvre qui était dans la camionnette, qu'est-ce que cela signifie pour Kate et Gus ? demanda Hannah.

— Je n'en sais rien. Elle était garée tout au fond du parking, à une bonne distance des bâtiments. Si un sans-abri se trouvait à l'intérieur, peut-être dormait-il à la suite d'une bonne cuite et n'a-t-il absolument rien entendu. N'empêche qu'il faut quand même découvrir

qui se trouvait là et pour quelle raison. Et c'est poten-
tiellement une bonne chose pour Kate.

— Peut-être, à moins que cet individu ait vu
quelque chose de fâcheux pour elle. »

Hannah but une gorgée de café et saisit son sandwich.

« Te connaissant, tu vas en manger la moitié et laisser l'autre dans l'assiette, fit Jessie.

— Tu as raison. Qu'est-ce que tu veux, ils sont tellement énormes. Toi, tu as certainement commencé à
travailler à cinq heures du matin. Tu dois finir le tien.

— Je m'y suis mise à six heures, reconnut Jessie. Hannah, j'ai l'impression que tu as peur que Kate
ait pris part à l'explosion. Je me trompe ? »

Elle observa Hannah qui réfléchissait avant de
répondre. Elle pense, ou sait, que Kate est impliquée,
pensa Jessie, consternée.

« Bien. Laisse-moi d'abord te dire exactement ce
qui s'est passé. Jeudi après-midi, papa était seul avec
Kate quand elle lui a dit quelque chose. Je venais à
peine d'arriver dans l'unité de soins intensifs, mais j'ai
pu voir son visage. Il avait l'air terrifié, il n'y a pas
d'autre mot : terrifié. Quand j'ai voulu qu'il me dise
ce que Kate lui avait confié, il a dit qu'elle était désolée à cause de l'incendie.

— Qu'elle était désolée à cause de l'incendie…,
répéta lentement Jessie.

— Comme tu peux l'imaginer, j'ai pensé à ce
moment-là que Kate avait mis le feu. D'ailleurs c'est
ce que papa avait compris, apparemment. Mais,
quelques jours plus tard, il a dit qu'il avait été tellement secoué par tout ça qu'il avait mal interprété les

paroles de Kate. Il a prétendu qu'en disant qu'elle était désolée à cause de l'incendie, elle voulait juste dire qu'elle savait combien il tenait à la manufacture.

— Tu parles d'une différence ! dit sèchement Jessie. Et quelle version crois-tu ?

— Je ne peux imaginer que ma sœur soit une incendiaire.

— Moi non plus, assura Jessie fermement, mais il faut que tu saches que Doug m'a téléphoné. Il est déterminé à soutenir le scénario selon lequel Gus a convaincu Kate de le retrouver à la manufacture. Il explique qu'elle l'a appelé parce qu'elle lui a toujours été très fidèle et qu'elle voulait simplement bavarder avec lui. Le reste de l'histoire concoctée par Doug est que Gus lui en voulait tellement de l'avoir forcé à prendre sa retraite qu'il a imaginé un bon moyen de se venger. Il a trouvé un prétexte pour demander à Kate de venir le retrouver à la manufacture à l'heure où il savait que l'explosion se produirait. Il a probablement dit à Kate qu'il avait besoin de son aide. Mais quelque chose a mal tourné. Gus a été tué et Kate gravement blessée. »

Jess finit la moitié de son sandwich et s'empara de la seconde moitié. « Un employé mécontent a fait sauter la manufacture. La fille blessée dans l'explosion est une victime innocente et l'indemnité est versée. Tu comprends ?

— Et si Kate se rétablit – disons, quand Kate se rétablira, qu'elle pourra s'expliquer, si elle dit que ça ne s'est pas passé ainsi ? demanda tranquillement Hannah.

— Je ne sais pas. »

Jessie ne voulait pas confier à Hannah que Douglas Connelly lui avait paru prêt à tout. Quoi qu'il arrive, il touchera beaucoup d'argent, pensait-elle, ne serait-ce que pour le terrain. Mais il compte sur le gros lot, les millions de l'assurance. Je ne voudrais pas être celui qui tenterait de l'en empêcher.

64

Le numéro qui s'affichait sur le téléphone de Lottie était celui de Gretchen. On était mercredi au milieu de l'après-midi, ce qui voulait dire que sa fille avait probablement annulé une autre de ses séances de massage. Après avoir regagné le Minnesota et s'être retrouvée dans sa belle maison, cette gourde avait peut-être fini par comprendre que ces pompiers enquêteurs s'intéressaient à sa maison uniquement parce qu'ils voulaient savoir comment son père avait pu la payer.

Elle croisa les mains sur ses genoux. Assise à la table de sa petite salle à manger, elle feuilletait un album de photos quand le téléphone avait sonné. Se retenant de décrocher l'appareil, sans pour autant avoir le courage de s'en éloigner, elle écouta le message affolé de Gretchen. « Maman, je sais que tu ne sors jamais à cette heure-ci, alors pourquoi ne réponds-tu pas ? Maman, est-ce que papa a fait quelque chose de louche pour obtenir l'argent qui a servi à acheter ma maison ? Si c'est le cas, pourquoi tu ne m'en as pas parlé ? Je n'aurais jamais montré les photos à ces enquêteurs des pompiers, ces policiers ou je ne sais quoi. Pourquoi ne pas me l'avoir dit clairement ? Maman, beaucoup de choses ont mal tourné dans ma vie. Papa et toi étiez si sévères. Vous ne me laissiez jamais m'amuser. Vous me disiez toujours de travailler davantage à l'école, que mes notes n'étaient pas assez bonnes. Je me suis mariée avec Jeff pour quitter la maison et ma vie a été un cauchemar. Je lui ai servi de domestique parce que c'était ce que tu faisais avec papa. Et... »

La limite des trente secondes pour enregistrer un message était atteinte. Dieu merci, pensa Lottie, puis elle haussa les épaules. On lui achète une maison et elle vous adore, songea-t-elle avec amertume. Et puis après, elle risque de tout perdre avec sa manie de bavarder et c'est de votre faute.

Elle contempla l'album de photos sur la table. Gus et elle avaient vingt ans tous les deux quand le pasteur les avait mariés dans la cour, derrière la maison de sa mère à Baden-Baden, en Allemagne. Elle portait une jupe et un corsage blancs, et Gus un costume bleu de location. Le lendemain, ils quittaient l'Allemagne pour l'Amérique.

Je souriais, pensa Lottie. J'étais si heureuse, Gus avait l'air un peu effrayé mais heureux, lui aussi. Je savais que c'était un homme déterminé et rigide, mais ça m'était égal. Et ça m'est toujours égal. Il m'aimait et s'est bien occupé de moi. Il était si fier. Quand nous nous sommes installés ici, à Little Neck, et que nos amis étaient tout excités d'acheter de nouveaux meubles et de les montrer, je lui disais : « Gus, ne fais pas cette tête. Je sais ce que tu penses. Qu'ils les ont payés trop cher. Qu'ils sont mal fabriqués. Laisse-les en profiter. »

C'était lui qui avait fait les meubles de la maison. Pendant toutes ces années, les capitonnages avaient été refaits deux fois seulement et, naturellement, c'était Gus qui s'en était chargé, transformant leur garage en atelier.

Qu'un artisan tel que lui se soit senti tellement insulté, tellement blessé, cela expliquait beaucoup de choses.

La sonnette de l'entrée retentit. Lottie était tellement plongée dans ses souvenirs que le temps avait passé plus vite qu'elle ne l'avait cru. Il était déjà quinze heures trente, et Peter Callow, le jeune avocat qui avait grandi dans la maison voisine, arrivait pour s'entretenir avec elle.

Elle lui avait téléphoné lundi après le passage des deux enquêteurs.

Lottie savait que ce ne serait pas facile pour elle. Elle trouvait gênant de se remettre entre les mains de quelqu'un qu'elle voyait encore comme le gosse qui avait brisé la vitre de la salle de séjour en jouant au ballon.

Elle se leva, s'appuyant à la table pour diminuer la pression sur ses genoux, et alla ouvrir la porte. Le jeune avocat, sûr de lui, en costume-cravate et pardessus, avait toujours le même sourire chaleureux que le garçon de huit ans qui avait été si soulagé de l'entendre dire qu'il n'avait sûrement pas fait exprès de casser sa vitre.

Elle lui prit son manteau, qu'elle accrocha dans la penderie de l'entrée, et le conduisit dans le séjour, tout en lui assurant qu'elle avait tenu le coup depuis la mort de Gus, et qu'elle continuerait. Il refusa de prendre un thé, un café ou même un verre d'eau, et, une fois qu'ils furent assis, demanda : « En quoi puis-je vous être utile, madame Schmidt ? »

Lottie répondit sans hésitation : « Il y a cinq ans, Gus m'a raconté qu'il avait gagné à la loterie. C'est tout ce qu'il m'a dit. Il a utilisé l'argent pour acheter une maison à Gretchen dans le Minnesota et lui constituer une rente pour payer les charges. »

Peter Callow ne fit aucun commentaire. Il savait qu'il allait en apprendre davantage.

« Ils essayent de mettre l'explosion de la manufacture Connelly sur le dos de Gus. Les enquêteurs de la brigade des pompiers étaient présents à la veillée funèbre et ils sont venus ici lundi. Ils ont posé des questions concernant la maison de Gretchen.

— Comment étaient-ils au courant ?

— Parce qu'elle n'a pu s'empêcher d'en parler, répondit sèchement Lottie.

— Si M. Schmidt a gagné à la loterie et payé les taxes d'usage, il ne devrait pas y avoir de problème, dit Peter. Les enquêteurs n'auront aucun mal à le vérifier.

— Je ne suis pas certaine que Gus ait gagné à la loterie, dit Lottie.

— Alors, où a-t-il eu l'argent de la maison et de la rente viagère ?

— Je l'ignore. Il ne me l'a jamais dit. »

En voyant la rougeur qui enflammait les joues de la vieille dame qui avait été son ancienne voisine, Peter Callow comprit qu'elle mentait. « Madame Schmidt, dit-il doucement, s'ils ne trouvent aucune trace prouvant que M. Schmidt a gagné à la loterie et qu'il a payé ses impôts, ils vont revenir à la charge. Et je présume qu'ils iront aussi dans le Minnesota interroger votre fille.

— Gretchen ignore comment son père a obtenu l'argent pour payer la maison.

— Et M. Schmidt ne vous a jamais donné la moindre indication ? »

Lottie détourna le regard. « Non.

— Madame Schmidt, je désire vous aider. Mais vous savez que les médias laisseront entendre, sans risquer une plainte pour diffamation, que M. Schmidt s'est associé avec Kate Connelly pour provoquer l'incendie. Depuis combien de temps Gretchen a-t-elle cette maison ?

— Cinq ans.

— N'est-ce pas à peu près à la même époque que M. Schmidt a été prié de prendre sa retraite ?

— Si, en effet. » Lottie hésita. « Peter, voulez-vous être mon avocat ? Pouvez-vous être présent quand ils viendront m'interroger ?

— Oui, naturellement, madame Schmidt. »

Peter Callow se leva. Vu la façon dont les choses se présentent, pensa-t-il, ma nouvelle cliente devra sans doute bientôt invoquer le Cinquième Amendement et ne plus dire un mot à qui que ce soit.

65

Frank Ramsey et Nathan Klein restèrent à l'hôpital pendant que Peggy et Skip organisaient le transport du corps de Clyde Hotchkiss au funérarium de Staten Island.

Puis, très calme, Peggy téléphona à son conseiller spirituel à Sainte-Rita pour lui annoncer qu'elle avait vu son mari juste avant sa mort et qu'elle souhaitait qu'une messe soit célébrée le vendredi matin.

Ils se trouvaient dans un petit bureau où ils avaient été priés d'attendre pendant que le médecin signait le certificat de décès. Skip se tenait debout derrière Peggy, comme pour la protéger, mais quand elle referma son téléphone, elle se tourna vers lui et demanda : « Que vont-ils indiquer comme cause de la mort ? » Elle n'attendit pas de réponse. « Parce que s'ils inscrivent "alcoolisme chronique", dit-elle, je veux qu'on déchire immédiatement le certificat de décès. Clyde est mort de pneumonie. »

Au moment où elle prononçait ces mots, le docteur qui s'était précipité au chevet de Clyde quand les alarmes des moniteurs respiratoires avaient sonné, frappa à la porte entrouverte et entra. « Vous avez parfaitement raison, madame Hotchkiss. Votre mari est mort de pneumonie et je puis vous assurer que c'est ce qui est mentionné sur le certificat. »

Peggy tendit une main tremblante vers l'enveloppe qu'il lui présentait.

« Laisse-moi la prendre, maman », dit Skip.

Peggy laissa retomber sa main. Puis, sans s'adresser à personne en particulier, elle demanda : « Savez-vous quelle pensée curieuse vient de me traverser l'esprit ? » C'était une question de pure forme. Skip, le médecin et les enquêteurs attendirent.

« *Le Lys de Brooklyn* est un de mes livres préférés, poursuivit-elle, perdue dans ses souvenirs. Lorsque le personnage de Johnny, qui est alcoolique, meurt, sa femme demande instamment au médecin de préciser qu'il est mort des suites d'une "pneumonie" parce que c'est la vérité. Elle lui explique qu'elle a des enfants et ne veut pas qu'ils aient un jour à dire que leur père est mort de son alcoolisme. Eh bien, j'ai un fils et quatre petits-enfants, mon mari était un héros militaire et je veux que personne ne l'oublie.

— Maman, tu as entendu ce qu'a dit le docteur. Tout va bien. » Skip posa les mains sur les épaules de sa mère.

Peggy essuya les larmes qui commençaient à couler le long de ses joues. « Oui, bien sûr et merci, merci beaucoup.

— Mes condoléances, madame Hotchkiss. »

Avec un bref signe de tête, le médecin s'éclipsa.

Soutenue par Skip, Peggy se leva. « Je crois que je n'ai plus rien à faire ici. Le directeur du funérarium a dit qu'il s'occuperait des vêtements pour habiller

Clyde. » Elle se tourna vers Frank Ramsey et Nathan Klein : « Vous avez été formidables. Si je n'avais pas pu voir Clyde une dernière fois avant qu'il meure, j'aurais été désespérée. Je ne serais jamais arrivée à temps si vous n'aviez pas envoyé une voiture pour me conduire à l'hôpital. Je voulais qu'il parte en sachant que nous étions auprès de lui et que nous l'aimions. Mais dites-moi à présent : qui est cette jeune fille au sujet de laquelle vous l'avez interrogé ?

— Madame Hotchkiss, nous ne pouvons pas vous donner de détails, mais nous ne vous remercierons jamais assez d'avoir incité votre mari à répondre à nos questions, dit Frank Ramsey.

— Je n'ai jamais entendu Clyde mentir, ni même cacher la vérité, déclara Peggy avec fermeté. Il vous a dit qu'il lui avait donné un coup de poing, qu'elle était sortie de la camionnette et qu'ensuite il l'avait entendue crier "Au secours, au secours." Qu'est-il arrivé à cette jeune fille ?

— Je peux seulement vous préciser qu'elle n'est jamais rentrée chez elle ce soir-là, dit Frank Ramsey.

— Est-ce que vous avez cru ce que vous a dit Clyde ? » demanda encore Peggy.

Frank aurait voulu rassurer la veuve de Clyde Hotchkiss mais, fixant ses yeux perçants, il répondit : « Ce qu'il nous a dit ouvre une perspective nouvelle dans la recherche des causes de la mort de cette jeune fille. Il se peut que cela s'avère d'une importance capitale et nous vous remercions encore d'avoir convaincu Clyde de nous parler. »

Vingt minutes plus tard, Frank Ramsey et Nathan Klein commandaient un sandwich dans un café, à quelques pas de l'hôpital. Ce fut Frank qui rompit le silence : « Qu'en penses-tu ?

— Je ne sais pas. Peut-être Clyde n'a-t-il pas eu le courage d'avouer à sa femme et à son fils qu'il était un assassin, suggéra Nathan.

— Il a reconnu lui avoir donné un coup de poing, ce qui explique le bleu sur le menton de Jamie Gordon. »

Comme son collègue, Frank pensait à voix haute.

« Il était sans doute passablement ivre quand il l'a frappée. Elle est sortie de la camionnette. Je me rappelle avoir lu qu'elle était plutôt sportive. Je crois qu'elle faisait partie de l'équipe d'athlétisme de son lycée. Elle était donc à la fois jeune et rapide. Une fois qu'elle s'est retrouvée dehors, je suppose qu'il n'aurait pas pu la rattraper », fit remarquer Nathan.

Cette façon d'échafauder des conjectures était une seconde nature chez eux.

« Ou alors le coup de poing lui a fait perdre connaissance et il a eu tout le temps de l'attacher, de l'étrangler, de la mettre dans son caddie et d'aller la jeter dans le fleuve.

— Facile, à condition d'avoir de la ficelle dans la camionnette, fit remarquer Klein d'un ton ironique.

— Si elle était déjà morte, il a pu la laisser sur place et aller en chercher », rétorqua Ramsey.

Les sandwichs arrivèrent. Au contraire de ceux qu'appréciaient Jessie et Hannah dix rues plus loin, ils semblaient avoir été préparés la veille. Nathan le fit remarquer.

« Voire avant-hier », dit Frank, en faisant signe au serveur de demander au chef de refaire un essai.

Quand les sandwichs frais arrivèrent, ils mangèrent en silence, chacun absorbé dans ses propres pensées. Ramsey fut le premier à reprendre la parole : « Plus je réfléchis, plus il me semble improbable que quelqu'un ait pu se trouver dans le coin entre minuit et six heures du matin. Et de toute façon, pourquoi aurait-il attaqué Jamie Gordon ? Ça n'a pas de sens. Je pense que Clyde Hotchkiss n'a pas osé avouer devant sa femme et son fils qu'il avait tué une étudiante dans un accès de colère. Mais quand il se trouvera devant son Créateur, je doute qu'il puisse se disculper de cette affaire.

— Faut-il annoncer au patron et à John Cruse qu'il est temps d'informer la famille Gordon que nous croyons avoir trouvé l'assassin de Jamie ?

— Nous allons communiquer ce que nous savons, mais je préfère leur recommander de ne rien révéler pour l'instant à propos du carnet ou de Clyde Hotchkiss. Mon instinct me dit que nous n'avons pas encore tous les éléments. Avant tout, il faut qu'on sache où Gus Schmidt a trouvé l'argent qui a servi à acheter la maison de sa fille. Il est à peu près certain qu'il n'a jamais gagné à la loterie et nous devrions en avoir la confirmation très rapidement. Ensuite nous commencerons à mettre la pression sur Lottie Schmidt. Elle a beau avoir soixante-quinze ans et ne peser que quarante-cinq kilos, ce n'est pas une raison pour la laisser nous embobiner. C'est une coriace, et je te fiche mon billet qu'elle sait exactement comment et quand Gus a obtenu ce fric. À nous de la faire parler. »

66

Le fait qu'un des cuisiniers du Tommy's Bistro, un dénommé Harry Simon, avait été arrêté pour le meurtre d'une autre jeune femme, Betsy Trainer, avait fortement secoué Nick Greco. Il passa tout l'après-midi du mercredi à étudier en détail chaque élément du dossier de l'enquête concernant la disparition de Tracey Sloane.

Il lut et relut la déposition d'Harry Simon presque vingt-huit ans auparavant et chercha ce qui aurait pu lui échapper. Il se souvenait parfaitement d'Harry. C'était alors un jeune homme d'une vingtaine d'années, mince et musclé, de taille moyenne, avec un teint cireux et de petits yeux chafouins. Son attitude obsé-quieuse, servile, quand il avait répondu aux questions, était déplaisante, mais il avait aussi donné l'impression d'être sincèrement choqué par la disparition de Tracey.

Dégoûté, Greco relut sa déclaration : « Nous sommes partis à vingt-trois heures. Plusieurs des serveurs, serveuses et aides-serveurs avaient décidé d'aller boire un verre au Bobby's Joint. Tracey a dit qu'elle passait une audition le lendemain, à la première heure, et qu'elle préférait rentrer chez elle. J'ai pensé en faire autant de mon côté. »

Son appartement se trouvait dans la direction opposée à celui de Tracey, nota Nick Greco.

« Puis j'ai changé d'avis. J'étais fauché, mais j'avais l'intention de prendre seulement une bière ou deux. Chacun payait sa part. Alors, je suis revenu sur mes pas et j'ai rejoint les autres. »

Ils avaient tous témoigné qu'Harry les avait retrouvés à vingt-trois heures trente. Ils avaient confirmé qu'eux-mêmes étaient arrivés au Bobby's à vingt-trois heures dix. Pas plus de vingt minutes avant Harry.

Son alibi tient la route, pensa Greco. À moins qu'Harry, ou un complice, ait entraîné Tracey dans le hall d'une maison ou dans une voiture.

Peu probable à cette heure.

On avait demandé à ses copains si quelque chose dans le comportement d'Harry trahissait de l'excitation ou de la nervosité quand il les avait rejoints, se souvint Greco en compulsant les rapports contenant les déclarations des personnes présentes au bar. Tous avaient répondu qu'il paraissait en forme et de bonne humeur.

Mais aujourd'hui nous savons que l'assassin est un type malin qui s'est débrouillé pour ne pas éveiller les soupçons pendant presque trente ans. La police criminelle va passer en revue les cas de meurtres non élucidés, en particulier ceux perpétrés sur des jeunes femmes, et chercher qui parmi elles aurait pu être victime d'Harry Simon.

La jeune femme qu'il avait assassinée le mois dernier rentrait chez elle à minuit en sortant du restaurant où elle travaillait comme serveuse dans le Lower East

Side, quand il l'avait abordée sur le trottoir désert. Il l'avait entraînée dans l'arrière-cour d'un immeuble inoccupé où il l'avait violée et tuée. Puis il avait porté le corps jusqu'à son pick-up, garé au coin d'une impasse obscure. Harry n'avait pas prévu qu'une caméra de surveillance le filmerait en train de commettre son crime.

Frustré et furieux contre lui-même, convaincu que quelque chose lui avait échappé au sujet de Simon à l'époque où Tracey avait disparu, Nick Greco décida d'appeler Mark Sloane et de l'inviter à dîner. Il savait que le jeune homme devait être en proie à un grand trouble. Harry Simon avait travaillé avec Tracey. Harry Simon était son meurtrier présumé. Était-ce lui qui l'avait enlevée et assassinée, puis était parvenu à ressurgir vingt minutes plus tard pour boire une bière avec ses amis ?

Au ton de Mark, Nick Greco comprit que le jeune homme était heureux de pouvoir s'entretenir à nouveau avec lui. Mark lui dit qu'il avait une réunion en fin d'après-midi à son bureau et qu'il pourrait le rejoindre à dix-neuf heures.

Ils se retrouvèrent au Marea, un restaurant élégant dans Central Park South. En l'invitant, Nick avait pensé qu'il valait mieux ne pas emmener Mark dans un endroit qui lui rappellerait le Tommy's Bistro.

Ils arrivèrent en même temps et s'installèrent à une table d'angle que Nick avait réservée. Il était visible que l'arrestation du cuisinier du Tommy's avait été un choc pour Mark. Il semblait tendu, presque sur ses gardes, comme s'il se préparait à apprendre d'autres mauvaises nouvelles.

Ils commandèrent du vin rouge, consultèrent le menu et fixèrent leur choix. Puis Mark entama la conversation : « Je n'ai rien fait de bon au bureau aujourd'hui, reconnut-il. Je n'ai pas cessé de penser que c'est sans doute le type qu'ils ont arrêté aujourd'hui qui est aussi à l'origine de la disparition de Tracey.

— Dans ce cas, il avait presque certainement un complice, dit Greco d'un ton catégorique. Pourtant mon instinct me pousse à croire que c'est un solitaire. »

Il jeta un regard de sympathie au visage bouleversé du frère de Tracey. Il pouvait deviner ce qui le tourmentait. L'arrestation de Harry Simon était à la une de tous les médias. Ce matin, l'annonce que Simon travaillait dans le bistro où Tracey Sloane avait été serveuse avant de disparaître presque vingt-huit ans plus tôt avait fait les gros titres. L'affaire Sloane allait donner lieu à des commentaires sans fin, même si l'alibi de Simon paraissait solide.

Après avoir passé leur commande, Mark demanda : « Ce restaurant ne s'appelait-il pas le San Domenico ?

— Si, en effet. »

Nick Greco avait l'impression que Mark redoutait d'entendre ce qu'il pourrait lui révéler ce soir.

« L'adresse m'a semblé familière. Je me trouvais à New York il y a huit ans. Un cabinet juridique s'intéressait à moi. L'offre qui me fut faite n'était pas suffisamment attrayante. Je suis venu dîner ici. La cuisine y était excellente, et le fait que toutes les tables soient occupées ce soir semble indiquer que c'est toujours le cas.

— En effet », répondit Greco.

Le serveur apporta le vin. « Les entrées vont être servies dans un instant », promit-il.

« Avez-vous mis votre mère au courant de l'arrestation ? » demanda Greco.

Mark but une gorgée de vin. « Oui. Il m'a paru impossible d'attendre d'avoir davantage d'informations. Je craignais que la nouvelle de l'arrestation de Simon et de son rapport avec Tracey soit annoncée à la télévision dans l'Illinois. Quand ma sœur a disparu à New York tout le monde en a parlé là-bas. Je n'ai pas voulu que ma mère l'apprenne par quelqu'un d'autre que moi. »

Il prit une autre gorgée et ajouta d'un air sombre : « Ma mère m'a rappelé que lorsqu'elle était allée remercier le personnel du Tommy's de s'être démené pour aider la police à retrouver Tracey, ce type était venu pleurer sur son épaule en lui racontant que tout le monde adorait ma sœur.

— D'après ce que m'ont dit mes gars, la brigade criminelle a cuisiné Simon pendant des heures hier soir. Il a avoué avoir tué la fille dans le Lower East Side, mais jure qu'il n'a rien à voir avec la disparition de Tracey. »

Greco sentit son portable vibrer dans la poche de sa veste. L'appel provenait de l'inspecteur qui avait repris le dossier de Tracey Sloane. Il tint l'appareil dans le creux de sa main et le porta discrètement à son oreille, espérant dissimuler qu'il utilisait un téléphone dans un restaurant où ce n'était pas admis. « Greco, dit-il à voix basse.

— Nick, ici Matt Stevens.

— Que se passe-t-il ? Du nouveau avec Harry Simon ?

— Non, pas encore, mais il semble qu'on ait trouvé les restes de Tracey Sloane. »

Nick comprit que Mark avait entendu en le voyant devenir blanc comme un linge.

« Où ? demanda-t-il.

— Vous n'allez pas le croire, mais elle se trouvait au fond d'une sorte de cratère qui s'est ouvert dans le parking de la manufacture Connelly, l'endroit où s'est produite cette explosion la semaine dernière. »

67

Des fragments de souvenirs flottaient dans l'esprit de Kate. Gus. Elle lui avait téléphoné.

Et elle avait aussitôt compris qu'il était bouleversé par ce qu'elle avait dit.

Il avait accepté de la rencontrer.

Pourquoi semblait-il tellement affolé au téléphone ?

Il n'y avait pas de raison…

Kate sentit qu'elle retombait dans une douce obscurité. *Dormir, mais ne pas rêver*. Elle essaya de murmurer. Ses rêves lui faisaient peur.

Ses paupières palpitaient… elles étaient si lourdes. Elle poussa un soupir et les referma. Pourquoi avait-elle si peur ? Elle se souvenait. Elle était petite, elle courait dans sa chemise de nuit à fleurs et elle était arrivée au bout du couloir. Mais quelqu'un l'avait rattrapée avant qu'elle puisse descendre l'escalier…

Et elle essayait de crier, mais…

Kate sombra à nouveau dans un sommeil salvateur.

68

Le mercredi matin, tremblant, parcouru de frissons, Jack Worth était rentré précipitamment chez lui. Mais ce fut seulement en descendant de voiture qu'il se rendit compte qu'il n'aurait pas dû s'enfuir si vite de la manufacture après avoir regardé à l'intérieur du cratère.

La réaction normale eût été d'appeler le 911. Bien sûr, la police lui aurait tout de suite demandé ce qu'il faisait sur les lieux. Il aurait pu répondre : « Je suis venu voir où en étaient les travaux de déblaiement. J'ai toutes les raisons de me trouver là. J'ai travaillé dans cette manufacture pendant trente ans, et j'en étais le directeur depuis cinq ans, jusqu'à l'incendie de la semaine dernière. »

Il devait garder son sang-froid, penser à ce qu'il dirait à la police si, par malchance, sa voiture avait été repérée ce matin.

Tracey Sloane. Il avait fait partie des nombreuses personnes interrogées quand elle avait disparu. Il n'avait pas trente ans alors et travaillait comme aide-comptable à la manufacture Connelly. Il passait souvent ses soirées au Bobbie's Joint dans le Village.

C'était devenu le rendez-vous des futurs acteurs et actrices qui travaillaient comme serveurs dans les cafés et les bistros du quartier. Le Bobbie's était un lieu où les jeunes de son âge pouvaient draguer de jolies filles.

Tracey Sloane était la plus jolie du lot. Elle m'a repoussé, se rappela Jack, se répétant ce qu'il dirait aux flics. Puis un jour, je suis passé devant une de ces petites boutiques de bijoux qui fleurissaient alors dans le Village et j'ai vu un type qui gravait des noms sur des médaillons en imitation saphir. Il en avait exposé plusieurs dans la vitrine, ils étaient accrochés au bout d'une chaîne et déjà gravés. L'un d'eux portait le nom de Tracey. Il coûtait huit dollars. Je l'ai acheté et, quelques jours plus tard, j'ai rencontré Tracey au Bobbie's Joint et j'ai voulu le lui offrir. « Je ne te demande rien, lui ai-je dit. Quand j'ai vu ce médaillon, je n'ai pas pu résister. Il a la couleur de tes yeux. »

Ses copains étaient là quand j'ai essayé de le lui donner, se souvint Jack. L'un d'eux a dit : « Ça ne t'avancera à rien. » Et nous avons tous ri.

Puis elle me l'a racheté.

C'était environ six mois avant sa disparition, se souvint Jack.

À l'époque, il avait dit à la police qu'il avait été un peu déçu de ne jamais l'avoir vu sur elle quand il la rencontrait au Bobbie's.

À quinze heures, après deux bières et un sandwich, Jack Worth repassa à nouveau dans son esprit l'histoire qu'il allait leur servir, une version qu'il espérait identique à celle qu'il avait donnée presque vingt-huit ans plus tôt.

La nuit où Tracey a disparu, j'étais resté à la manufacture jusqu'à dix-sept heures quarante-cinq. Ensuite, je suis rentré directement chez moi. C'est ce que j'ai dit aux inspecteurs qui m'ont interrogé alors. J'habitais à Long Island City, à un kilomètre et demi de la manufacture. Je me sentais patraque et je me suis couché tôt. Je n'étais pas encore marié.

Comment expliquer que Tracey Sloane ait été retrouvée enterrée dans le parking ? On était en train de refaire le sol à cette époque, se souvint Jack. Je dirai aux flics que, peu de temps avant la disparition de Tracey, j'en avais parlé aux garçons que je retrouvais le soir au Bobbie's. Ils avaient dit en riant qu'ils iraient faire un tour au musée un jour. Je leur avais répondu qu'il leur faudrait attendre. Il y avait eu beaucoup de neige durant les deux hivers précédents et on était en train de repaver le parking à moitié défoncé.

Voilà ce que j'ai dit à certains d'entre eux. Je m'en souviens. Les flics n'ont qu'à questionner à nouveau tous les autres.

C'était l'histoire la plus plausible qu'il puisse inventer, et elle était suffisamment proche de la vérité pour paraître convaincante. La colère monta en lui au souvenir du jour où il avait voulu offrir ce collier à Tracey. Elle avait dit : « Le bleu est ma couleur favorite et le saphir ma pierre préférée. Écoute, Jack, il me plaît beaucoup mais je veux te rembourser. S'il coûte seulement huit dollars, je peux me l'offrir. »

Quand j'ai refusé qu'elle me rembourse, elle l'a ôté de son cou et a fait mine de me le rendre. J'ai cédé. « Bon, puisqu'il te plaît, je te laisse payer. Et si tu ne crois pas qu'il vaut seulement huit dollars, tu n'as qu'à aller dans MacDougal Street, tu verras tous ces colifichets en vitrine. »

Le cœur gros de rancune aujourd'hui encore, Jack se rappela le petit malin qui les avait entendus et avait vu Tracey lui donner l'argent. Il avait eu le culot de lui dire plus tard ce soir-là : « Jack, reconnais-le. Tracey a de la classe. Tu n'es pas son type. »

Quand un des ouvriers chargés du déblaiement allait-il regarder au fond du trou et répandre la nouvelle ? Jack Worth attendait ce moment avec une sombre appréhension.

Il alluma la télévision, zappant d'une chaîne à une autre. Toutes ressassaient l'histoire du clochard qui avait squatté la camionnette de la manufacture Connelly. On l'avait identifié, il s'agissait de Clyde Hotchkiss, un vétéran du Vietnam, couvert de médailles, qui avait souffert de troubles émotionnels à son retour et, après une période difficile où il avait tenté de se rétablir, avait abandonné sa femme et son enfant, plus de quarante ans auparavant. Quelques minutes avant de mourir à l'hôpital Bellevue le matin même, il avait miraculeusement retrouvé sa femme et son fils qui lui avaient gardé leur affection.

Les journalistes s'étaient rués sur Skip et Peggy Hotchkiss au moment où ils descendaient de voiture devant la maison de Peggy à Staten Island. Aucun d'eux n'avait voulu faire de déclaration. Ils étaient rentrés précipitamment pour échapper aux micros et aux caméras.

Les informations régionales de dix-sept heures trente révélèrent davantage de détails. Après son retour du Vietnam, Clyde Hotchkiss avait travaillé comme contremaître dans une entreprise de construction. Un électricien qui l'avait côtoyé avait été interviewé. « Clyde savait tout faire. Plomberie, chauffage, absolument tout. »

Le journaliste avait demandé : « Pensez-vous qu'il aurait été capable de provoquer cette explosion ?

— Quand il avait toute sa tête, certainement pas. C'était un brave type. Mais si vous me demandez s'il avait les compétences techniques nécessaires pour le faire, la réponse est oui. Quand vous construisez une maison et que vous installez une canalisation de gaz, comme il en avait l'habitude, vous savez ce que vous faites. »

Ce genre de déclaration devrait rassurer Doug, pensa Jack. Et ce type, le dénommé Hotchkiss, avait vécu dans la rue pendant quarante ans. Peut-être traînait-il déjà autour de la manufacture vingt-huit ans plus tôt. Peut-être pourraient-ils lui faire endosser le meurtre de Tracey.

Jack s'aperçut soudain qu'il n'avait pas prévenu Doug que d'un moment à l'autre la nouvelle de la découverte récente des restes de Tracey Sloane sur le terrain de la manufacture allait se répandre.

Il rassembla son courage, composa le numéro de Douglas Connelly et poussa un soupir de soulagement en constatant qu'il ne répondait pas. Jack savait que cette découverte le bouleverserait à plus d'un titre. Il n'appréciera pas qu'on lui rappelle que son frère Connor, mort depuis dans l'accident de bateau, faisait aussi partie de la bande des garçons qui gravitaient autour de Tracey Sloane, pensa-t-il sombrement.

69

Justin Kramer devait s'avouer qu'il était attiré par Hannah Connelly.

Dès l'instant où elle avait ouvert la porte de l'appartement de sa sœur et était apparue dans l'embrasure, il n'avait plus été le même.

Elle portait une tenue de jogging qui mettait en valeur sa silhouette mince. Ses yeux, d'un bleu plus profond que ceux de Kate, étaient ombrés de longs cils noirs. Justin ne savait pas ce qu'il avait imaginé. Probablement qu'elle ressemblerait à sa sœur, qui était grande et blonde.

Mais lors de sa brève rencontre avec Douglas Connelly, il avait constaté qu'Hannah tenait de son père, un très bel homme.

Il m'a éconduit rapidement, se rappela Justin, il était visible que quelque chose le tourmentait. Et, quand j'ai téléphoné à Hannah, elle n'a pas paru ravie d'apprendre que son père s'était introduit chez sa sœur.

Je me demande pourquoi.

En rentrant chez lui le mercredi soir, Justin décida de se renseigner sur la famille Connelly.

Expert dans la recherche d'informations, il commença son exploration par les éléments les plus récents, constitués principalement d'articles de presse concernant l'explosion.

Le fait que Kate et un ancien employé, connu pour son caractère rancunier, étaient soupçonnés d'avoir provoqué l'explosion ne retint pas son attention. Dès le début, Justin n'avait pas cru Kate capable d'un acte répréhensible, et il ne le croyait toujours pas. Leur rencontre lors de la signature de l'acte de vente avait suffi à le convaincre.

Les articles de presse rapportaient la tragédie survenue vingt-huit ans plus tôt quand la mère de Kate et d'Hannah, leur oncle et quatre autres personnes s'étaient noyés dans un accident de bateau. Leur père était le seul survivant.

Poursuivant sa recherche, Justin tomba sur les photos des obsèques de Susan Connelly et de son beau-frère, Connor. Ces événements avaient eu lieu longtemps auparavant, pourtant il se sentit ému quand il découvrit Kate à trois ans, tenant son père par la main en entrant dans l'église Saint-Ignace-de-Loyola, puis debout devant le caveau familial au cimetière de Gate Heaven dans le comté de Westchester.

Sous l'inscription CONNELLY gravée sur la grande pierre tombale ouvragée, il distingua les noms de ceux qui y reposaient déjà. Dennis Francis Connelly et Bridget O'Connor Connelly. Probablement les grands-parents, se dit-il.

Il regarda une dernière fois la photo de Kate et de son père déposant une rose à longue tige sur chacun des cercueils, puis rechercha la notice de Dennis Francis Connelly. Ce qu'il apprit sur le fondateur de la manufacture Connelly était à la fois surprenant et déroutant.

« Ce type était bizarre, dit-il tout haut. Je n'aurais pas voulu de lui comme père. »

Secouant la tête, Justin Kramer éteignit l'ordinateur. Il était dix-neuf heures. Hannah était-elle à l'hôpital auprès de sa sœur ? Ou en train de dîner avec quelqu'un d'autre ?

Justin ressentit un pincement de jalousie à cette pensée. J'espère que non, pensa-t-il. Je vais lui téléphoner. Il avait déjà saisi son portable. Hannah répondit tout de suite.

« Un taxi vient de me déposer chez moi, lui dit-elle. Kate a passé une bonne journée, bien qu'elle m'ait paru un peu agitée. Le médecin dit que c'est bon signe. Qu'elle essaye probablement de se réveiller.

— C'est merveilleux », dit Justin. Il hésita un instant avant de demander : « Vous avez dîné ?

— Non, mais franchement je n'aurais pas le courage d'aller au restaurant.

— Vous aimez la cuisine chinoise ?

— Oui.

— Shun Lee Ouest se trouve à cent mètres de chez moi. Le meilleur chinois de la ville. Dites-moi ce qui vous ferait plaisir et j'irai le chercher. Je mettrai la table, réchaufferai les plats, servirai et desservirai. Vous n'aurez rien à faire. »

Il retint sa respiration.

Hannah éclata de rire. « C'est la meilleure proposition que l'on m'ait faite de la soirée. J'aime le potage won-ton et le poulet au sésame. Vous avez mon adresse ? »

70

Après avoir compris qu'Hannah avait pris les bijoux de Kate, Douglas Connelly passa une mauvaise nuit et se réveilla le mercredi matin avec un fort mal de tête. Sandra était rentrée tôt, et sa présence l'arrangeait et l'irritait tout à la fois. Elle parlait trop et ne cessait d'agiter ses longs cheveux blonds, les rejetait d'avant en arrière, puis baissait la tête de manière qu'ils lui couvrent le visage, la relevait en les repoussant sur le côté. Le tout en battant des paupières.

Il devait y avoir une école de charme dans le Dakota du Nord, ou je ne sais où, pensa Douglas, une école qui vous apprenait à flirter avec discrétion. Aussi délicatement qu'un dix tonnes sur un champ de courses.

Mais curieusement, Sandra savait faire la cuisine. Elle déclara qu'elle avait faim et proposa de préparer un petit déjeuner consistant. En général, ils appelaient le service de restauration de l'immeuble. Le temps de monter, les œufs pochés arrivaient à peine tièdes, les toasts étaient desséchés et malgré le prix, ils étaient incapables de servir un café chaud.

Ce matin, avec Miss Univers aux fourneaux, le jus d'orange était frais, les œufs parfaitement pochés, le bacon craquant à souhait, et les toasts d'une belle couleur dorée. Sandra avait aussi coupé en morceaux les pamplemousses, oranges et poires qu'elle avait trouvés dans le réfrigérateur et préparé une délicieuse salade de fruits.

Les femmes de chambre de l'immeuble s'occupaient de l'entretien de l'appartement. Elles venaient à treize heures, évitant ainsi de déranger Doug s'il se levait tard ou s'il n'était pas seul. Bernard, le chauffeur, était également chargé de remplir le réfrigérateur des produits de base et de garnir le bar. Si Doug organisait un cocktail ou un dîner, il suffisait de passer un coup de fil chez Glorious Foods, le traiteur, qui s'occupait de tout.

Après le petit déjeuner, Sandra ayant miraculeusement rangé la cuisine, Doug aurait souhaité la voir s'en aller. Il avait besoin de réfléchir. Mais elle lui demanda : « Doug, es-tu passé voir Kate hier ?

— Non. On m'a dit qu'elle dormait paisiblement, une fois la fièvre tombée.

— Il me semble que tu devrais y aller ce matin, et je t'accompagnerai. N'oublie pas que je l'ai rencontrée, et j'aimerais dire une prière à côté d'elle. »

C'est un coup à déclencher la Troisième Guerre mondiale avec Hannah, pensa Doug en se levant de table.

Une heure après, Sandra et lui s'entretenaient avec le Dr Patel. « Kate est agitée, dit le médecin. C'est plutôt bon signe. Je pense qu'elle s'efforce de revenir à elle. L'œdème au cerveau s'est réduit. Mais je dois vous avertir qu'il nous faut attendre l'arrêt total de la sédation pour savoir s'il y a eu lésion cérébrale, et de quelle gravité. Je dois aussi vous dire qu'il ne serait pas étonnant qu'elle n'ait gardé aucun souvenir de ce qui a immédiatement précédé son accident.

— Pouvons-nous la voir maintenant, docteur ? »

Gêné, Douglas se rendit compte que Sandra avait adopté une attitude qui pouvait laisser penser qu'elle était la voix officielle de la famille Connelly. Il posa une main ferme sur son bras. « Je suis vraiment impatient de voir ma fille, dit-il, en insistant sur le *Je*.

— Tu ne vas pas refuser de me laisser dire une prière pour elle, Doug ? »

Doug regretta que le Dr Patel soit témoin de leur échange. Il regretta aussi qu'après s'être débarrassée de son manteau, Sandra soit apparue dans un pull collant décolleté qui eût été plus à sa place dans une boîte de nuit du quartier de Meatpacking. Il était trop absorbé dans ses pensées pour l'avoir remarqué plus tôt.

Mais heureusement, on lui avait dit qu'Hannah était déjà passée voir sa sœur dans la matinée. Elle n'allait certainement pas revenir tout de suite. Il n'aurait pas à lui dire qu'il avait laissé Sandra rendre visite à Kate. « Viens », dit-il brusquement à Sandra.

Kate s'agitait mais elle avait les yeux fermés. Doug lui prit la main. « Mon bébé, c'est papa. Je t'aime tant. Il faut que tu te rétablisses, pour moi et pour Hannah. Tu le peux. Nous avons besoin de toi. »

Les larmes lui montèrent aux yeux.

De l'autre côté du lit, Sandra caressait doucement le front bandé de Kate. « Kate, c'est Sandra. Nous avons dîné ensemble le soir de l'accident. Vous m'avez paru si belle et si intelligente, je vous assure. Vous allez bientôt redevenir comme avant. Et je veux être votre meilleure amie. Et si vous avez des problèmes, je serai là pour vous aider.

— Ça suffit, Sandra, murmura Doug d'un air furieux.

— Bon, laisse-moi juste dire une prière. » Elle ferma les yeux et leva la tête. « Merveilleuse Kate, que le ciel vous bénisse et vous guérisse. *Amen.* »

Kate ne pouvait communiquer avec eux, mais elle avait tout entendu. Alors qu'elle s'enfonçait à nouveau dans le sommeil, un mot lui traversa clairement l'esprit. *Bimbo.*

Douglas avait espéré que Sandra irait à nouveau chercher son courrier ou rejoindre ses amies pour dîner, mais elle monta dans la Bentley et dit au chauffeur : « Nous rentrons à la maison, Bernard. Mais j'ai l'intention de réserver une table au SoHo North, vous serez gentil de venir nous prendre à vingt heures trente. Notre cher homme a besoin de prendre l'air. Il a eu une journée suffisamment difficile comme ça. »

Doug était sur le point de dire à Sandra qu'il avait un début de migraine et envie de s'étendre et de rester tranquille dans une pièce sombre. Il s'apprêtait à demander à Bernard de la raccompagner chez elle, mais, à la réflexion, la perspective de rester seul ce soir n'était pas folichonne. Dîner avec une bonne bouteille de vin au SoHo North où tout le gratin new-yorkais se donnait rendez-vous était davantage à son goût. « C'est une excellente idée », dit-il d'un ton faussement enjoué.

Sandra était en train de préparer les cocktails, un scotch pour lui et un apple martini pour elle, quand le téléphone sonna. Elle courut vers l'appareil, vérifia le numéro qui s'affichait. « C'est Jack Worth, dit-elle.

— Ne réponds pas. Je n'ai pas envie de lui parler. »

Dix minutes plus tard, le téléphone sonna encore. Son martini à la main, Sandra se dirigea à nouveau vers le poste fixe posé sur le bureau de la bibliothèque. « Il n'y a pas de numéro affiché, déclara-t-elle.

— Laisse tomber. Non, attends. Je vais prendre la communication. »

Doug venait soudain de comprendre qui était susceptible de l'appeler.

Sandra décrocha l'appareil. « Résidence Connelly, dit-elle, croyant mimer le ton d'une femme de chambre ou d'une secrétaire.

— Passez-moi Doug Connelly, lui enjoignit une voix basse et exaspérée.

— Qui est à l'appareil, je vous prie ?

— J'ai dit passez-le-moi. »

Sandra couvrit l'écouteur de sa main. « Je pense que c'est un cinglé. Il ne veut pas donner son nom et il a l'air furieux. »

Soudain inquiet, Doug se leva et traversa rapidement la pièce. « Douglas Connelly, dit-il en s'emparant du téléphone.

— Est-ce que vous saviez à qui vous aviez affaire quand vous avez actionné cet interrupteur ? »

Doug reconnut la voix, mais fut stupéfait de la question.

« Vous avez cru pouvoir vous en tirer par une combine aussi stupide, pauvre idiot ? N'y pensez pas.

Vendredi matin, je veux que vous ayez déposé sur mon compte quatre millions de dollars, sinon vous ne vivrez pas jusqu'à samedi. Il s'agit des trois millions et demi que vous me devez plus les intérêts pour le mal que je me suis donné.

— J'ignore de quoi vous parlez.

— Alors, souvenez-vous de notre dernière transaction et vous allez piger. Pourtant je vais vous faire une faveur. Il vous faut peut-être un peu plus de temps pour rassembler cette somme. Je vous donne donc jusqu'à lundi prochain. Mais dans ce cas, ce sera quatre millions deux cent mille dollars. Les deux cent mille supplémentaires pour vous être payé ma tête. »

Doug entendit le clic du récepteur résonner à son oreille. La main crispée, il reposa l'appareil sur son support.

« Dougie, Dougie, que se passe-t-il ? Tu as l'air au bord de l'évanouissement. Qui était cet homme ? Qu'est-ce qu'il t'a dit ? » Debout à son côté, Sandra lui maintenait la main droite pour l'empêcher de renverser le contenu de son verre sur sa manche.

« Oh, mon Dieu, gémit Doug, Oh, mon Dieu, que vais-je faire ? »

71

Le mercredi à dix-sept heures, Frank Ramsey et Nathan Klein sonnèrent à la porte de Lottie Schmidt. Maintenant qu'ils avaient eu la confirmation que Gus n'avait jamais gagné à la loterie sur le territoire des États-Unis, ils étaient décidés à se montrer plus agressifs dans leur interrogatoire. Frank jouerait le gentil, Nathan montrerait qu'il ne croyait pas à l'histoire du billet de loterie.

Lottie ouvrit la porte au deuxième coup de sonnette, mais si elle fut surprise en les voyant, elle n'en montra rien. Quelque chose dans son comportement avait changé. Ils le remarquèrent aussitôt. Elle paraissait moins inquiète, plus sûre d'elle. « J'aurais apprécié d'être prévenue, dit-elle en s'effaçant pour les laisser entrer. Et vous auriez pu vous épargner un déplacement inutile. Je pars dans quelques minutes chez ma voisine. Elle a eu l'amabilité de m'inviter à dîner tôt.

— Dans ce cas, nous nous félicitons de vous trouver chez vous, madame Schmidt, répliqua Frank sans se laisser démonter. Nous n'en aurons pas pour longtemps. » Il fit mine de se diriger vers le salon.

Lottie l'arrêta. « Je pense que nous serons mieux installés à la table de la salle à manger. J'ai sorti des albums de photos susceptibles de vous intéresser. »

Elle ne leur dit pas qu'après le départ de son voisin Peter Callow, l'autre jour, elle s'était assise à cette même table et avait longuement réfléchi. Bien qu'il ait accepté de la défendre, il était évident que Peter n'était pas dupe quand elle disait ignorer d'où venait l'argent avec lequel Gus avait acheté la maison de Gretchen. S'il ne me croit pas, personne d'autre ne le fera, avait-elle conclu. Mais je finirai par trouver une histoire qui tienne la route.

Gardant cette pensée à l'esprit, elle avait déplié l'échelle qui permettait d'accéder aux combles et, grimpant dans le grenier, en avait rapporté un album tout poussiéreux ainsi que plusieurs photos de personnages vêtus de costumes de cérémonie ou d'uniformes militaires. Elles provenaient toutes d'un carton qui n'avait jamais quitté sa place au grenier depuis qu'ils avaient emménagé.

Soigneusement essuyés, l'album et les photos étaient aujourd'hui étalés sur la table de la salle à manger. Elle invita les enquêteurs à s'y asseoir. Au contraire de la fois précédente, elle ne leur offrit pas de café, ni même un verre d'eau.

« On vous a dit que mon mari était un maître artisan et qu'il avait été poussé à la retraite par Douglas Connelly et son acolyte Jack Worth, commença-t-elle d'une voix posée. C'est l'exacte vérité. Gus était un artisan remarquable. Mais il descendait aussi d'une des plus grandes familles d'Allemagne. » Elle tourna l'album vers les deux hommes. « Pendant la Première

Guerre mondiale, son grand-père avait été aide de camp du Kaiser. Il s'appelait le *Feldmarschall* Augustus Wilhelm von Mueller. Voilà sa photo avec le Kaiser. »

Stupéfaits, les deux enquêteurs examinèrent longuement l'album.

« Et voilà une photo de la demeure de son grand-père. Le père de Gus était le deuxième fils de la famille. Son père et sa mère sont morts dans un accident alors qu'il n'était qu'un bébé. Gus était leur fils unique. La voiture à cheval dans laquelle ils se trouvaient s'est renversée par une nuit pluvieuse. Après leur mort, Gus fut élevé par des cousins. » Lottie désigna une photo et continua : « Ils habitaient un château sur le Rhin rempli de tableaux et de meubles magnifiques. Mon mari n'a pas appris à aimer et apprécier l'art et le beau mobilier dans un musée public. Il a vécu les huit premières années de sa vie dans ce qui était, par essence, un musée, et il ne l'a jamais oublié. »

Lottie tourna la page. « Voilà Gus avec ses cousines quand il avait six ans. Vous remarquerez qu'il n'y a que des filles. Gus était le seul enfant mâle et il aurait dû hériter du château et de son contenu. »

L'émotion faisait trembler sa voix. « Le grand-père de Gus avait pour Hitler une véritable haine. La famille n'était pas juive, mais, comme beaucoup de personnes de leur rang, ils disparurent et moururent lorsque Hitler prit le pouvoir. Leurs maisons et leurs biens furent confisqués. Gus était à l'hôpital pour une opération de l'appendicite quand sa famille fut arrêtée et emmenée de force.

« La Gestapo se présenta à l'hôpital. L'infirmière cacha Gus et montra le corps d'un garçon du même âge qui venait de mourir en prétendant qu'il s'agissait du petit von Mueller. Ils la crurent et s'en allèrent. L'infirmière, dont le nom était Schmidt, emmena Gus chez elle ce soir-là. C'est ainsi qu'il a survécu.

— On a donc considéré qu'il était l'enfant de l'infirmière ? demanda Ramsey.

— Oui. Elle est partie s'installer dans une autre ville et l'a inscrit à l'école. Elle lui a recommandé de ne jamais parler de sa vie passée, sinon lui aussi serait emmené. Il fut terrifié par la cruauté des événements de la Nuit de cristal et parce que, à l'école, ses amis juifs étaient forcés de porter l'étoile jaune. Avant de disparaître à leur tour.

— Il était donc le seul survivant de la famille ?

— Absolument. Ils sont tous morts dans les camps. Le château de son grand-père fut réquisitionné par les nazis et bombardé plus tard pendant la guerre. Personne n'a jamais su s'il était resté quelque chose des biens de la famille. Gus n'aimait pas parler de son passé, même avec moi. Après la guerre, le peuple allemand a terriblement souffert. Gus a quitté l'école à l'âge de seize ans, à la mort de l'infirmière qui l'avait adopté. Complètement livré à lui-même, il a fini par trouver du travail dans un atelier de réparation de meubles. Nous avions tous les deux vingt ans quand nous nous sommes mariés. Il portait un costume de location. »

Elle sourit à ce souvenir, puis dit : « Voyez-vous, c'est pourquoi les gens trouvaient Gus rigide, voire autoritaire. C'était dans sa nature… Il descendait d'une famille d'aristrocrates.

— Madame Schmidt, toute cette histoire est absolument fascinante, dit Frank Ramsey, mais en quoi cela explique-t-il que Gus ait pu donner assez d'argent à Gretchen pour acheter une maison d'un prix très élevé et lui constituer une rente suffisante pour l'entretenir ?

— Comme vous le savez sans doute, il existe des organismes chargés de récupérer les biens volés par les nazis. Je savais depuis longtemps que Gus avait été en contact avec eux. Mais rien de plus. Il n'aimait pas faire allusion à l'existence qui avait été la sienne avant la disparition de sa famille. Cela lui était trop pénible. Il y a cinq ans, cependant, il m'a dit qu'il avait finalement eu des nouvelles d'un de ces organismes et qu'ils avaient négocié un compromis avec le propriétaire actuel d'un des tableaux dont on avait la preuve qu'il avait fait partie de la collection du château. Le propriétaire avait offert de payer un prix raisonnable pour le conserver, à condition que son nom ne soit jamais révélé. Gus avait accepté l'offre. Il ne m'en a jamais dit plus, mais c'est cet argent qu'il a utilisé pour acheter la maison de Gretchen. Il a reçu un paiement pour une toile qui lui appartenait légalement, et c'est pourquoi, messieurs, je vous prierais de quitter ma maison et de cesser de vouloir faire passer Augustus Wilhelm von Mueller pour un voleur.

« Je sais que, même après sa mort, vous restez convaincu qu'il est un incendiaire, ajouta Lottie d'un ton amer en se levant et en repoussant sa chaise. Cela ne vous suffit-il pas ? »

Ils la suivirent en silence jusqu'à la porte. Elle la referma derrière eux et ils entendirent le déclic du verrou.

Comme ils échangeaient un regard dans la pénombre, le téléphone de Frank sonna. C'était un inspecteur du poste de police voisin de la manufacture. « Frank, nous venons d'avoir un appel des établissements Connelly. On a trouvé un cratère dans le parking avec un squelette à l'intérieur. Il est visiblement là depuis des lustres. Il semble que ce soit une femme. Elle a au cou une sorte de collier portant le nom de Tracey. Ils pensent qu'il s'agit de Tracey Sloane, une jeune actrice qui a disparu il y a environ vingt-huit ans.

— On y va », dit Frank. Il referma son téléphone, se tourna vers Nathan et lui rapporta en quelques mots l'incroyable découverte qui venait d'être faite à la manufacture. Ils coururent vers leur voiture. Frank démarra et Nathan demanda : « Clyde Hotchkiss s'est évanoui dans la nature il y a presque quarante ans. Tu crois, Frank, qu'il aurait pu traîner autour de la manufacture Connelly au moment de la disparition de Tracey Sloane ?

— J'en sais rien, dit Frank. Mais si c'est le cas, on aura du mal à le prouver. »

72

Justin Kramer et Hannah étaient assis à la table de la petite salle à manger. Ils venaient de terminer les plats qu'avait choisis Justin chez le traiteur chinois et lisaient les messages que renfermaient leurs biscuits de la chance. Justin déroula son ruban de papier et lut à haute voix : « L'année du Serpent vous apportera le bonheur. »

Il consulta le système de recherche de son téléphone portable et apprit que l'année du Serpent débutait dans moins de deux mois.

L'horoscope d'Hannah était moins clair. « "La sagesse vient à ceux dont l'esprit est ouvert à la vérité…" C'est n'importe quoi, dit-elle en riant. J'aurais préféré tomber sur le vôtre.

— Il y en a d'autres. Voulez-vous encore essayer ? Sinon, je veux bien partager le mien avec vous. »

Ils se sourirent. Ils étaient agréablement conscients qu'un sentiment était en train de naître entre eux. Pendant le dîner, Justin avait parlé de lui : « Ma mère est originaire du Bronx, mon père de Brooklyn. Ils se sont connus à Columbia. Après leur mariage, ils se sont installés à Princeton. Ma mère enseigne la littérature anglaise et mon père est président du département de philosophie. J'ai une sœur cadette. Elle est interne en médecine à l'hôpital d'Hackensack. »

En l'écoutant, Hannah voyait le visage de Justin s'animer et se rendait compte qu'il avait eu une enfance normale et heureuse. Pensive, elle se remémora ses jeunes années. Son père si souvent absent. Rosemary Masse qui lui disait de se remarier, que ses petites filles avaient besoin d'une mère. Hannah se souvint qu'elle s'imaginait que sa mère était toujours en vie et qu'elle lui parlait. Qu'elle la félicitait d'avoir eu une bonne note à sa dictée.

Elle l'inventait parce que sa meilleure amie de classe, Nancy, lui avait rapporté combien sa mère était contente parce qu'elle travaillait bien. Et puis elles étaient allées manger une glace. Je lui ai dit que ma maman m'avait aussi emmenée manger une glace, se souvint Hannah. Et Nancy avait répliqué : « Mais tu n'as pas de maman. Ta maman est morte. »

Je n'ai plus parlé à Nancy pendant des jours entiers, et Kate me demandait sans cesse ce qui n'allait pas. Elle avait neuf ans alors. J'ai fini par tout lui avouer. Elle m'a dit que je ne devais pas être fâchée contre Nancy, qu'il fallait simplement lui dire que ma maman était au ciel, et que j'avais une grande sœur, qu'elle n'en avait pas et que j'avais de la chance. Puis Kate et Rosie m'ont emmenée manger une glace parce que j'avais eu une bonne note, moi aussi.

Hannah s'aperçut qu'elle n'avait pas seulement repensé à cette histoire, mais qu'elle était en train de la raconter à Justin. Elle eut un rire embarrassé. « Dites donc, vous savez drôlement bien écouter.

— Je l'espère. Ma sœur, elle, prétend que je parle trop. »

Le téléphone sonna dans la cuisine. Justin lut l'effroi dans le regard d'Hannah tandis qu'elle se levait brusquement pour aller répondre. « Calmez-vous, Hannah », lui dit-il en la suivant dans la cuisine, espérant toutefois qu'il ne s'agissait pas de mauvaises nouvelles de Kate.

C'était Douglas Connelly. Sa voix forte, tendue, parvint aux oreilles de Justin : « Je viens de recevoir un appel des enquêteurs de la brigade des pompiers. La quantité d'eau déversée par les lances d'incendie a provoqué un effondrement à l'arrière du parking. Ils ont découvert au fond du trou le squelette d'une jeune femme. Ils pensent en connaître l'identité, mais ils ont refusé de me communiquer son nom.

— Un squelette ! s'écria Hannah. Est-ce qu'ils savent depuis combien de temps il se trouve là ?

— Ils ne l'ont pas dit. Hannah, tout cela est tellement bizarre. Je ne sais que penser.

— Papa, tu es seul ? »

Il hésita avant de répondre : « Non, Sandra est avec moi. Nous étions sur le point de sortir quand le téléphone a sonné.

— Est-ce que la police a demandé à te parler ?

— Oui, ils seront là dans un instant. Je crois que ce sont des inspecteurs de New York, pas les enquêteurs des pompiers.

— Dans ce cas, tu es obligé de les attendre. Fais-toi monter à dîner par le service de restauration de l'immeuble. Ces inspecteurs risquent de s'attarder.

— Tu as raison. Hannah. Je ne sais plus où j'en suis. Entre ce qui est arrivé à Kate et à Gus, l'explosion, ce clochard qui logeait dans la camionnette et la compagnie d'assurances qui refuse pour l'instant de payer les indemnités... »

Douglas Connelly se mit à sangloter.

« Papa, arrête, rien de tout cela n'est de ta faute.

— Je sais, mais ce n'est pas une raison... »

Douglas Connelly s'aperçut qu'il bredouillait. Il avait failli dire qu'il devait trouver plus de quatre millions de dollars en l'espace de cinq jours. Il avait compté sur l'indemnité de l'assurance couvrant les meubles du musée et les bâtiments, mais désormais il lui faudrait peut-être rappeler le courtier qui était en contact avec les acheteurs éventuels des terrains. Sans doute pourrait-il faire rapidement affaire avec l'un d'eux et obtenir un dépôt de quatre millions, même s'il devait conclure à un prix sacrifié.

S'ils mettent l'incendie sur le compte de Gus, et de Gus seul, la compagnie d'assurances devra payer à un moment donné, mais j'ai besoin de l'argent maintenant, se disait-il.

« Papa, ça va ? Tu vas bien ? » La voix d'Hannah était tendue, inquiète.

« Oui, oui, je suis simplement sous le choc.

— Appelle-moi dès que tu auras vu la police, peu importe l'heure.

— D'accord. Bonsoir. »

Justin et Hannah se regardèrent tandis qu'elle raccrochait. Puis ils regagnèrent la table en silence. Hannah servit du thé. « Est-ce que vous imaginez les titres dans la presse demain ? dit-elle.

313

— Tout à fait, répondit Justin. Votre père a employé le mot *squelette*. Ce qui pourrait signifier que le corps est là depuis longtemps, peut-être même avant que votre grand-père ait acheté le terrain, il y a soixante ans. »

Devant l'expression de surprise d'Hannah, il expliqua, un peu penaud : « J'ai cherché tout ce que je pouvais trouver sur le sujet. Vous n'avez jamais fait ça ?

— Non. Papa nous a toujours dit que son père, notre grand-père, avait fait fortune à Wall Street, qu'il avait ensuite vendu ses actions pour acheter ces terrains. Il avait fait construire l'atelier, la salle d'exposition et le musée et acheté une quantité de meubles d'époque. Papa venait d'entrer à l'université. Il a cinquante-huit ans aujourd'hui. Je ne crois pas qu'il soit enchanté d'avoir des filles de notre âge. Il préfère que nous l'appelions Doug, au lieu de papa. Mais comme nous avons toujours regretté de ne pas avoir de mère, nous n'avions pas envie de le considérer comme un copain. »

Justin se leva. « Je comprends. Bon, je vous ai promis de ne pas m'attarder, mais après cet appel de votre père, voulez-vous que je reste jusqu'à ce que vous ayez de ses nouvelles ? »

Hannah n'hésita pas. Elle eut un faible sourire et dit : « Volontiers.

— Très bien. Et je vous ai aussi promis de ranger la cuisine. Donc, buvez votre thé et laissez-moi faire. »

Hannah s'efforça à nouveau de sourire. « Je n'ai pas l'intention de vous en empêcher. »

En buvant son thé, elle réfléchit que si on avait averti Doug de la découverte du squelette, Jack Worth était lui aussi probablement au courant. Après l'explosion, elle avait inscrit son numéro de téléphone dans sa liste de contacts. Depuis que Kate était à l'hôpital, Hannah gardait toujours son téléphone sur elle. Elle s'était changée en rentrant de son bureau, avait enfilé un pull et un pantalon. Elle sortit le téléphone de sa poche, l'ouvrit, trouva le numéro de Jack et l'appela.

Si la voix de son père trahissait la peur, Jack donnait l'impression d'être face à un peloton d'exécution. « Hannah, je suis au courant. Je ne peux pas parler. La police est ici. Ils m'emmènent au commissariat central pour m'interroger. Hannah, quoi qu'on vous dise, je n'ai pas tué Tracey Sloane. »

73

Depuis le moment où on était venu l'arrêter dans la cuisine du Tommy's Bistro le mardi soir, Harry Simon avait gardé la même attitude de défi. Après lui avoir fait la lecture de ses droits, les inspecteurs l'avaient emmené au commissariat central. Il avait accepté de parler, déclarant avec véhémence qu'il n'avait rien fait de mal. Mais il n'avait pu réfuter les preuves fournies par les caméras de surveillance. Harry Simon était indubitablement l'homme qui avait entraîné Betsy Trainer, la jeune serveuse qui voulait être actrice, dans une ruelle, puis dans la cour où il avait abusé d'elle avant de l'étrangler.

Une partie seulement de la scène avait été filmée, mais on distinguait bien le visage de l'agresseur et le dragon imprimé au dos de son blouson, tandis qu'il était penché sur la forme sans défense étendue au sol. Les caméras avaient filmé l'expression terrifiée de Betsy quand il l'avait forcée à entrer dans la cour. Vingt minutes plus tard, elles avaient à nouveau filmé son visage, ses yeux au regard vide, tandis qu'il portait son corps jusqu'à sa voiture.

Visiblement stupéfié par les images que les inspecteurs projetaient devant lui, sa seule réaction avait été : « Ouais, ça me ressemble. Mais je ne me souviens pas d'avoir fait du mal à quelqu'un. Si c'était moi, et je ne le crois pas, je n'en étais pas conscient. Je suis bipolaire. Il m'arrive d'oublier de prendre mon médicament.

— Il te faut un médicament pour reconnaître ton propre visage sur la vidéo ? Pour reconnaître ce blouson minable orné d'un dragon que tu portais ce soir-là et que tu portais aussi quand on est venus te chercher ? » s'écria un des inspecteurs d'un ton méprisant. « Tu as besoin d'un médicament pour comprendre ce que tu as fait à cette fille ? »

Harry resta inébranlable et persista à affirmer qu'il n'avait aucun souvenir de ce meurtre, même après avoir été cuisiné pendant toute la journée du mercredi.

Au milieu de l'interrogatoire, les inspecteurs étaient brusquement passés à la disparition de Tracey Sloane. « Tu as travaillé avec elle, il y a des années. Tu sortais avec elle ?

— Non, elle ne me regardait même pas.

— Elle te plaisait ?

— Tout le monde aimait Tracey. Elle était sympa. Pas comme d'autres serveuses qui envoyaient bouler les gens de la cuisine si leurs commandes n'étaient pas prêtes.

— Tu es sûr que tu n'es jamais sorti avec elle ? Quelqu'un nous a pourtant dit qu'on vous avait vus ensemble au cinéma.

— C'est faux. Dites à votre "quelqu'un" de changer de lunettes.

— Peut-être as-tu oublié que tu as fait disparaître

Tracey Sloane comme tu as oublié que tu as tué Betsy Trainer la semaine dernière. Peut-être avais-tu un copain qui a forcé Tracey à le suivre comme tu as forcé Betsy à te suivre, un copain que tu as ensuite été retrouver après t'être fabriqué un alibi au Bobbie's Joint. Peut-être Tracey était-elle encore en vie quand tu as retrouvé ce type plus tard.

— Voilà une super-histoire qui ne repose que sur des "peut-être" », répliqua Harry Simon, visiblement amusé.

Il avait toujours su qu'il serait pris un jour, mais par chance la peine capitale n'était pas appliquée dans l'État de New York. S'il avait été arrêté au Texas après la disparition de cette fille qu'il avait draguée dans un bar, ou en Californie après celle du mannequin qu'il avait rencontré sur la plage, ou au Colorado quand l'auto-stoppeuse qu'il avait ramassée avait elle aussi disparu, il aurait probablement fini ses jours dans le couloir de la mort.

Alors même que les inspecteurs le bombardaient de questions, Harry laissait ses souvenirs l'envahir. Il les avait toutes rencontrées pendant les vacances. Il ne disait jamais à personne la vérité sur l'endroit où il les passait. Il racontait aux cuisiniers du Tommy's Bistro qu'il partait quelque part ailleurs et, à son retour, il leur montrait des photos de lui sur une plage et prétendait qu'elles avaient été prises sur la côte du New Jersey, à Nantucket, ou à Cape Cod. Ça n'intéressait personne, bien sûr, mais c'était un bon moyen de brouiller les pistes. À tout hasard.

L'exaspération et le dépit qui s'affichaient sur le visage des inspecteurs l'amusaient visiblement.

« C'est vraiment une super-histoire, mais que de "peut-être" ! répéta-t-il. Même il y a vingt-huit ans, les rues entre le Tommy's Bistro et l'immeuble de Tracey étaient très animées. Comment aurais-je pu l'entraîner de force quelque part sans que personne s'en aperçoive ? »

Harry comprit qu'il venait d'en dire trop.

« Tu l'as donc suivie ?

— Je savais où elle habitait. Je savais quel trajet elle effectuait pour rentrer chez elle. Tout le monde le savait. Et souvenez-vous, je suis arrivé au Bobbie's un peu moins de vingt minutes après les autres. »

À quinze heures, Harry déclara finalement qu'il en avait assez de leurs salades et qu'il voulait parler à l'avocat qui lui avait évité une amende pour excès de vitesse l'année précédente. « Le radar ne fonctionnait pas correctement, dit-il en souriant. Le juge a mis la contravention au panier. »

Les inspecteurs comprirent qu'ils n'avaient plus qu'à mettre fin à l'interrogatoire, mais ils ne purent s'empêcher de faire remarquer qu'il y avait une grande différence entre faire sauter une contravention à cause d'un radar défectueux et échapper à une accusation d'homicide attestée par un enregistrement vidéo.

Quand son avocat, Noah Green, arriva une heure et demie plus tard, on le conduisit à la petite cellule de détention où l'attendait Harry Simon. Une fois qu'ils furent seuls, Harry dit : « Salut. Content que vous soyez venu. C'est la première fois que je suis dans de sales draps.

— De très sales draps, rectifia Noah Green. La police m'a rapporté que la caméra vous avait filmé en train de tuer cette jeune femme dans le Lower East Side.

— Je leur ai dit que je n'avais pas pris mon médicament et que je ne me souvenais de rien, répondit Harry d'un ton morne. Vous pouvez peut-être me tirer d'affaire en plaidant la folie. »

Noah Green fit la grimace. « Je ferai de mon mieux, mais n'y comptez pas trop. »

Harry décida de tâter le terrain : « Et si je leur disais quelque chose que personne ne sait au sujet de Tracey Sloane ?

— Son nom est dans tous les médias depuis votre arrestation. Vous travailliez avec elle au Tommy's Bistro et la police vous a longuement interrogé au moment de sa disparition. Qu'est-ce que vous avez encore inventé depuis ?

— Disons que je l'ai suivie ce soir-là dans l'intention de l'inviter à boire un verre avec moi, mais qu'ensuite je l'ai vue monter dans un véhicule.

— On a rappelé aux informations que vous avez toujours nié savoir ce qui lui était arrivé. Et voilà que vous racontez l'avoir vue monter dans une voiture. Vous feriez mieux de faire attention à ce que vous dites, sinon on finira par vous coller aussi cette affaire-là sur le dos. D'un autre côté, si vous n'êtes pas impliqué et que vous détenez une information importante permettant de résoudre le mystère de la disparition de Tracey Sloane, on parviendra peut-être à trouver un arrangement qui vous évitera de passer le restant de votre vie en prison.

— Laissez-moi y réfléchir.

— Il ne suffit pas de leur dire qu'elle est montée

dans une voiture. Ils ne vous croiront pas, et même si vous dites la vérité, ça ne servira à rien.

— Je n'ai pas dit une voiture. Je peux décrire le véhicule. Je peux être précis.

— Harry, avez-vous quelque chose à me dire, oui ou non ? Je suis votre avocat. Ce que vous me confierez restera confidentiel. Je n'en ferai pas état, à moins que nous décidions ensemble que c'est nécessaire.

— D'accord. Voilà ce qui s'est passé. Je l'ai suivie la nuit où elle a disparu. Comme je l'ai dit, j'ai pensé que si je me pointais sur le pas de sa porte, elle m'inviterait à entrer. Probablement pas, mais… » Harry hésita. « C'était plus fort que moi. Je marchais à cinquante mètres derrière elle. Il y avait un feu rouge à l'angle de la rue. Quelqu'un s'est arrêté et l'a appelée. Puis la porte passager s'est ouverte et elle s'est engouffrée dans la voiture comme si elle n'attendait que ça.

— Elle connaissait sans doute le conducteur », dit Green en étudiant la physionomie rusée de Harry. Son instinct lui donnait à penser qu'il disait la vérité. « Pourquoi ne pas avoir rapporté tout ça à la police quand Tracey a disparu ? demanda-t-il.

— Parce que je l'avais suivie et que ça aurait fait mauvais effet. Parce que j'étais allé rejoindre les autres au Bobbie's et que j'avais un bon alibi. J'ai donc laissé courir. Je ne voulais pas qu'ils s'intéressent de trop près à mon passé. J'avais eu quelques problèmes mineurs quand j'étais au lycée. J'avais peur qu'ils me croient coupable de sa disparition si j'ouvrais la bouche. »

Noah Green trouvait son client parfaitement déplaisant et avait envie de rentrer chez lui. « Je doute fort que le fait de dire à la police que vous avez vu Tracey Sloane monter dans une voiture cette nuit-là puisse vous aider dans votre situation actuelle. En réalité, je pense qu'ils finiront par vous accuser de sa disparition.

— Je n'ai pas dit que je l'avais vue monter dans n'importe quelle sorte de voiture. Je viens de vous préciser que je pouvais la décrire. C'était une camionnette de livraison de couleur noire avec une inscription en lettres dorées sur le côté qui comportait le mot ANTIQUE. Maintenant, si on leur refile ça, est-ce que vous pourrez m'obtenir une réduction de peine ?

— Vous êtes sûr de vous ?

— Ouais.

— Je ne peux pas promettre que cela vous aidera. Laissez-moi réfléchir à la façon d'approcher les inspecteurs avec cette information. Je vous vois demain matin pour la lecture de l'acte d'accusation. Et n'oubliez pas, ne dites pas un mot à quiconque, je dis bien à quiconque, de quoi que ce soit. »

74

Quand Frank Ramsey et Nathan Klein arrivèrent à la manufacture Connelly le mercredi soir, ils apprirent que les inspecteurs avaient fini d'interroger Harry Simon et seraient sur les lieux d'une minute à l'autre. À leur place, je serais impatient si j'avais travaillé sur une affaire classée depuis vingt-huit ans, pensa Frank.

Officiellement déclaré scène de crime, le parking débordait déjà d'activité.

L'équipe de déblaiement avait reçu l'ordre de rester sur place et José Fernandez, le jeune ouvrier qui avait découvert le squelette, était interrogé dans une unité mobile de la police. Son récit fut précis et confirmé par son patron. « Hier soir, il faisait très sombre quand nous avons installé le périmètre de sécurité autour du cratère. On ne pouvait pas voir l'intérieur et, de toute manière, la journée avait été longue. Le matin, Sal, le patron, avait décidé qu'on s'occuperait du cratère plus tard parce qu'il fallait d'abord évacuer le maximum de gravats. »

À ce point de son exposé, José décida de décrire brièvement son intérêt pour les fouilles archéologiques. On ne sait jamais, un des inspecteurs avait peut-être un parent proviseur dans un lycée qui aurait besoin d'un professeur, se dit-il. Il mentionna sa maîtrise, puis continua : « Donc, j'étais curieux de jeter un coup d'œil dans ce trou. Sal m'a dit de me dépêcher parce qu'il devait me reconduire au garage. J'ai couru jusqu'au cratère, regardé au fond et… »

Il eut une expression d'effroi. Le souvenir du squelette recroquevillé, des longs cheveux auburn collés au crâne continuerait longtemps à hanter sa mémoire.

José et tous les autres membres de l'équipe de déblaiement furent vite éliminés en tant que suspects potentiels. Leurs identités furent vérifiées, leurs noms, adresses et numéros de téléphone relevés, et ils furent autorisés à s'en aller.

Ramsey et Klein savaient qu'ils ne participeraient pas à l'enquête qui suivrait la découverte du squelette de Tracey Sloane. Une autopsie serait pratiquée, mais ils ne doutaient pas un instant qu'il s'agissait de la jeune femme. Les investigations seraient menées dans le cadre de la juridiction du procureur de Manhattan, où l'affaire n'avait toujours pas été classée depuis tant d'années. Mais les deux enquêteurs restèrent jusqu'à l'arrivée de leur patron, Tim Fleming, qui s'entretint avec eux et les inspecteurs du procureur.

Pendant la morne réunion qui se tint dans l'unité mobile de la police, tous convinrent qu'il était désormais souhaitable de révéler officiellement la découverte du carnet de Jamie Gordon dans la camionnette, et le fait que Clyde Hotchkiss, le SDF qui y logeait, avait avoué l'avoir frappée mais nié l'avoir tuée.

La même pensée leur vint à l'esprit. Hotchkiss avait vécu dans la rue pendant quarante ans. Aurait-il pu se trouver dans les parages de la manufacture vingt-huit ans auparavant et, dans ce cas, être l'auteur des deux meurtres, de Jamie Gordon et de Tracey Sloane ? Lors de son interrogatoire, Jack Worth avait reconnu que, vingt-huit ans plus tôt, il avait tenté d'offrir le collier à Tracey, mais qu'elle l'avait refusé et le lui avait en fait acheté quelques mois avant sa mort. Il avait aussi reconnu qu'il en avait été vexé et déçu. Mais il jurait qu'il ne l'avait pas tuée. Il était convoqué pour un nouvel interrogatoire.

« En bref, nous avons le directeur de la manufacture qui travaillait déjà ici quand Tracey Sloane a disparu et qui s'est senti vexé quand elle a refusé son cadeau à huit dollars. Nous avons un vagabond décédé qui a reconnu que Jamie Gordon l'avait suivi dans la camionnette et qui aurait pu se trouver dans le secteur, toujours il y a vingt-huit ans. Et nous avons un meurtrier qui travaillait dans le même établissement que Tracey et qui ne peut expliquer ce qu'il a fait pendant exactement dix-huit minutes la nuit où elle a disparu », dit un des inspecteurs, résumant ainsi la situation.

Frank Ramsey et Nathan Klein auraient pu rentrer chez eux mais, par un accord tacite, ils demeurèrent sur place et observèrent discrètement les responsables de l'enquête photographier et fouiller le cratère à la recherche d'indices pouvant déterminer si c'était bien à cet endroit que Tracey était morte.

Il était presque vingt-deux heures quand, sous les projecteurs qui illuminaient la scène macabre, le squelette fut disposé avec précaution sur la civière du médecin légiste.

Des lambeaux de tissu bleu qui avaient jadis été un pantalon et ce qui restait d'un pull tombèrent dans le fond du cratère au moment où l'on extrayait Tracey Sloane de l'endroit où elle était restée cachée plus longtemps qu'elle n'avait vécu.

75

Mark Sloane quitta le Marea, sans avoir touché à son assiette après avoir dit à Nick Greco qu'il devait rentrer chez lui et appeler sa mère. D'après la description du collier, il n'avait aucun doute, le squelette découvert à Long Island City était celui de sa sœur.

Sur une des dernières photos qu'elle leur avait envoyées, Tracey portait le médaillon bleu gravé à son nom. Elle avait écrit : « Chère maman et cher Mark, que pensez-vous de mon collier en saphir ? Je l'ai eu pour huit dollars, une véritable affaire. Quand mon nom brillera sur les affiches de Broadway, je pourrai peut-être m'en acheter un véritable. Ce serait merveilleux ! »

Pourquoi et comment le corps de Tracey s'était-il retrouvé à Long Island City ? Il aurait pu ne jamais être découvert s'il n'y avait pas eu cet incendie. Et n'était-il pas incroyable qu'une des jeunes femmes qu'il avait rencontrées par hasard dans le hall de son nouvel immeuble soit justement la fille du propriétaire de la manufacture où l'on avait trouvé le corps de Tracey ?

Mark consulta sa montre. Il était seulement vingt

heures. Il avait besoin de parler à Hannah Connelly. Peut-être pourrait-elle l'aider à savoir si Harry Simon avait autrefois été employé par les établissements Connelly, ou s'il avait un parent qui y avait travaillé à un moment ou à un autre. Les archives ont probablement disparu aujourd'hui, pensa-t-il. L'administration des impôts n'exige pas qu'on les conserve au-delà de sept ans.

Presque machinalement, il chercha son téléphone portable. C'est fou, se dit-il. Mais je voudrais tant avoir une réponse à mes questions. Pendant toutes ces années, je n'ai pas cessé de penser que Tracey réapparaîtrait dans notre existence. J'aurai trente-huit ans dans deux mois. Elle n'avait que vingt-deux ans quand elle a disparu. Il faut que je téléphone à maman ce soir pour lui annoncer qu'on a retrouvé Tracey. Je veux aussi pouvoir lui dire que nous saurons, bientôt j'espère, que cette ordure qui travaillait à la cuisine de Tommy's est l'assassin de Tracey et qu'il n'aura plus jamais l'occasion de marcher dans la rue.

Tracey. Ma grande sœur. *Mark, tu as un bras de lanceur. Allez, envoie-moi cette balle…*

Tracey, qui l'emmenait au cinéma le vendredi soir. Ils mangeaient un hamburger et des frites avec un soda au McDonald's et, quand ils arrivaient dans la salle, elle demandait : « *Pop-corn ou barre au chocolat, Mark ? Ou les deux ?* »

Il s'aperçut qu'il avait son téléphone à la main et qu'il composait le 411 pour les renseignements. Heureusement, Hannah Connelly n'était pas sur liste rouge. Pendant qu'on le mettait en relation, il se dit que si elle n'avait pas envie de le voir, elle pouvait simplement le lui dire.

Elle répondit à la deuxième sonnerie. Son « allô » était fébrile, comme si elle avait eu peur de répondre.

« Hannah, ici Mark Sloane. J'habite en dessous de chez vous, l'appartement 5C. Nous nous sommes rencontrés dans le hall jeudi soir.

— Oui, je me souviens. » Sa voix était amicale à présent : « Vous êtes monté dans l'ascenseur en même temps que Jessie et moi. Je crains de m'être montrée plutôt bouleversée.

— Vous a-t-on dit que les restes d'un squelette avaient été découverts sur le terrain de votre entreprise familiale, à Long Island City ?

— Comment le savez-vous ? » Le ton d'Hannah était devenu méfiant.

« Tracey Sloane était ma sœur. » Mark n'attendit pas sa réaction. « Je viens d'apprendre la nouvelle. Je serai chez moi dans peu de temps. Pourrai-je monter vous voir en arrivant ?

— Oui, naturellement. Mark, je suis navrée pour vous. »

Un quart d'heure plus tard, Hannah ouvrait sa porte à Mark Sloane. Quand elle l'avait rencontré le jeudi soir de la semaine précédente, elle s'était sentie tellement gênée de pleurer en public qu'elle avait à peine remarqué le grand et séduisant jeune homme qui se tenait devant elle. Mais ce qui la frappait surtout aujourd'hui, c'était son regard plein d'une détresse presque insoutenable.

« Entrez, Mark. Je vous en prie, entrez. »

Il la suivit à l'intérieur, notant que la disposition des

pièces semblait la même que chez lui un étage en dessous. À la différence qu'il n'y avait pas de toiles posées sur le sol dans l'attente d'être accrochées. L'appartement donnait l'impression confortable d'être habité.

Alors même qu'il se faisait ces remarques, Mark se rendit compte qu'il était parfaitement déplacé de se pencher sur des problèmes de décoration en ce moment.

Il s'était attendu à trouver Hannah Connelly seule, mais il y avait deux autres personnes dans le salon. L'une était Jessie, la belle avocate rousse qu'il avait rencontrée la veille. L'autre, un garçon de quelques années plus jeune que lui apparemment, et qui était visiblement au courant des faits. Il lui donna une ferme poignée de main. « Je suis Justin Kramer. Vous devez traverser des moments difficiles », dit-il doucement.

Mark ne voulait pas montrer son émotion devant ces gens qui lui étaient étrangers. Il sentit ses genoux trembler et s'assit sur le canapé.

D'une voix qui lui parut venir de loin, il dit : « J'étais en compagnie de l'inspecteur qui a mené l'enquête lors de la disparition de ma sœur, il y a vingt-huit ans. Il a pris sa retraite aujourd'hui, mais il a toujours conservé une copie du dossier de l'affaire. Nous dînions ensemble quand il a appris que les restes de Tracey ont peut-être été retrouvés. Ou plutôt, ont presque certainement été retrouvés, se reprit-il. Je crois que si je suis venu ici c'est parce que j'ai besoin de connaître la vérité. Quand Tracey a disparu, un individu qui travaillait avec elle dans le

330

restaurant a été interrogé mais il avait un alibi solide. J'ai vérifié. À moins qu'il ait eu un complice. Je veux dire, quelqu'un qui travaillait à la manufacture Connelly. »

Mark avait soudain la gorge nouée. « Je sais que la police va poser les mêmes questions, mais je dois appeler ma mère maintenant, la prévenir qu'on a retrouvé Tracey. Elle sait déjà que le type qui travaillait avec ma sœur et chantait ses louanges avec des trémolos dans la voix a été arrêté. Il aurait tué une autre jeune actrice. Je sais qu'envers et contre tout, et malgré ce qu'elle en disait, ma mère espérait encore que Tracey reviendrait un jour. Je sais ce que je ressens. J'ai besoin de connaître la vérité. S'il existe des registres des employés qui travaillaient à la manufacture à cette époque, pourrais-je éventuellement y avoir accès ? J'ai besoin de savoir. Ma mère a besoin de savoir... »

Sa voix s'étrangla. Il se leva. « Excusez-moi. Je ne suis pas tout à fait moi-même », dit-il.

Ce fut Jessie qui répondit : « Mark, nous sommes tous bouleversés par cette découverte. Peut-être aurons-nous une réponse à vos questions. Le directeur de la manufacture, qui a travaillé pour la famille d'Hannah pendant trente ans et qui a donné ce collier à Tracey, est interrogé en ce moment même par la police. Il l'avait déjà été à l'époque de la disparition de votre sœur. »

Puis, remarquant les traits tirés de Mark et voyant qu'il était près de s'effondrer, elle ajouta : « Je pense que vous devriez appeler votre mère avant qu'elle apprenne la nouvelle par quelqu'un d'autre. »

Elle n'en avait pas l'intention, mais elle ajouta : « Voulez-vous que je vous accompagne ? Je crois qu'une tasse de thé ou de café vous ferait du bien. Je m'en occuperai pendant que vous téléphonerez à votre mère. »

76

Martha Sloane fut anéantie en entendant son fils lui annoncer que Harry Simon, le cuisinier du Tommy's Bistro, avait été arrêté la veille, soupçonné d'avoir assassiné une autre jeune fille. Comme Tracey, la victime était serveuse dans un restaurant et essayait de réaliser son rêve de devenir actrice.

Ce n'est pas tant pour moi que pour cette malheureuse, pensa Martha, s'efforçant de se livrer aux tâches qu'elle s'imposait toujours quand l'angoisse la saisissait à la pensée que Tracey était peut-être en vie quelque part et avait besoin d'elle.

Mais sa maison était impeccable, les armoires parfaitement rangées. Ce n'était pas le jour où elle travaillait bénévolement à la maison de retraite, et son club de lecture ne se réunissait pas avant une semaine.

Harry Simon. Étrange que, parmi toutes les personnes qu'elle avait rencontrées au Tommy's Bistro, quand elle avait participé aux recherches après la disparition de Tracey, parmi toutes ces personnes dont les visages n'étaient plus pour elle que des images brouillées, le sien soit resté si net dans son souvenir. C'était un être particulièrement déplaisant, avec ses

yeux étroits et son visage chafouin, ses manières obsé-
quieuses. Il pleurait quand il m'a parlé, se souvint
Martha, et il a essayé de me serrer dans ses bras. Je
me suis reculée et Nick Greco, qui était chargé de
l'enquête, a dit quelque chose comme : « Calme-toi,
Harry. » Et il s'est interposé entre nous.

Mais je pensais que l'alibi de Simon était solide.

Je déteste cette notion de *faire son deuil,* pensa
Martha. Ces mots me rendent folle. Les gens ne
comprennent-ils pas que c'est impossible ? À moins
qu'on n'entende par là que l'individu qui a pris la
vie de votre enfant n'aura plus jamais l'occasion
d'en prendre une autre. Dans ce cas, vous pouvez
peut-être tourner la page. Et quand vous retrouvez
enfin le corps de votre enfant et qu'il repose dans
une tombe sur laquelle vous pouvez venir prier et
planter des fleurs, c'est peut-être aussi une façon de
faire son deuil. Vous n'avez plus besoin de craindre
qu'il soit au fond d'un marais ou retenu prisonnier
Dieu sait où.

Martha avait le pressentiment qu'elle allait enfin
connaître la vérité. Mark lui avait dit que si Harry
Simon avouait ou si un élément nouveau survenait, il
la rappellerait. Sinon, il lui téléphonerait le lendemain
matin.

C'est pourquoi, quand le téléphone sonna, dans la
soirée, après qu'elle eut mis au réfrigérateur son dîner
qu'elle n'arrivait pas à avaler, Martha fut certaine que
Mark avait quelque chose d'important à lui annoncer.

Il avait la voix brisée et était au bord des larmes
quand il dit : « Maman, ils ont retrouvé Tracey.

— Où ? »

S'armant de courage, la mère de Tracey Sloane écouta la voix hachée de son fils. Un cratère dans le parking d'une manufacture de meubles. Son cœur se serra. « Tracey était-elle en vie quand on l'a laissée là, Mark ? demanda-t-elle.

— Je ne le sais pas encore, mais je ne pense pas.

— Mark, je sais que tu ne me croyais pas quand je te disais qu'au fond de mon cœur j'avais abandonné l'espoir que Tracey soit encore en vie. Je pense que tu étais le seul à conserver un peu d'espoir. Mais nous savons la vérité maintenant. Je ne m'attendais pas à venir à New York aussi tôt, je pourrais arriver demain et rester avec toi quelques jours. »

Martha Sloane n'ajouta pas qu'elle était sûre que Mark avait autant besoin d'elle qu'elle avait besoin de lui.

« D'accord, maman. Je vais te réserver un billet d'avion pour la fin de l'après-midi. Je t'appellerai demain à la première heure. Tâche de dormir un peu. Je t'aime.

— Je t'aime aussi, mon chéri. »

Martha Sloane raccrocha et, d'un pas lent et mesuré, se rendit dans l'entrée et tendit la main vers l'interrupteur. Pour la première fois en presque vingt-huit ans, la lumière extérieure au-dessus de la porte s'éteignit.

77

Quand Douglas Connelly fut informé qu'un squelette avait été découvert dans un cratère après un
affaissement de terrain sur le parking de la manufacture et que les enquêteurs s'apprêtaient à l'interroger,
il demanda à Sandra de rentrer chez elle. « Tu m'as
beaucoup aidé, mais j'ai besoin d'être seul à présent.
Téléphone à une amie et va dîner avec elle. Va chez
le coiffeur ou fais ce que tu veux demain matin, puis
reviens. Je ne veux pas… »

Il s'interrompit. Il avait été sur le point de dire
qu'il ne souhaitait pas la voir jouer les maîtresses de
maison, s'immiscer dans la conversation avec les
enquêteurs, ou se précipiter à chaque sonnerie du
téléphone.

Sandra l'avait assailli de questions après avoir
répondu à ce type qu'elle avait qualifié de « furieux ».
Il lui avait fourni cette explication : « C'est un
conseiller financier qui a perdu beaucoup d'argent. Je
l'ai encouragé à pousser ses clients à investir dans un
nouveau fonds spéculatif qui s'est révélé être un
désastre. Ses clients ont perdu tout ce qu'ils avaient
placé et maintenant il me fait porter le chapeau.

— C'est injuste, Dougie, s'était indignée Sandra. Tu as peut-être suggéré à ce type de faire un investissement, mais c'est toujours un risque. C'est mon père qui me l'a dit. Il prétend que si tu mets en banque quelques dollars par semaine, tu seras étonné de voir à quel point ils vont fructifier et tu te sentiras tranquille en sachant que tu as quelque chose derrière toi.

— Ton père est un homme sage », commenta amèrement Doug Connelly en l'accompagnant jusqu'à la porte.

Bernard, qui avait attendu pour les conduire au SoHo North, allait ramener Sandra chez elle.

Douglas alla directement dans la bibliothèque, où il se servit un double scotch, puis il réfléchit que les enquêteurs de la brigade des pompiers avaient sûrement contacté Jack Worth. Il décrocha le téléphone pour l'appeler sur son portable, mais il n'obtint pas de réponse.

Il se souvint alors que Jack avait essayé de le joindre deux heures plus tôt, et qu'il n'avait pas voulu répondre.

Trente-cinq minutes après, les deux enquêteurs de la brigade des pompiers arrivaient chez lui. En chemin ils avaient discuté de la stratégie à adopter face à Douglas Connelly. Ils s'attendaient à ce qu'il nie farouchement avoir jamais connu Tracey Sloane et qu'il dise ne pas s'expliquer comment son corps s'était retrouvé sous le parking de la manufacture.

Ils étaient aussi convenus que Jack Worth était davantage qu'un témoin assisté. Il était en ce moment interrogé dans les bureaux du procureur de Manhattan. « Je pense que nous n'aboutirons à rien avec Douglas

Connelly », dit Ramsey en garant la voiture sur un emplacement interdit et en rabattant le pare-soleil pour mettre en évidence leur badge du « Corps des pompiers de New York ».

Le portier leur dit que M. Connelly les attendait et qu'il allait lui annoncer leur arrivée. Dans l'ascenseur, Klein demanda : « Tu crois qu'il y a une chance que sa jeune amie soit encore dans les parages ?

— Cinquante pour cent, répondit Ramsey. Elle me rendrait dingue, mais je pense que c'est le genre de type qui aime avoir une fille de trente-cinq ans plus jeune que lui pour lui tenir la main. »

Douglas Connelly les attendait à la porte de son appartement. Son haleine sentait l'alcool et son regard était légèrement trouble. Comme prévu, il les fit aussitôt entrer dans la bibliothèque, où un verre de whisky à moitié plein était posé sur la table près de son fauteuil.

Ils refusèrent le verre d'eau ou d'alcool qu'il leur proposait et Frank jeta un coup d'œil aux rayonnages qui tapissaient les murs. Il eut l'impression fugitive que les livres qu'ils contenaient étaient des ouvrages de collection, le genre de premières éditions rares avec des tranches dorées et des illustrations. Il se demanda si Connelly avait jamais pris le temps d'en ouvrir un. Puis il se demanda si les livres, comme tout le reste dans cet appartement, étaient des copies ou des originaux.

Tout en les invitant à s'asseoir, Connelly engagea la conversation : « Je ne peux vous dire le choc que j'ai éprouvé quand j'ai reçu votre coup de téléphone. Savez-vous quelle est la personne dont on a retrouvé les restes et depuis combien de temps ils gisaient là ?

— Nous pensons connaître l'identité de cette personne. Il s'agit en fait d'une jeune femme, dit Ramsey. Le nom de Tracey Sloane évoque-t-il quelque chose pour vous, monsieur Connelly ? »

Les enquêteurs le regardèrent plisser le front sous l'effet de la concentration.

« Je crains que non, dit-il d'une voix ferme. De qui s'agit-il ?

— D'une jeune fille de vingt-deux ans, qui voulait faire une carrière de comédienne et qui a disparu en rentrant chez elle il y a presque vingt-huit ans.

— Vingt-huit ans ? Et elle serait restée ensevelie dans notre parking depuis si longtemps ?

— Nous n'en savons rien, répondit Frank. Mais vous n'avez pas le souvenir de l'avoir rencontrée ?

— Il y a vingt-huit ans, j'étais un homme heureux, marié et père de deux fillettes. » Le ton de Douglas Connelly était devenu glacial. « Êtes-vous en train d'insinuer que j'ai eu un rapport quelconque avec cette jeune femme à cette époque ?

— Non, loin de nous une telle pensée.

— Quand a-t-elle disparu exactement ?

— Cela fera exactement vingt-huit ans le 30 novembre.

— Attendez. Le terrible accident de bateau qui a causé la mort de ma femme, de mon frère et de quatre amis proches a eu lieu le 3 novembre de cette même année. Je suis resté hospitalisé jusqu'au 24. Vous osez prétendre qu'une semaine plus tard, alors que je me remettais à peine de blessures terribles, j'aurais pu être impliqué dans une... »

Ramsey l'interrompit : « Monsieur Connelly, nous ne prétendons rien. Nous sommes ici parce que les restes de cette jeune fille ont été découverts dans un terrain vous appartenant.

— Jack Worth travaillait-il à la manufacture à cette époque ? demanda Nathan Klein.

— Je présume que si vous vous intéressez à Jack Worth, vous n'ignorez pas qu'il travaille pour notre famille depuis plus de trente ans.

— Aviez-vous des relations amicales avec lui, monsieur Connelly ?

— Jack a commencé comme aide-comptable. J'étais le fils du propriétaire et je n'avais aucune raison d'être proche de lui. Il a gravi les échelons dans l'entreprise jusqu'à ce que notre directeur de longue date, Russ Link, parte à la retraite il y a cinq ans. À cette époque, Jack avait fait la preuve qu'il était tout à fait capable de prendre en main la gestion courante de l'affaire, et je l'ai nommé directeur.

— Vos relations ont donc toujours été professionnelles ? insista Klein.

— Pour l'essentiel. Durant les cinq dernières années, en dehors des heures de bureau, nous avons dîné ensemble à l'occasion. Comme moi-même, Jack s'inquiétait de voir que les perspectives du marché des copies de meubles anciens n'étaient guère encourageantes. C'est un fait dont nous sommes tous les deux conscients. La solution est de cesser la production et de vendre l'affaire, mais pas en la bradant. J'attends une offre convenable.

— En dehors de vos relations professionnelles, que pensez-vous de Jack Worth ? demanda Ramsey à brûle-pourpoint.

— Avant comme après son divorce, personne n'ignorait que Jack était un homme à femmes. En réalité, je sais que mon père, peu de temps avant sa mort, avait vivement reproché à Jack de trop s'intéresser à une jeune secrétaire de direction qui était mariée. Elle avait dit à mon père que Jack la pressait de sortir avec lui après le travail. Le fait d'être éconduit, même par une femme heureuse en ménage, était pour lui une insulte personnelle et un défi. »

Les deux enquêteurs se levèrent. « Monsieur Connelly, vous nous avez été d'une aide précieuse, dit Frank Ramsey. Nous ne vous ennuierons pas davantage ce soir.

— Vous ne m'avez pas ennuyé, dit Douglas Connelly en se levant à son tour. Mais puis-je vous demander pourquoi vous vous intéressez à Jack Worth ? Connaissait-il la jeune femme dont les restes ont été découverts aujourd'hui ? »

Aucun des deux hommes ne répondit à sa question. Avec un « Bonsoir, monsieur » poli, ils quittèrent l'appartement. À ce stade, ni Ramsey ni Klein n'avaient jugé bon de dire à Connelly que Jack Worth se trouvait dans le bureau du procureur de Manhattan, où il était assailli de questions à propos de Tracey Sloane.

Des questions, apprendraient-ils, auxquelles il répondait inlassablement : « Je n'ai pas tué Tracey Sloane et je ne l'ai pas enterrée dans le parking. »

78

Le jeudi matin à sept heures, Lawrence Gordon reçut un appel de l'inspecteur John Cruse le prévenant que les deux enquêteurs qui menaient les investigations sur l'incendie de la manufacture Connelly désiraient le rencontrer. « Un fait nouveau est survenu dont nous aimerions nous entretenir avec vous, monsieur, avait dit Cruse.

— Cela concerne Jamie, n'est-ce pas ? Vous avez appris qui l'a tuée ?

— Monsieur Gordon, nous n'avons pas voulu vous contacter plus tôt car nous savions que la nouvelle que nous avions à vous communiquer serait terriblement éprouvante pour vous et votre épouse. Nous désirions au préalable avoir des informations aussi complètes que possible. Les enquêteurs de la brigade des pompiers Frank Ramsey et Nathan Klein et moi-même pouvons nous présenter chez vous dans une heure. Avez-vous le temps de nous recevoir ?

— Naturellement, je vous attends. »

Lawrence venait de prendre sa douche et de se raser. La salle de bains était à l'opposé de leur spacieuse chambre à coucher et, avec la porte fermée,

Veronica n'avait pas entendu son portable sonner. C'était une habitude qu'il avait acquise durant les deux années qui avaient suivi la disparition de Jamie. Même après la découverte de son corps, il avait continué à garder son téléphone portable à portée de main, dans l'attente d'un appel de la police le prévenant qu'ils avaient enfin trouvé l'assassin de sa fille.

À regret, il s'assit sur le bord du lit et effleura doucement le visage de Veronica. Elle ouvrit aussitôt les yeux. « Lawrence, qu'y a-t-il ? Tu ne te sens pas bien ? »

Veronica était souvent debout quand il avait fini de s'habiller, elle enfilait alors une robe de chambre et descendait boire un café avec lui. Mais il ne la réveillait jamais. Qu'elle dorme encore signifiait trop souvent qu'elle était restée éveillée une grande partie de la nuit.

« Chérie, je vais bien, mais l'inspecteur Cruse et deux enquêteurs vont arriver dans quelques instants. Ils veulent s'entretenir avec nous. C'est au sujet de Jamie. »

Lawrence vit sa femme fermer les paupières d'un air douloureux. « Tu n'as pas besoin de leur parler, dit-il. Je peux m'en charger seul si tu préfères.

— Non, je veux entendre ce qu'ils ont à nous annoncer. Crois-tu qu'ils ont arrêté quelqu'un ?

— Je n'en sais rien. »

Ils s'habillèrent rapidement. À son costume de ville habituel, Lawrence préféra un pantalon et une chemise de sport à manches longues. Les mains tremblantes, Veronica sortit de son placard le survêtement qu'elle enfilait tous les matins. Elle se rendait régulièrement à neuf heures au gymnase local.

Dottie, leur fidèle domestique, était dans la cuisine. Le café était prêt et la table déjà mise dans la salle du petit déjeuner. À la vue de leurs visages graves, son joyeux « Bonjour » mourut sur ses lèvres.

« Trois inspecteurs vont arriver dans un instant, lui dit Lawrence. Nous pensons qu'ils ont des informations concernant Jamie.

— Vous voulez dire concernant celui qui l'a tuée ? » demanda Dottie d'une voix hésitante.

Elle était déjà chez eux à la naissance de Jamie. À sa disparition, elle avait éprouvé un chagrin presque aussi profond que le leur.

« Nous l'espérons. Nous ne savons pas », dit doucement Lawrence.

Lorsque Cruse, Ramsey et Klein arrivèrent une demi-heure plus tard, ils acceptèrent le café qu'on leur offrit puis s'assirent en face des parents de Jamie. Cruse leur rappela rapidement que Ramsey et Klein étaient les enquêteurs de la brigade des pompiers chargés des investigations concernant l'explosion et l'incendie de la manufacture Connelly.

« Nous avons appris qu'un sans-abri avait dormi probablement plusieurs années dans une camionnette garée à l'extrémité du terrain de la manufacture. Elle avait été endommagée lors d'un accident longtemps auparavant et abandonnée à l'arrière du parking. Quand on s'est aperçu qu'elle était remplie de vieux journaux, elle a été transportée au laboratoire de la police scientifique. C'est alors, en l'examinant de fond en comble, qu'on y a découvert le carnet de Jamie, expliqua Cruse.

— Le carnet de Jamie ! s'exclama Veronica.

— Oui. Son nom y est inscrit et c'est visiblement celui qu'elle utilisait quand elle interviewait les sans-abri dans le cadre du projet sur lequel elle travaillait. Nous avons pu découvrir l'identité du vagabond qui logeait dans le véhicule grâce à une photo de famille que nous y avons trouvée. Peut-être l'avez-vous vue lorsqu'ils l'ont montrée au journal télévisé. Elle représente un jeune couple avec un bébé.

— Nous l'avons vue, en effet, dit Veronica d'une voix sourde. Cet homme a-t-il tué notre fille ? L'avez-vous arrêté ?

— Il s'appelait Clyde Hotchkiss. Je dois d'abord vous dire qu'il est décédé hier à l'hôpital Bellevue. »

Lawrence et Veronica poussèrent un cri étouffé et se saisirent l'un l'autre par la main.

Ramsey attendit un instant avant de prendre la parole : « Il a été conduit à l'hôpital à la suite de l'appel d'une passante qui l'a vu s'écrouler dans une rue près de la West Side Highway. Il souffrait de pneumonie et n'a pas survécu. Nous avons été avertis par l'hôpital qui nous a contactés. Nous avons pu lui parler brièvement.

— Qu'a-t-il dit ? demanda fébrilement Lawrence Gordon. Qu'a-t-il dit ?

— Nous l'avons interrogé à propos de Jamie. Il a dit qu'elle l'avait suivi dans la camionnette et l'avait harcelé de questions. Il a aussi avoué qu'il l'avait frappée mais qu'elle s'était échappée, et qu'ensuite il l'avait entendue crier : "Au secours, au secours !"

— Il n'a pas tenté de l'aider ? »

Le visage de Lawrence Gordon était pâle, ses yeux brillants de larmes.

« Non. Il est mort en reconnaissant qu'il l'avait frappée et en jurant qu'il ne l'avait pas tuée.

— Et vous le croyez ? »

Les enquêteurs se regardèrent. « Je n'en suis pas certain, dit Frank Ramsey.

— Non, je ne le crois pas, dit catégoriquement Nathan Klein. Sa femme et son fils, qui ne l'avaient pas revu depuis qu'il les avait abandonnés, presque quarante ans plus tôt, sont également venus à l'hôpital. Ils étaient présents quand nous lui avons parlé. Sa femme l'a supplié de répondre à nos questions, mais je pense qu'il lui aurait été impossible de confesser qu'il avait tué Jamie devant elle et son fils. Les informations que nous vous communiquons vont être divulguées au cours d'une conférence de presse aujourd'hui à midi.

— Soit il l'a tuée, soit il a ignoré ses appels au secours. Que son âme aille en enfer ! »

Le visage de Lawrence Gordon était contracté par la rage et le chagrin.

La mère de Jamie dit doucement : « L'autre jour, une voyante m'a dit que nous allions apprendre bientôt ce qui était arrivé à Jamie. Je ne sais pourquoi, je l'ai crue. Eh bien, nous savons maintenant. » Puis, tandis que son mari la prenait dans ses bras, elle éclata en sanglots. « Oh, Jamie, Jamie, Jamie ! »

79

Le jeudi matin à huit heures, Hannah s'arrêta à l'hôpital en allant à son bureau. C'était devenu un rituel avant de commencer sa journée. Elle s'asseyait près du lit de Kate et lui parlait, espérant que ses paroles lui parvenaient.

Elle se souvint d'avoir lu le récit d'un neurochirurgien qui, alors qu'il était plongé dans un coma profond, entendait tout ce qui se passait autour de lui.

Peut-être en est-il de même pour Kate, se dit-elle en lui prenant la main, racontant qu'elle avait dîné chez elle avec Justin Kramer, qu'il était allé chercher ses plats préférés chez Shun Lee West, et qu'il s'occupait de la broméliacée de Kate. « Il a quelque chose de particulier, Kate, dit-elle, il me plaît vraiment. Il m'a raconté qu'il t'avait offert cette plante en cadeau de bienvenue. »

Puis, tandis qu'elle parlait, elle sentit pour la première fois Kate lui presser la main.

Quand le Dr Patel passa voir Kate et qu'Hannah lui raconta ce qui s'était passé, il n'eut pas l'air étonné : « C'est normal, dit-il. Kate se remet de façon remarquable. L'œdème au cerveau s'est complètement résorbé. Il n'y a aucune trace de nouveau saignement. Nous allons peu à peu diminuer la sédation à partir d'aujourd'hui. Si tout se passe bien, demain ou dimanche au plus tard, nous la mettrons dans une chambre individuelle. J'ai bon espoir qu'elle reprenne conscience rapidement. Même si elle n'a pas souvenir du passé immédiat, je veux dire de l'incendie, je pense qu'elle se remettra complètement. »

Hannah sentit alors la main de Kate presser à nouveau la sienne. « Docteur, Kate tente de me dire qu'elle est consciente de ma présence ! s'exclamat-elle. J'en suis sûre. Je dois la laisser maintenant et aller travailler, mais vous ne pouviez me donner meilleures nouvelles. Merci. Merci beaucoup. »

Kate essaya de remuer les lèvres. Hannah, ne t'en va pas, je t'en prie. Je fais sans cesse le même cauchemar. Je ne veux plus le faire. Je ne veux pas rester seule.

Le jeudi à sept heures du matin, après qu'on l'eut interrogé toute la nuit dans les bureaux du procureur de Manhattan, on annonça à Jack Worth qu'il était libre de rentrer chez lui. À son arrivée, les inspecteurs lui avaient lu ses droits. Il leur avait déclaré qu'il n'avait pas besoin d'avocat et qu'il était prêt à collaborer avec eux. D'abord choqué par la façon dont on l'avait emmené, il s'était convaincu que son histoire tenait la route, qu'il n'y avait aucune zone d'ombre et qu'engager précipitamment un avocat pourrait donner l'impression qu'il était coupable.

Vingt fois, cent fois, au fil des heures, il avait répondu aux questions de plus en plus méprisantes des inspecteurs. « Quand vous êtes venu à la manufacture, sans raison précise, très tôt le matin, et que vous avez regardé dans le cratère et vu cette fille avec votre médaillon autour du cou, pourquoi vous êtes-vous enfui ? Pourquoi n'avez-vous pas appelé aussitôt le 911 ?

— Écoutez, je n'ai jamais oublié l'interrogatoire que j'ai subi il y a vingt-huit ans parce que j'avais acheté ce foutu médaillon de huit dollars gravé au nom de Tracey et voulu le lui donner. Elle avait refusé que je lui en fasse cadeau, mais il lui plaisait et elle a voulu le payer elle-même. Je ne suis jamais sorti seul avec elle. Je ne l'ai jamais vue porter le collier. J'ai pris peur parce que je savais ce que vous alliez tous penser. Ne dites pas le contraire. Vous pouvez me soumettre au détecteur de mensonge. Je ne suis pas inquiet. »

L'attitude de Jack avait changé quand ils avaient commencé à le questionner à propos de Jamie Gordon. « J'ai lu l'histoire de cette pauvre fille. Vous dites qu'il y a deux ans elle s'est trouvée dans cette camionnette au fond du parking entre minuit et six heures du matin et vous me demandez si je le savais ! J'étais le directeur de la manufacture, pas le veilleur de nuit. J'en ai assez maintenant, j'ai essayé d'être franc avec vous, mais je suis fatigué et je veux partir. » Il se leva. « Quelqu'un a l'intention de m'en empêcher ? Je suis en état d'arrestation ?

— Vous n'êtes pas en état d'arrestation et vous êtes libre de vous en aller, monsieur Worth, lui répondit-on. Nous aurons peut-être besoin de vous interroger à nouveau, mais pour le moment, vous pouvez rentrer chez vous. »

Pris de panique, sachant qu'il entendrait bientôt parler d'eux à nouveau, Jack Worth sortit rapidement de la pièce.

L'avocat Noah Green éprouvait une véritable aversion pour son nouveau client, Harry Simon. « Il n'est pas vraiment nouveau en réalité. Tu te souviens que je lui ai évité une contravention pour excès de vitesse il y a deux ans ? » rappela-t-il à sa femme Helen, le jeudi matin, alors qu'ils prenaient leur petit déjeuner habituel composé d'un café et d'un bagel dans leur bureau du bas de Manhattan.

Ils s'étaient rencontrés à la faculté de droit et s'étaient mariés le lendemain de leur prestation de serment au barreau de l'État de New York, vingt-six ans plus tôt. Pleins d'optimisme, ils avaient ouvert leur propre cabinet avec l'argent qu'ils avaient suggéré à leurs parents et amis de leur donner en guise de cadeau de mariage. À leur grande déception, Helen avait fait plusieurs fausses couches et ils n'avaient jamais eu d'enfants.

Ils avaient acquis une solide réputation dans le milieu judiciaire et leur cabinet s'était rapidement développé. Helen Green s'était spécialisée dans le droit de la famille, et la plupart de ses clients étaient des femmes. Beaucoup d'entre elles avaient été victimes de violences conjugales ou réclamaient le versement de la pension alimentaire due par leurs ex-maris ou compagnons. Noah avait des clients de nature différente qu'il aidait à négocier la vente ou l'achat de leur appartement, à rédiger leur testament, ou à éviter de payer de coûteuses contraventions pour infraction aux règles de la circulation. Ils en plaisantaient entre eux, disant que l'activité d'Helen ressemblait souvent à du bénévolat, et que c'étaient les clients de Noah qui payaient les factures.

Bien qu'ils aient pour règle de ne pas discuter de leurs affaires à table, Noah lui avait raconté la veille son entrevue avec Harry Simon. Il se demandait s'il devait communiquer à la police l'information que Simon prétendait détenir concernant Tracey Sloane. Au début, Helen avait été horrifiée à la pensée que son mari allait représenter un assassin dont le geste criminel avait été enregistré par une caméra de surveillance. « Je préférerais que tu te récuses, Noah, l'avait-elle imploré, nous n'avons pas besoin de ça. Simon t'a demandé de transmettre cette information à la police ? Alors fais-le et retire-toi.

— Helen, ce type ne me plaît pas plus qu'à toi. Je n'ai pas été fier de lui avoir évité de payer cette contravention. Le radar ne fonctionnait peut-être pas correctement, mais j'ai cru le témoignage de ce jeune policier de la route qui a déclaré que Harry conduisait ce jour-là comme un dingue et avait failli bousiller toute une famille dans un break. Mais là tu le sais, Helen, il s'agit d'une affaire qui aura un grand retentissement. Simon n'a pas de quoi payer des honoraires, mais il a droit à un avocat, et la publicité pourrait m'attirer de nouveaux clients, surtout si je négocie avec la police un aménagement de sa peine en révélant l'information qu'il m'a communiquée concernant Tracey Sloane. »

Noah et Helen se rappelaient qu'ils étaient étudiants à la faculté de droit de l'université de New York quand Tracey Sloane avait disparu. Ils allaient parfois au Tommy's Bistro et ils s'étaient même demandé si Tracey aurait pu les servir. Mais ils avaient réfléchi qu'aux rares occasions où ils y avaient dîné, leur serveuse était une femme plus âgée avec un accent italien.

« D'accord, Noah », avait dit Helen à regret, « représente-le si tu en as envie. » Elle avait ajouté d'un ton ironique : « Mais je ne suis pas obligée d'être emballée. »

Noah avait passé une nuit agitée, hésitant encore à aller raconter à la police que Simon avait soi-disant vu Tracey Sloane en train de monter dans une camionnette de livraison de meubles. Mais le jeudi matin, son café avalé, il décida que Simon n'avait rien à perdre. L'affaire du Lower East Side suffisait à l'envoyer en prison pour le restant de sa vie. Sa seule chance d'éviter la perpétuité incompressible était cette information.

« Helen, je vais téléphoner au bureau du procureur cet après-midi pour l'informer de ce que raconte Simon. Je veux juste terminer différentes choses ici auparavant. »

À midi moins deux, Helen entra en coup de vent dans le bureau de son mari. « Noah, allume la télévision, vite ! Il y a une conférence de presse de la police que tu dois regarder. Dans le sommaire de l'émission ils ont dit qu'il s'agit de l'affaire Tracey Sloane. »

Noah s'empara de la télécommande. La petite télévision murale s'alluma. La conférence de presse était sur le point de débuter. La voix solennelle du porte-parole de la police annonçait que l'institut médico-légal avait confirmé que les restes de Tracey Sloane, depuis longtemps disparue, avaient été découverts près de la manufacture Connelly, à Long Island City. « L'explosion de la semaine dernière a creusé un profond cratère dans le sol et un membre de l'équipe de déblaiement a découvert les restes à dix-sept heures hier. »

Le porte-parole poursuivit : « À ce stade, nous pouvons diffuser les informations succinctes suivantes. Notre enquête a révélé qu'un sans-abri, Clyde Hotchkiss, un vétéran de la guerre du Vietnam, plusieurs fois décoré, avait logé pendant un certain nombre d'années dans l'épave d'une camionnette à l'arrière de la manufacture Connelly. Avant sa mort à l'hôpital Bellevue, survenue hier, avant la découverte dans la soirée des restes de Tracey Sloane, Hotchkiss a été interrogé au sujet de la disparition de Jamie Gordon, l'étudiante de l'université Barnard dont le corps a été repêché dans l'East River il y a deux ans. On a retrouvé un carnet de notes au nom de la jeune fille dans la camionnette. Jamie Gordon interviewait des sans-abri dans le cadre d'un projet universitaire qu'elle avait entrepris peu avant qu'on perde sa trace.

— Y a-t-il un lien entre les deux affaires ? cria un journaliste.

— Laissez-moi terminer, je vous prie. M. Hotchkiss a reconnu que Jamie Gordon était entrée dans la camionnette et avait tenté de lui parler. Il a admis qu'il s'était mis en colère et l'avait frappée au visage. Il prétend qu'elle s'était alors enfuie et que, quelques instants plus tard, il l'avait entendue appeler au secours. Sur le point de mourir, il a nié catégoriquement l'avoir suivie ou lui avoir causé aucun autre tort. »

Le porte-parole s'adressa ensuite au journaliste qui l'avait interrompu : « Pour l'instant, nous ignorons si M. Hotchkiss était impliqué dans la disparition de Tracey Sloane. Nous ne savons pas où il résidait il y a vingt-huit ans. Le fait que les restes aient été découverts à quelques mètres seulement de la camionnette où il avait élu domicile peut être significatif ou non. Au moment où je vous parle, nous l'ignorons. Toutefois, nous sommes en mesure d'affirmer que Clyde Hotchkiss est fortement soupçonné d'être responsable de la mort de Jamie Gordon. »

« Helen, ils viennent de dire que les restes de Tracey Sloane ont été retrouvés dans l'enceinte de la manufacture Connelly Fine Antique Reproductions, s'écria Noah.

— Oui, c'est ce qu'ils ont dit. Je ne suis pas sourde. Je sais ce que tu penses. »

Noah revoyait l'expression sournoise de Harry Simon quand il avait dit que Tracey Sloane était montée de son plein gré dans une camionnette de livraison portant en lettres dorées sur le côté une inscription comprenant le mot ANTIQUE.

Ce minable disait la vérité, songea-t-il. L'information n'était pas encore publique il y a seulement deux minutes. Noah sortit son téléphone portable et appela l'inspecteur Matt Stevens, qui avait interrogé Harry Simon la veille. « Qu'y a-t-il de neuf, Noah ? demanda Stevens.

— Ce qu'il y a de neuf, c'est que je m'apprête à venir vous voir. Je suis en mesure d'affirmer qu'Harry Simon détient vraisemblablement des informations utiles concernant la disparition de Tracey Sloane, et qui ne sont pas de simples détails. Il n'est pas l'auteur du crime, mais il pourrait devenir un témoin intéressant. Il m'a révélé hier qu'il était capable de décrire le genre de véhicule dans lequel Tracey est montée de son plein gré le soir où elle a disparu. Mais il ne dira rien à moins qu'il soit tenu compte de son témoignage dans une négociation avec la justice concernant l'affaire du Lower East Side. Il n'est pas idiot. Il sait quel genre de preuve vous détenez avec cet enregistrement.

— L'idée qu'on puisse accorder à ce salaud un jour de prison de moins me rend malade, répondit Stevens. Et de toute façon, je n'ai pas ce genre de pouvoir. Cela ne peut venir que du procureur lui-même ou de l'un de ses principaux adjoints.

— Bon, parlez-en à l'un ou à l'autre. Mais je vous précise que la conversation que j'ai eue avec Simon a eu lieu avant la conférence de presse, donc tout est réglo. Et si quelqu'un émet des doutes sur le timing de cette information, je demande à être entendu, non comme avocat mais comme témoin. C'est peut-être un minable salaud mais, dans le cas présent, en qualité d'officier de justice, je peux jurer que c'est bien hier qu'il m'a parlé. Et après avoir regardé cette conférence de presse, je pense que ce qu'il m'a dit vaut la peine d'être entendu. Je serai chez vous d'ici une heure. »

Noah Green rangea son téléphone portable dans sa poche et regarda sa femme. « Souhaite-moi bonne chance », dit-il.

Une heure plus tard, il était assis dans l'imposant bureau de Ted Carlyle, le procureur de Manhattan. L'inspecteur Matt Stevens, le visage impénétrable, était assis à côté de lui. Après avoir exprimé sa répugnance personnelle à accorder à Harry la moindre faveur, Carlyle accepta de réduire sa peine à vingt ans ferme pour le meurtre de Betsy Trainer si l'information concernant Tracey Sloane s'avérait d'un intérêt substantiel.

« Sinon, nous reviendrons à la perpétuité incompressible », déclara Carlyle avec force. « Je l'enterrerai à vie. »

Green répondit : « Il comprendra sûrement.

— Très bien, dit Carlyle. Maintenant, quels sont les détails qu'il prétend connaître ?

— Il a suivi Tracey Sloane à la sortie du restaurant le soir où elle a disparu. Il l'a vue monter dans une camionnette de transport de meubles deux rues plus loin. »

Noah savoura malgré lui l'expression de stupéfaction qui envahit le visage des deux hommes. « La camionnette était arrêtée à un feu rouge. Quelqu'un a appelé Tracey de l'intérieur. La portière s'est ouverte et elle est montée de son plein gré dans le véhicule.

De l'endroit où il se trouvait, à une courte distance derrière elle, Simon n'a pas pu distinguer le visage du conducteur, mais il a vu qu'il s'agissait d'une camionnette noire de livraison avec une inscription dorée sur le côté qui comportait le mot ANTIQUE. »

La voix de Noah Green se fit plus ferme : « Comme je l'ai déjà dit, je veux que vous vérifiiez l'heure à laquelle je me trouvais avec Simon hier après-midi. Je l'ai quitté juste avant dix-sept heures. Quelques minutes plus tard, les restes de Tracey Sloane étaient découverts dans un cratère sur le parking de la célèbre manufacture Connelly Fine Antique Reproductions.

— Pourquoi n'a-t-il pas raconté cette histoire à Nick Greco quand il a été interrogé la première fois, après la disparition de Tracey Sloane ? demanda Carlyle.

— Je lui ai posé exactement la même question, rétorqua Green. Il a dit avoir eu peur que son passé fasse d'emblée de lui un suspect.

— Sur ce point il n'avait pas tort », répliqua Carlyle.

82

Sammy était l'un des nombreux sans-abri auxquels la police demandait s'ils connaissaient le SDF qui disait s'appeler Clyde. Il avait d'abord répondu qu'il n'avait jamais entendu parler de lui. Pas question d'avoir des ennuis. Mais quand un de ses compagnons lui rapporta que, d'après ce qu'on disait à la télévision, Clyde avait peut-être tué deux filles, Sammy fut pris d'un élan de civisme.

Tony Bovaro était un jeune policier du district de Chelsea qui le réveillait le matin s'il squattait devant un immeuble ou près d'une maison. « Bon, Sammy, lui disait-il, tu sais que tu ne devrais pas être ici. Bouge-toi avant que je sois obligé de te coffrer. »

Cette fois, c'était Sammy qui était à la recherche du policier. Le jeudi après-midi, il finit par trouver Bovaro avec son équipier dans une voiture de patrouille. « J'ai quelque chose à vous dire, monsieur l'agent, marmonna-t-il, s'efforçant de dissimuler qu'il tenait une sérieuse cuite.

— Salut, Sammy. Je ne t'ai pas vu depuis deux jours. Quoi de neuf ?

— Ce qu'il y a de neuf, c'est que vous devriez jeter un coup d'œil au bleu que j'ai sur le menton. »

Le jeune policier sortit de la voiture et examina le visage couvert de crasse, boursouflé et mal rasé de Sammy. Mais il remarqua aussi la vilaine enflure noir et bleu sur la mâchoire du SDF. Son intérêt s'éveilla. « C'est pas beau à voir, Sammy. Comment t'es-tu fait ça ? »

Sammy se rendit compte que le policier était prêt à l'écouter. « Ce type, Clyde, celui qu'ils croient être le meurtrier de l'étudiante, il m'a quasiment tué la semaine dernière. J'essayais de m'installer près de lui mais il ne voulait pas me voir là. Je lui ai dit que je ne partirais pas… »

Sammy ne mentionna pas qu'il avait renversé exprès la bouteille de vin que Clyde était en train de siffler. « En tout cas, Clyde m'a cogné si fort que j'ai presque failli aller à l'hôpital, mais je l'ai pas fait. Ce type était une teigne. Un vrai dingo. Je dis ça juste pour que vous le sachiez. Il paraît qu'il a reconnu avoir frappé cette fille. Moi, je parie qu'il l'a tuée. Pour celle d'il y a trente ans, je ne sais pas. Mais s'il était dans les parages et qu'elle s'est mise en travers de son chemin, je parie qu'il l'a tuée, elle aussi.

— C'est bon, Sammy, du calme », dit Tony Bovaro, tandis que son équipier saisissait la radio pour prévenir ses chefs qu'ils avaient une nouvelle information au sujet de Clyde Hotchkiss.

Une heure plus tard, Sammy se trouvait dans le commissariat du quartier et répétait son histoire avec zèle, l'enrichissant au fur et à mesure, prétendant que les sans-abri avaient tous peur de Clyde Hotchkiss.

« On l'appelait Clyde le Solitaire », dit Sammy avec un rictus révélant une bouche édentée. Puis, à l'intention des inspecteurs qui n'avaient pas encore vu de près sa mâchoire, il tendit le menton. « Clyde avait un sale caractère. C'était un tueur. Je pourrais bien être mort aujourd'hui, vu comment il m'a frappé. »

Quand Sammy s'en alla, il fut suivi par un journaliste qui l'avait vu entrer dans le commissariat et qui était curieux de savoir pourquoi il y était venu. « C'était mon devoir de témoigner », dit Sammy avec le plus grand sérieux. Puis, enjolivant encore son histoire, il raconta comment il avait échappé de justesse à la mort.

83

Nick Greco songea aux presque vingt années qu'il avait passées sur l'affaire Sloane avant de prendre sa retraite. Sa détermination à la résoudre était bien connue de son service, de même que tout le monde savait qu'il avait emporté en partant une copie du dossier.

À présent, avec la découverte du squelette, l'inspecteur Matt Stevens, en charge du poste autrefois occupé par Greco, le tenait informé des récents développements. Stevens lui avait dit que ni Harry Simon ni Jack Worth n'avaient modifié leurs déclarations d'un iota. Tous deux niaient catégoriquement avoir un rapport quelconque avec la mort de Tracey.

« Nick, nous savons que Simon n'a pas eu le temps de l'enlever de force, dit Stevens. Et Worth prétend qu'il est allé se coucher ce soir-là en rentrant de la manufacture. Hotchkiss a reconnu avoir frappé Jamie Gordon, et nous pensons qu'il l'a tuée. D'après ce que nous savons, il aurait pu rôder dans les parages de Long Island City il y a vingt-huit ans. Et il aurait pu faire la manche à Manhattan le soir où Tracey Sloane a disparu. À cette époque, on avait perdu sa trace depuis plus de dix ans et sa femme avait renoncé à toute tentative de le retrouver. Nous ne saurons probablement jamais si Hotchkiss a tué Tracey Sloane. »

Nick Greco ne croyait pas que le vagabond qui avait avoué avoir frappé Jamie Gordon ait un rapport avec la disparition de Tracey Sloane. Son instinct lui disait que le coupable appartenait au cercle des amis de Tracey. Sachant tout ce qu'on avait appris sur elle, il ne croyait pas qu'elle ait eu une aventure amoureuse secrète ou qu'elle ait pu se laisser attirer dans un piège par un inconnu.

Toute la journée du jeudi, Nick avait une fois de plus consulté la liste des amis de Tracey, de ses collègues et des clients qui préféraient être servis par elle. Ils étaient une bonne centaine sur la liste qu'il avait établie longtemps auparavant. Il les avait passés en revue sur l'internet, un par un, cherchant si l'un d'eux avait eu des ennuis durant les vingt-huit dernières années.

Certains étaient morts. D'autres avaient pris leur retraite et étaient partis en Floride ou en Arizona. Aucune des personnes qu'il était parvenu à retrouver ne menait une vie sortant de l'ordinaire.

Il avait regardé la conférence de presse à midi et s'était demandé si, sur son lit de mort, un homme était capable d'inventer un mensonge qui, en fait, était presque aussi répréhensible que d'admettre qu'il avait tué Jamie Gordon. Nick ne le pensait pas. Si Hotchkiss mentait, pourquoi avoir reconnu qu'il connaissait Jamie Gordon ? Il aurait pu simplement dire qu'il avait ramassé son carnet dans une rue de Manhattan.

C'eût été une histoire crédible, ou du moins une histoire impossible à réfuter. Et elle l'aurait disculpé, en tout cas aux yeux de sa femme et de son fils. Pourquoi alors avoir reconnu l'avoir frappée et ne pas lui avoir porté secours quand elle avait crié ?

Greco en concluait que Clyde Hotchkiss avait dit la vérité sur son lit de mort.

À quinze heures, Matt Stevens l'appela avec de nouvelles informations : « Nick, je risque de perdre mon job en te mettant au parfum, commença-t-il.

— OK. Mais tu sais que ça n'arrivera pas parce que tout reste entre nous. Qu'as-tu appris ?

— L'avocat de Harry Simon est en train de négocier un arrangement avec la justice. Simon affirme par son intermédiaire qu'il a suivi Tracey la nuit de sa disparition, mais que quelqu'un l'a hélée et qu'elle est montée dans une camionnette.

— Une camionnette ?

— Oui. Simon prétend qu'il s'agissait d'une camionnette de livraison de taille moyenne, de couleur noire, avec un nom en lettres dorées sur le côté qu'il n'a pu lire en entier. Il se souvient du mot ANTIQUE. Jack Worth, le directeur de la manufacture au moment de l'explosion, était déjà à cette époque employé des Connelly Fine Antique Reproductions comme aide-comptable. Nous allons voir s'il est prêt à revenir nous voir et à répondre à quelques questions supplémentaires. On va lui mettre la pression cette fois. Espérons qu'il n'a pas engagé un avocat coriace.

— Très bien, merci Matt. Tiens-moi au courant. »

À la fin de leur entretien, Nick Greco resta une longue minute à son bureau, se creusant les méninges pour trouver un rapport entre la manufacture Connelly et les noms figurant sur la liste des personnes interrogées au sujet de la disparition de Tracey Sloane.

Puis, tout à coup, un de ces noms lui revint en mémoire. Connor Connelly. Connor avait dîné à plusieurs reprises au Tommy's Bistro. Certains des collègues de Tracey nous ont déclaré que Connor demandait toujours une des tables qu'elle servait, songea-t-il. Et il était l'un des hommes figurant sur la photo que Tracey avait posée sur la commode de sa chambre. Mais son nom avait été supprimé de la liste des personnes à interroger quand nous avons appris qu'il était mort dans un accident de bateau avant la disparition de la jeune fille. Voilà ce que j'essayais de retrouver, se dit Nick. J'ai vu son nom sur la copie de ma liste originale quand je l'ai à nouveau consultée hier.

Lorsqu'il ouvrit son ordinateur, Nick rechercha sur l'internet tout ce qu'il pouvait apprendre concernant Connor Connelly et toute sa famille.

84

Le jeudi matin Douglas Connelly n'attendit pas d'entendre la sonnerie du téléphone. Il appela lui-même la personne « à l'air furieux » qui devait lui donner de ses nouvelles.

« Vous aurez votre argent, bien que je ne sois toujours pas convaincu d'être coupable de ce dont vous m'accusez, dit-il en s'efforçant de garder son sang-froid mais le poing serré en un geste involontaire. D'accord, votre client peut envoyer ses sbires me tabasser, mais ça ne vous rapportera pas un centime. Vous avez gagné gros dans le passé grâce aux "affaires" que je vous ai refilées, vous pouvez vous permettre de patienter quelques semaines et vous serez remboursé en totalité. Payé sans dommages et intérêts en sus, devrais-je ajouter. »

Il écouta puis reprit : « Je vais intenter un procès à ma compagnie d'assurances. C'est Gus Schmidt, et lui seul, qui a fichu le feu. Quand ma fille l'a appelé, comme elle le faisait souvent par amitié, Gus s'est dit qu'il existait un autre moyen de me faire payer pour l'avoir renvoyé. Il n'avait pas prévu qu'il serait pris à son propre piège. En revanche, il avait envisagé de laisser ma fille mourir sur place. Quand je pense que c'est elle, bien que gravement blessée, qui l'a traîné hors du musée ! Par ailleurs, j'ai l'intention de vendre le terrain et les bâtiments à un promoteur immobilier. J'ai obtenu une avance de cinq millions de dollars qui doit être versée dans les jours prochains. »

Il écouta encore quelques instants et ajouta : « À propos, avec toutes vos vociférations, l'autre jour, vous n'avez pas mentionné la dernière affaire que je vous ai fourguée. Je suppose qu'elle vous a rapporté. »

Comme il mettait fin à la conversation, Doug entendit la clé tourner dans la serrure. Sandra venait d'entrer. Il n'était pas encore huit heures. Il n'avait vraiment pas envie de la voir revenir si tôt. Il voulait aller à l'hôpital voir Kate et il préférait ne pas avoir Sandra pendue à ses basques. Il soupira. Bon, puisqu'elle est là, autant qu'elle prépare le petit déjeuner, se dit-il. D'ailleurs, Hannah passait toujours à l'hôpital entre huit heures et neuf heures moins le quart, avant d'aller à son bureau.

Je ne veux pas tomber sur elle, pensa Doug. Elle s'est montrée franchement hostile à mon égard et j'en ai assez.

« Dougie… Dougie…

— Je suis là », cria-t-il.

Il entendit le claquement de ses talons tandis qu'elle se hâtait vers la bibliothèque. Elle apparut dans l'embrasure, vêtue de sa tenue matinale habituelle, un pull moulant et un jean encore plus moulant. Même de loin, le maquillage appuyé de ses yeux paraissait totalement déplacé. Doug se dit que le portier avait dû s'amuser en la voyant débarquer si tôt. Il savait que le personnel de l'immeuble ne se privait pas de bavarder et il subodorait que ses visiteuses faisaient l'objet d'un intérêt particulier.

Sandra traversa la pièce, les bras tendus vers lui. « Oh, Dougie, je n'ai pas dormi de la nuit en pensant à tout ce que tu endurais » Elle lui tapota la joue. « On n'est pas rasé ce matin. »

Doug la repoussa. « C'est bon, Sandra. Je ne suis pas d'humeur à badiner aujourd'hui.

— C'est parce que tu n'as pas encore pris ton petit déjeuner. Je vois bien que tu as besoin de moi. » Elle fit le salut militaire. « Le chef est à votre service. À vos ordres, monsieur. »

Douglas la regarda quitter la bibliothèque et prendre le couloir en direction de la cuisine. Puis il alla à la porte, la referma et tourna la clé. Il fallait qu'il parle à Jack Worth, qu'il sache ce qui se passait de son côté. J'aurais dû répondre lorsqu'il a téléphoné hier, pensa-t-il. Je ne lui ai pas laissé de message quand j'ai tenté de le joindre, mais il aurait pu voir que mon nom figurait sur sa liste d'appels.

Douglas se dirigea vers son téléphone fixe. Il restait sceptique quant aux prétendus progrès techniques que représentaient les portables. On y voyait plus clair avec les anciens appareils comme celui-ci et ils ne passaient pas leur temps à perdre la connexion. Il avait la bouche sèche. L'arrogance qu'il avait montrée quelques minutes auparavant en promettant un remboursement rapide l'avait quitté. Six mois plus tôt, il avait refusé l'offre qui lui était faite pour la manufacture. Cet industriel avait peut-être fait une autre acquisition entre-temps.

Et ce n'était pas tout. La veille, la plus grande partie des informations du soir avait été consacrée à la découverte du carnet de notes de Jamie Gordon dans la camionnette et du corps de Tracey Sloane au fond de ce trou dans le parking. La police semblait penser que ce sans-abri, Clyde Hotchkiss, les avait tuées toutes les deux. Avant de mourir, il avait avoué avoir frappé la jeune Gordon. Il y avait même le témoignage d'un type qui avait travaillé avec lui sur des chantiers à son retour du Vietnam et qui avait dit que Hotchkiss s'y connaissait en installations de gaz et aurait certainement su comment déclencher une explosion.

Un argument de plus pour la compagnie d'assurances, pensa Douglas. Il faut qu'ils me paient. *Il faut qu'ils me paient.*

Il avait toujours la main posée sur le téléphone. Dois-je appeler Jack ? se demanda-t-il. Pourquoi ne m'a-t-il pas rappelé ? Dès qu'il a su que j'avais essayé de le joindre, il aurait dû prendre son téléphone. Ce n'est pas son genre de m'ignorer. Douglas composa le numéro. Jack Worth répondit sur-le-champ. « Il se passe des trucs bizarres, n'est-ce pas, Doug ? dit-il, d'une voix à la fois inquiète et sarcastique.

— Que voulez-vous dire ?

— Je veux dire que j'ai passé toute la nuit chez le procureur.

— Avez-vous un avocat ? demanda Doug. Sinon, vous devriez en prendre un.

— Non, Doug. Je n'ai pas d'avocat et je n'en ai pas besoin. Comme je l'ai dit aux inspecteurs, je n'ai absolument rien à cacher et n'ai eu aucun mal à répondre à leurs questions.

— Vous êtes un imbécile », dit Doug sèchement avant de raccrocher.

Deux heures plus tard, douché et rasé, calmé par l'excellent petit déjeuner que Sandra lui avait préparé et satisfait de son allure dans sa veste de tweed bien coupée agrémentée de coudières de cuir, Douglas arriva à l'hôpital accompagné de Sandra.

Le Dr Patel était déjà parti, mais l'infirmière de l'unité de soins intensifs se montra ravie de lui donner de bonnes nouvelles. « Le médecin a décidé de nous enlever notre malade, dit-elle. Demain elle sera transférée dans une chambre individuelle. Et on arrêtera les calmants. N'est-ce pas merveilleux ?

— Merveilleux, en effet, dit vivement Douglas. À propos, je suis sûr que vous avez des chambres individuelles plus luxueuses que d'autres. Je désire que ma fille soit installée dans l'une des plus belles.

— Je vais m'en occuper, monsieur. Oui, nous avons de très belles chambres. Elle aura l'impression de dormir dans son propre lit. »

Sandra était entrée sur la pointe des pieds dans le box de Kate. « Je crois qu'elle est en train de sortir du coma », chuchota-t-elle en prenant une mine grave. « Je pense qu'elle se souvient de l'accident. Elle vient de murmurer quelque chose comme : "Non… pitié, non…" »

Doug se pencha et embrassa Kate sur le front. « Papa est là, ma petite chérie », dit-il d'une voix douce. « Papa sera toujours là pour toi. »

85

À leur retour chez Douglas, ils virent clignoter le voyant du téléphone de l'entrée. « Je le prends, Dougie. »

Il lui saisit le bras. « J'aimerais écouter moi-même mes messages.

— Dougie, tu me fais mal. Je vais avoir un bleu. J'ai la peau fragile. Bon, réponds toi-même. »

Ses talons claquant furieusement sur le sol de marbre, Sandra se dirigea d'un air indigné vers la chambre. « Je prends mes affaires et je rentre chez moi, cria-t-elle. Je n'ai pas envie de supporter plus longtemps ta mauvaise humeur ! »

Va en enfer, pensa Doug. Il mit le répondeur en marche. C'était l'interlocuteur qu'il redoutait. La voix était désagréablement suave : « Doug, à propos de notre conversation précédente, je crois que vos remarques ont légèrement dépassé les limites. J'attends d'être payé en totalité selon les conditions que j'ai posées. J'ai vérifié certaines choses. Vous m'avez dit, il y a quelques mois, avoir une offre ferme pour la manufacture et vous m'avez précisé de qui elle provenait. Vous m'avez dit la vérité sur ce point, et je vous en remercie.

Vous m'avez communiqué certains détails importants, y compris le montant de l'acompte qu'ils acceptaient de verser. Mais il y a un problème de taille. Ils ont acheté un autre site dans Long Island City le mois dernier, aussi n'ont-ils plus besoin ni envie du vôtre. »

Suivit un silence.

« Pour votre information, poursuivit la voix, j'ai appris aussi que vous pourriez ne pas toucher les indemnités de l'assurance sur les bâtiments. C'est tout à fait regrettable. Je vais être clair : je suis disposé à vous accorder encore une semaine pour rassembler ce que vous me devez. La totalité. Une semaine de plus, un point c'est tout. »

Le déclic retentit dans son oreille comme une détonation. Doug raccrocha. Il entendit les pas de Sandra dans l'entrée. Son attitude avait changé. « Dougie, je suis désolée. Je sais combien tu es bouleversé. Appelle Bernard et demande-lui de nous conduire dans le Westchester. Allons déjeuner tranquillement dans une petite auberge.

— Ce n'est pas possible, répondit Doug avec calme. Dès que Kate sera installée dans sa chambre individuelle, j'ai l'intention d'aller la voir à l'hôpital. » Il regarda Sandra. « Et j'irai seul. »

86

Le jeudi à vingt-deux heures, après avoir quitté quelques amis proches qui se souvenaient du Clyde qu'ils avaient connu en des jours meilleurs et étaient venus assister à la veillée funèbre, Peggy et Skip regagnèrent la maison familiale. Lisa et les garçons viendraient le lendemain pour l'enterrement. Mère et fils regardèrent une rediffusion de la conférence de presse donnée plus tôt dans la journée. Elle était précédée d'un extrait d'une interview d'un sans-abri prénommé Sammy.

S'étranglant de rage, Peggy appela Frank Ramsey sur son téléphone portable.

« Comment avez-vous pu ? Comment avez-vous pu ? Je vous ai fait confiance. Vous savez très bien que Clyde vous a dit tout ce qu'il savait sur Jamie Gordon. Il a reconnu l'avoir frappée. » Élevant la voix, elle se mit à crier : « Il vous a dit ce qu'il savait ! Il vous l'a dit sur son lit de mort ! Il a dit que Jamie s'était enfuie de la camionnette et qu'il l'avait entendue appeler au secours. Vous savez que Clyde buvait. Il avait juste envie de dormir, mais cette fille le harcelait. Il voulait seulement être débarrassé d'elle. Vous savez qu'il ne l'a pas tuée.

— Madame Hotchkiss, je comprends que vous soyez bouleversée, mais nous ignorons s'il ne l'a pas tuée.

— Je sais qu'il ne l'a pas tuée ! Vous ne comprenez donc pas ce que ce minable vous a dit ? Même lui a reconnu que Clyde n'avait pas tenté de le poursuivre. Vous m'avez trahie, Frank Ramsey ! Vous m'avez demandé de persuader Clyde de répondre à vos questions sur son lit de mort. Je regrette maintenant de l'avoir poussé à dire ce qu'il savait à propos de Jamie Gordon. Je suis désolée pour elle et pour ses parents, mais vous avez pratiquement déclaré qu'il était son meurtrier sans même avoir la moindre idée de l'endroit où se trouvait Clyde il y a presque trente ans, vous avez insinué que peut-être, peut-être, mon mari, un héros de guerre gravement traumatisé, était aussi coupable de la mort de la fille Sloane. J'espère que vous êtes content, monsieur Ramsey ! J'espère que vous êtes content ! Et que vous irez en enfer ! »

Frank Ramsey avait eu une semaine longue et difficile. Celia et lui étaient en train de se coucher quand il avait reçu l'appel de Peggy Hotchkiss. Celia ne pouvait pas entendre ce que Peggy disait, mais elle comprenait qu'une femme très en colère hurlait après son mari.

Quand l'appel prit fin, elle lui demanda : « Frank, que se passe-t-il ? »

Frank Ramsey semblait avoir vieilli de dix ans lorsqu'il répondit : « J'ai bien peur d'avoir entendu la voix de la vérité, Celia. J'ai trahi Mme Hotchkiss. J'ai cru Clyde quand il a dit qu'il n'avait pas suivi Jamie

Gordon hors de la camionnette. Pourtant, nous sommes tous tombés d'accord pour mettre son nom sur la liste des suspects du meurtre de Tracey Sloane et nous avions une raison. Mais ce n'était pas une raison suffisante, et c'est ma faute. »

87

Mark appela son bureau le vendredi matin à neuf heures et prévint qu'il espérait être là peut-être à midi, au plus tard pour la réunion de treize heures avec un client. Il n'avait jamais parlé de Tracey à son nouvel employeur. Il expliqua en peu de mots au principal associé du cabinet que Tracey Sloane, dont on avait parlé la veille à la télévision et qui faisait les gros titres de la presse aujourd'hui, était sa sœur.

Aussi rapidement qu'il le put sans paraître grossier, il réussit à interrompre le flot de condoléances que lui exprimait son patron. « Ce sera plus facile pour ma mère et pour moi de savoir que Tracey repose dans le caveau de famille à côté de mon père », dit-il. Puis, déclinant l'offre qui lui était faite de prendre une journée de congé, il confirma qu'il assisterait à la réunion.

Il raccrocha et reprit le cours du petit déjeuner qu'il partageait avec sa mère. Elle était arrivée la veille au soir par le vol en provenance de Chicago qui aurait dû atterrir à dix-sept heures mais avait été retardé par la neige. Avec le décalage d'une heure entre New York et Chicago, il était donc plus de vingt-deux heures quand elle était arrivée à l'aéroport de La Guardia et presque vingt-trois quand ils avaient récupéré ses bagages et pris un taxi jusqu'à chez lui.

En entrant dans l'appartement, ils avaient trouvé la table dressée avec le repas froid qu'avait commandé Jessie à leur intention. Quelques minutes plus tard, ils se retrouvaient autour d'une assiette de sandwichs accompagnés de fraises et de tranches d'ananas, ainsi que d'un assortiment de tartelettes que Jessie avait confectionnées. Il lui avait dit que le premier geste de sa mère en rentrant chez elle était de se préparer une tasse de thé. À la cuisine, la bouilloire déjà remplie, la théière et les sachets de thé attendaient près de la cuisinière.

Martha Sloane, une robe de chambre passée sur sa longue chemise de nuit de coton, dit : « Je n'arrive pas à croire que je me sois réveillée si tard, et je suis étonnée d'avoir si bien dormi. En arrivant hier soir, je craignais de rester éveillée toute la nuit, à remuer toutes ces pensées dans ma tête. Je ne me rendais même pas compte que j'étais morte de faim. Je n'avais rien mangé de la journée, hier, excepté un toast au petit déjeuner. Mais après ce délicieux souper et le plaisir de trouver mon lit tout préparé, je pense que je me suis sentie complètement détendue, et Dieu sait que j'en avais besoin.

— Certainement. Tu avais l'air épuisée. »

Mark était habillé comme pour se rendre au bureau, il ne lui restait qu'à boutonner le col de sa chemise et ajuster sa cravate. Il venait de raconter à sa mère qu'il était allé chez Hannah Connelly avant de l'appeler le mercredi soir pour l'informer qu'on avait retrouvé Tracey et qu'une des amies d'Hannah,

Jessica Carlson, l'avait accompagné chez lui pendant qu'il téléphonait.

« Tu peux imaginer que j'étais complètement bouleversé, maman. J'espère ne pas t'avoir rendu les choses plus pénibles.

— Non, et je suis contente que tu ne te sois pas trouvé seul quand tu m'as téléphoné. C'est bien que tu aies eu une amie pour te tenir compagnie.

— Je venais d'être présenté à Jess quelques minutes plus tôt, expliqua-t-il. Non, ce n'est pas tout à fait vrai. Je l'avais vue une première fois avec Hannah Connelly le soir de mon emménagement. Nous avons pris l'ascenseur ensemble. Comment imaginer que nous qui ne nous étions jamais rencontrés auparavant, nous allions faire connaissance et découvrir aussi vite que la famille de Hannah était propriétaire du terrain où on a découvert le corps de Tracey ? »

Lorsque Mark parlait de Tracey, il utilisait délibérément le mot « corps ». Il ne voulait pas que sa mère s'appesantisse sur l'image de ce qu'on avait trouvé dans le cratère. Un squelette avec un collier bon marché autour du cou.

Ils demeurèrent silencieux un moment, puis Martha dit : « Cela paraît impossible, Mark. Tu te souviens de cette citation de Byron ? "Plus étrange que la fiction" ?

— Oui, bien sûr.

— *"C'est étrange, mais vrai ; car la vérité est toujours étrange. Plus étrange que la fiction."*

— Tout à fait adaptée aux circonstances », dit Mark.

Il but lentement sa deuxième tasse de café. Il savait qu'ils se préparaient tous les deux à la suite. Lorsque sa mère serait prête, ils se rendraient à l'institut médico-légal et organiseraient le transport des restes de Tracey au funérarium de Kewanee. La messe des funérailles serait célébrée la semaine suivante, et Tracey serait enterrée avec son père dans le cimetière situé à quelques kilomètres de la maison. Tracey serait enfin de retour chez elle.

Il avait envie de proposer de se rendre seul chez le médecin légiste ; pour différer ce moment il préféra un sujet plus léger : « Maman, Jess est avocate. Elle est très intelligente et très gentille. »

L'instinct maternel de Martha Sloane lui dit que son fils avait un certain penchant pour cette jeune femme. « J'aimerais beaucoup faire sa connaissance. Parle-moi d'elle.

— Elle a une trentaine d'années. Elle est grande et mince, avec de ravissants cheveux roux qui lui tombent sur les épaules. »

Il ne dit pas à sa mère qu'après lui avoir parlé au téléphone l'autre soir, il avait éclaté en sanglots, la tête enfouie dans ses bras appuyés sur la table. Jessie s'était penchée sur lui, l'avait pris doucement par les épaules en disant : « Laissez couler vos larmes, Mark. C'est bon de pleurer. »

Plus tard, quand Jessie s'était rendu compte qu'il n'avait pas dîné, elle avait préparé des œufs brouillés qu'elle avait mangés avec lui. Et la veille, elle avait téléphoné pour savoir comment il allait, et lorsqu'elle avait appris que l'avion de sa mère était retardé, elle avait proposé d'apporter un en-cas chez lui. « Je suis certaine qu'elle n'aura pas envie d'un vrai repas, avait-elle dit. Si vous déposez votre clé dans la boîte aux lettres d'Hannah, j'irai vous chercher quelque chose de léger. Il y a un bon traiteur dans le quartier, que vous ne connaissez sans doute pas encore. Hannah et moi irons dîner dans les parages, il n'y aura donc aucun problème. »

Martha Sloane repoussa sa chaise en arrière. « Maintenant, Mark, avant que tu me suggères d'attendre ici pendant que tu te charges seul des dispositions à prendre concernant Tracey, je vais me doucher et m'habiller. Nous nous en occuperons ensemble. »

Mark savait qu'il était inutile de discuter. Il débarrassa la table, mit les quelques assiettes du petit déjeuner dans le lave-vaisselle, puis revint au salon attendre sa mère. Il eut soudain l'impression que quelque chose était différent dans la pièce. Il regarda autour de lui. Les tableaux qu'il avait posés sur le sol en attendant de les accrocher pendant le week-end étaient fixés aux murs aux emplacements exacts qu'il avait marqués.

Visiblement, Jessie était aussi passée par là. Je vais l'inviter à dîner avec maman ce soir, décida-t-il. Je sais que maman a envie de faire sa connaissance et de la remercier de ses attentions. Et moi aussi.

En entrant dans sa chambre pour téléphoner, puis mettre sa cravate et prendre sa veste, Mark marchait d'un pas léger, ce qui ne lui était pas arrivé depuis le jour où Tracey avait quitté la maison. Depuis l'époque où elle lui lançait la balle de base-ball dans la cour derrière la maison ou l'emmenait au cinéma et lui achetait des bonbons ou du pop-corn. Et souvent les deux.

88

Quand il avait entrepris ses recherches sur la famille Connelly le jeudi après-midi, Nick Greco ignorait qu'il découvrirait une telle quantité d'informations sur Dennis Francis Connelly, le grand-père brillant, influent et excentrique de Kate et d'Hannah.

Des douzaines d'articles avaient été écrits à son sujet. Beaucoup commençaient par le récit de ses modestes débuts à Dublin, l'histoire d'un gamin des rues plusieurs fois arrêté pour vol. Puis, après avoir traîné en primaire jusqu'à l'âge de seize ans, il avait terminé ses études secondaires en deux ans et obtenu une bourse pour Trinity College, d'où il était sorti diplômé avec mention très bien en moins de trois ans.

Les photos de Dennis adolescent et à l'âge de vingt ou vingt-deux ans montraient un jeune homme mince, grand, à l'expression sévère, avec des yeux qui semblaient regarder le monde d'un air plein de colère et de ressentiment.

Et s'il éprouvait du ressentiment, c'était légitime, pensa Greco en apprenant que le père et l'oncle de Connelly, qui étaient jumeaux, étaient morts à l'âge de vingt-six ans dans un incendie qui avait ravagé l'usine misérable où ils travaillaient sept jours par semaine.

La mère de Dennis avait vingt-quatre ans et était enceinte de six mois à la mort de son mari. Trois mois plus tard, elle avait donné naissance à deux garçons, si petits et si mal nourris qu'ils avaient à peine survécu quelques jours. Âgé de sept ans, Dennis avait essayé de subvenir aux besoins de sa mère, fragile et accablée par le chagrin, en mendiant et exécutant des petits travaux. Parfois en volant.

Il avait dix ans quand une vieille femme charitable, qui ne pouvait vivre seule, avait engagé sa mère comme gouvernante. Les logeant chez elle, elle s'aperçut rapidement de la grande intelligence de Dennis et le persuada de retourner à l'école.

C'était un jeune homme orgueilleux et en colère, pensa Greco en feuilletant le reste des articles qui relataient les années de jeunesse du fondateur de la manufacture Connelly.

Il parcourut rapidement le récit du départ de Dennis pour les États-Unis, de ses débuts à Wall Street, de la façon dont il avait bâti sa fortune.

Arrivé à ce point, Nick éteignit son ordinateur et prit son train habituel pour rentrer chez lui. Le vendredi matin, il était de retour à son bureau à huit heures et reprenait ses recherches sur l'internet.

Son intérêt s'accrut quand il lut que Connelly s'était finalement marié à cinquante-cinq ans parce que, comme il l'avait dit : « Un homme veut être sûr d'avoir des descendants qui profiteront des fruits de son labeur. »

Sans doute pas la meilleure ou la plus romantique des raisons pour convoler, pensa Greco en étudiant la photo officielle du mariage de Dennis Connelly et de sa timide épouse de trente-cinq ans, Bridget O'Connor.

D'après les faire-part du *New York Times*, leur fils Douglas était né le 31 décembre de la même année. Un an plus tard, le premier anniversaire de leur fils Connor fut célébré en janvier dans leur maison de Manhattan.

Qu'est-ce que ça veut dire ? s'étonna Nick. Une année plus tard Douglas aurait aussi fêté son premier anniversaire. Connor était-il un enfant adopté ? La réponse lui fut fournie quand il tomba sur un article d'une petite revue religieuse dans laquelle Dennis Connelly avait ouvert son cœur à un prêtre compatissant. Il lui avait révélé que ses fils étaient en réalité d'authentiques jumeaux, l'un né le 31 décembre, l'autre quatre minutes plus tard, le 1er janvier de l'année suivante.

Il racontait avoir vécu dans la crainte permanente de ce qu'il appelait une malédiction familiale, qui avait débuté quand son père et son jumeau avaient péri dans l'incendie d'une usine. Ensuite, ses propres frères jumeaux étaient morts à leur naissance. « Ma mère n'avait pas assez à manger quand elle en était enceinte », avait raconté Dennis Connelly au prêtre.

Il avait alors avoué que, ses fils n'étant pas nés la même année, il avait espéré échapper à la malédiction qui avait frappé son père, son oncle et ses propres frères. Il n'avait jamais mentionné que les deux garçons étaient jumeaux, et n'avait jamais permis à personne d'en parler. « Ils ne portaient jamais les mêmes vêtements. Nous ne fêtions jamais leur anniversaire au même moment. Et ils fréquentaient des écoles différentes. »

Il était clair pour Nick Greco, après tout ce qu'il avait lu sur la vie de Dennis Connolly, que ces disparitions traumatisantes avaient profondément influencé l'éducation qu'il avait donnée à ses fils. Il voulait développer leur esprit de compétition dans tous les domaines. Il voulait qu'ils soient forts. Il voulait qu'ils jouent au football dans les équipes de leurs universités. Même petits, il ne les plaignait pas s'ils souffraient d'une affection quelconque. S'ils tombaient de bicyclette, il les obligeait à remonter aussitôt.

Lors d'une interview, l'un des fils de Dennis, Douglas, âgé de vingt et un ans et qui venait de sortir diplômé de Brown University avec mention dans les disciplines académiques aussi bien que sportives, avait répondu au journaliste qui lui demandait s'il pensait avoir eu une existence privilégiée :

« Oui et non. Je sais que, comparé à la moyenne des gens, je suis considéré comme privilégié. Cela dit, je me souviens avoir lu que le fils du président Calvin Coolidge avait pris un petit job d'été mal payé et qu'un ami lui avait demandé pourquoi il faisait cela alors que son père était président des États-Unis. Sa réponse avait été : "Si ton père était mon père, tu aurais aussi pris ce boulot." C'est ce que pense mon père. Il ne nous a jamais fait de faveur. »

Greco se carra dans son fauteuil, frappé par l'évidence qui venait de se révéler à lui. *La réponse est dans le passé*, pensa-t-il. *La réponse a toujours été dans le passé.*

Pour vérifier ce qu'il venait de découvrir, Greco reprit ses recherches afin de voir s'il existait un reportage sur les funérailles de Connor et Susan Connelly.

89

Hannah ne comprenait pas pourquoi elle se sentait si anxieuse. Justin Kramer lui téléphona à midi. « Comment vont votre père et votre sœur ?

— J'ai vu Kate ce matin. Ils vont la mettre dans une chambre individuelle aujourd'hui, ce qui signifie qu'elle va mieux. C'est merveilleux.

— Vous semblez encore inquiète, Hannah. Comment va votre père ?

— Il m'a téléphoné il y a environ une heure. Je m'en veux de le dire, mais je pense qu'il est plus angoissé à la pensée que Kate puisse avouer que Gus et elle ont été les auteurs de l'explosion que soulagé de voir sa fille se rétablir. Chez lui, il semble que l'argent prime sur tout le reste, et il en sera toujours ainsi.

— Quand allez-vous revoir Kate ?

— Je m'arrête toujours à l'hôpital après mon travail. »

Après avoir raccroché à regret, Justin se demanda s'il devait envoyer des fleurs à Kate, puisqu'elle allait être dans une chambre individuelle. Puis il pensa avoir une meilleure idée. Lorsqu'elle irait un peu mieux, il lui apporterait sa broméliacée. Satisfait, il revint au dossier qui était sur son bureau.

Il contenait un plan d'investissement préparé à l'intention d'une veuve qui n'avait aucune idée de la manière de gérer sa considérable fortune. « Je me bornais à utiliser ma carte American Express pour acheter tout ce qui me faisait envie, avait-elle dit à Justin, et mon mari, Bob, réglait les factures. »

Bob gagnait beaucoup d'argent, pensa Justin, et en dépensait aussi beaucoup, mais au moins c'était le sien.

Ses pensées revinrent vers Hannah. D'après ce qu'elle m'a dit, son père vivait au-dessus de ses moyens depuis très longtemps. Pas étonnant qu'il soit inquiet à la pensée que l'assurance puisse refuser de verser les indemnités. Selon elle, les meubles anciens du musée étaient assurés pour presque vingt millions de dollars. C'est un énorme paquet d'argent à ne pas laisser filer.

90

Le vendredi matin, Frank Ramsey se réveilla à six heures, comme toujours. Il s'était couché épuisé et avait bien dormi, en dépit du coup de téléphone furieux de Peggy Hotchkiss. Mais dès qu'il fut debout, le sentiment de l'avoir profondément déçue l'accabla. Il prit une douche, s'habilla et descendit à la cuisine. La machine était pourvue d'un minuteur et il se versa une tasse de café fraîchement passé qu'il but lentement tout en ouvrant de sa main libre la porte du réfrigérateur, d'où il sortit un carton de jus d'orange et un paquet de myrtilles. Il se dirigea ensuite vers le placard, passa en revue les différentes boîtes de céréales et en choisit une.

« Assieds-toi, lui dit Celia. Je vais préparer le petit déjeuner. »

Il ne l'avait pas entendue descendre l'escalier mais, comme chaque fois, il fut heureux de la voir. Elle portait un pyjama de satin et une robe de chambre assortie qui lui descendait au genou. C'était le cadeau qu'il lui avait offert pour son dernier anniversaire. La vendeuse lui avait assuré que sa femme adorerait cet ensemble et elle ne s'était pas trompée. Il plaisait à Celia. Et Celia lui plaisait quand elle le portait.

« Je suis désolée de l'appel que tu as reçu hier soir, dit-elle calmement en versant le jus d'orange dans un verre. Mais d'après ce que tu m'as dit, je peux comprendre pourquoi Mme Hotchkiss était si bouleversée.

— Je le comprends aussi, dit Frank. Celia, il ne fait aucun doute que son mari a reconnu avoir frappé Jamie. Ivre ou non, c'était un geste détestable, qui prouve qu'il avait un caractère irascible et était capable de violence. »

Il lui adressa un regard de remerciement en la voyant remplir à nouveau sa tasse de café. « Et il est tout à fait possible, Celia, que Hotchkiss se soit trouvé dans le coin il y a vingt-huit ans et qu'il ait croisé le chemin de Tracey Sloane. La liste des personnes qui ont été en contact avec elle a été vérifiée et revérifiée, chaque fois sans résultat. C'est peut-être Clyde qui l'a tuée.

— On dirait que tu cherches à te convaincre toi-même que ce malheureux a tué l'une de ces filles ou même les deux, mais tu n'y crois pas vraiment », fit remarquer Celia.

Frank haussa les épaules. « Tu me connais trop bien. J'essaye en effet de me convaincre moi-même. Mais je pense que nous passons tous à côté de quelque chose. »

Celia se versa une tasse de café et s'assit en face de lui. Elle savait que son mari testait sur elle ses idées quand il pensait tout haut. « Tu crains d'être passé à côté de quoi ?

— Eh bien, de Lottie Schmidt, par exemple.

— Cette pauvre femme. Allons, Frank.

— Cette pauvre femme est une menteuse invétérée et une dissimulatrice tout aussi invétérée. Lottie Schmidt nous a servi la plus fantaisiste des histoires pour expliquer comment Gus avait pu payer cette maison du Minnesota à leur fille. Selon elle, Gus était issu d'une famille aristocratique allemande et quand les nazis ont pris le pouvoir, ils ont confisqué tous ses biens. Elle prétend qu'il a reçu une grosse somme au titre des réparations de guerre il y a cinq ans. Nous avons mis un de nos experts sur la piste pour vérifier son histoire. Il a promis de nous livrer son rapport à midi au plus tard.

— Si tu veux mon avis, Gus s'est trouvé en possession de cet argent honnêtement, d'une façon ou d'une autre, et Lottie craint d'avoir des ennuis avec le fisc parce qu'il n'a pas payé les impôts sur les sommes reçues.

— Il y a autre chose, dit Frank d'un ton ferme, qui, d'une certaine manière, a un rapport avec la confusion entourant l'incendie de la manufacture Connelly et avec le fait qu'il s'agit certainement d'un incendie criminel. »

Trois heures plus tard, l'expert en informatique chargé de vérifier l'histoire de Lottie concernant le passé de Gus appela Frank alors que Nathan et lui prenaient connaissance de leurs mails dans leur bureau de Fort Totten. « Frank, j'ai tout l'historique sur Schmidt à votre disposition. Je viens de l'envoyer par mail. Vous allez vous régaler. C'est plus ou moins ce que vous soupçonniez. Mais cette femme n'a pas tout inventé. Son histoire est en fait assez proche de la vérité. À quelques détails près.

— J'ai hâte de savoir, lui dit Frank Ramsey. Lottie Schmidt a joué avec une telle conviction son rôle d'épouse d'aristocrate que Nathan et moi lui avons presque baisé la main. Alors qu'en réalité elle nous jetait dehors », ajouta-t-il.

91

S'efforçant de paraître confiant, Jack Worth entra le vendredi matin d'un pas assuré dans le bureau du procureur de Manhattan où il avait déjà été interrogé la veille. L'inspecteur Stevens l'avait convoqué par téléphone moins d'une heure auparavant. Il s'assit à la table en face de lui, faisant remarquer d'un ton allègre que leurs réunions commençaient à devenir une habitude. Puis il ajouta avec force qu'il n'avait absolument rien à cacher.

L'interrogatoire commença. Et il était identique à celui de la veille. Pourquoi n'avait-il pas appelé le 911 quand il avait regardé au fond du cratère et vu le médaillon qu'il avait voulu offrir jadis à Tracey Sloane ?

« Je vous l'ai dit hier, je vous le redis aujourd'hui et je vous le redirai demain, si nous sommes encore ici, c'est parce que j'ai été pris de panique. Bien sûr, j'aurais dû appeler le 911. C'était la seule chose à faire. Mais il y a vingt-huit ans vos gars m'ont cuisiné sans pitié. J'aurais dû savoir, naturellement, que je n'y échapperais pas à nouveau. Et nous y voilà. »

Pendant deux heures, Matt Stevens répéta en grande

partie les mêmes questions, puis abattit sa carte maîtresse : « Monsieur Worth, nous savons ce qui est arrivé à Tracey ce soir-là, dit-il. Nous avons retrouvé un témoin fiable qui déclare l'avoir vue monter de son plein gré dans un véhicule. »

Stevens et les autres inspecteurs observèrent attentivement la réaction de l'homme qu'ils soupçonnaient d'avoir emmené Tracey ce soir-là. Mais Worth resta impassible. « Alors pourquoi votre soi-disant témoin fiable ne s'est-il pas manifesté quand elle a disparu ? » demanda-t-il. Il arborait un sourire sarcastique. « Vous avez sans doute cru m'avoir, avec votre histoire absurde.

— Tracey est montée dans une camionnette de livraison de meubles. Elle était noire et portait sur le côté une inscription en lettres dorées : "FINE ANTIQUE REPRODUCTIONS", dit sèchement Matt Stevens, haussant le ton.

— Je ne vous crois pas, s'écria Jack Worth. Vous avez inventé ce bobard. Écoutez, je vous ai dit que j'étais prêt à passer au détecteur de mensonge. Je veux que ce soit fait maintenant. Ensuite, je rentrerai chez moi et vous pourrez tester votre conte de fées sur le premier crétin que vous ramasserez dans la rue. »

Jack fut sur le point de leur dire qu'il voulait un avocat, mais son instinct l'avertit de nouveau qu'il risquait alors d'avoir l'air coupable et il se tut. Je vais passer le test du détecteur de mensonge et je leur prouverai une fois pour toutes que je ne sais absolument rien de ce qui a pu arriver à Tracey Sloane. Dont je me fiche éperdument. Quelle bande de minables ! Ils ne me croient quand même pas stupide à ce point !

92

Le vendredi à treize heures, Frank Ramsey et Nathan Klein sonnèrent à la porte de Lottie Schmidt. Voulant éviter de la mettre sur ses gardes, ils ne l'avaient pas prévenue de leur visite. Et ils ne voulaient pas non plus la trouver en compagnie d'un avocat.

Quand elle ouvrit, Lottie se figea, avec un air réprobateur derrière lequel Frank perçut une lueur de crainte. « Entrez », dit-elle d'une voix lasse. Elle brandit le téléphone portable qu'elle tenait à la main. « Je suis en conversation avec ma fille. Je vais lui dire que je la rappellerai. »

Elle les conduisit dans la salle à manger, où les albums de photos qu'elle leur avait montrés le mercredi étaient encore étalés sur la table. Sans y avoir été invités, les deux hommes prirent place sur les sièges qu'ils avaient occupés précédemment.

Lottie interrompit sa conversation avec sa fille. Elle dit simplement : « Gretchen, les enquêteurs que tu as rencontrés le jour de la veillée funèbre sont revenus m'interroger. Je te rappellerai plus tard.

— Branche le haut-parleur que je puisse leur parler.

Je vais leur dire ce que je pense d'eux, à ces types qui n'arrêtent pas de te harceler ! »

Ramsey et Klein entendirent les cris de Gretchen au moment où Lottie coupait la communication et éteignait son téléphone. Elle s'assit en face d'eux et croisa les mains sur la table. « Alors, que voulez-vous maintenant ? demanda-t-elle.

— Madame Schmidt, à l'époque où nous vivons je crains que n'importe quelle histoire puisse être rapidement vérifiée », dit Frank Ramsey d'un ton neutre. Il se tut un instant. « Y compris la vôtre. La vérité est que votre mari a effectivement été élevé dans la propriété des von Mueller. Mais il n'était pas un membre de la famille, pas plus qu'il n'était l'héritier d'une fortune quelconque. Son père y était jardinier, comme l'avaient été son père et son grand-père. Augustus von Mueller était réellement un aristocrate, mais il était enfant unique et avait cinq enfants, tous des filles. »

Frank ouvrit l'album et désigna l'une des photos que Lottie leur avait déjà montrées. « C'est effectivement votre mari qui est sur cette photo avec les petites von Mueller. Enfant, il jouait avec elles. Toute ressemblance est pure coïncidence, parce que tous les enfants étaient des petits blonds aux yeux bleus. Et il faut faire un effort d'imagination pour trouver une ressemblance entre votre mari et le *Feldmarschall* Augustus von Mueller. »

Ramsey s'interrompit un instant avant de reprendre : « Toute la famille von Mueller fut arrêtée et disparut après l'arrivée d'Hitler au pouvoir. Le château et le domaine furent confisqués par les nazis. Les domestiques qui entretenaient le parc eurent l'autorisation de partir. Le père de votre mari est mort d'une crise cardiaque à cette époque. Votre mari a été élevé par sa propre mère, et non par une charitable infirmière qui l'aurait adopté. Les rares objets de valeur qui furent retrouvés après la guerre ont été revendiqués par un cousin éloigné des von Mueller, auquel ils furent finalement remis. »

L'expression de Lottie Schmidt resta inchangée tandis qu'elle écoutait.

« Madame Schmidt, si votre mari avait bon goût et des manières aristocratiques, c'était parce qu'il avait passé son enfance à les observer, et non parce qu'il les avait dans le sang, dit Klein. Ne croyez-vous pas qu'il est temps de nous dire où Gus a trouvé l'argent qui a servi à acheter la maison de Gretchen ?

— Je veux appeler mon avocat », dit Lottie Schmidt.

Les deux enquêteurs se levèrent et s'apprêtèrent à partir. Ils étaient arrivés à la porte quand elle les rappela : « Non. Attendez. Revenez. À quoi bon. Je vais vous dire ce que je sais. »

Jack Worth tenta de paraître serein et sûr de lui tandis qu'on branchait le détecteur de mensonge. « Quand vous verrez les résultats, vous comprendrez que vous avez perdu votre temps, dit-il à l'inspecteur Matt Stevens. Et que vous m'avez fait perdre le mien, ajouta-t-il.

— Nous verrons, en effet », dit Stevens.

Il commença par poser à Jack la kyrielle de questions habituelles sur son passé auxquelles il savait que Jack répondrait avec franchise.

Comment vous appelez-vous ? Où travaillez-vous ? Combien de temps y avez-vous travaillé ? Êtes-vous marié ? Avez-vous des enfants ?

Une fois terminée la partie classique de l'interrogatoire, Matt Stevens aborda le questionnaire plus spécifique qui se révélerait crucial pour la suite de l'enquête. « Vous arrivait-il de conduire un camion de livraison de meubles appartenant à la manufacture Connelly ?

— À l'occasion, répondit Jack sans hésiter. Si ma voiture personnelle était en révision, j'étais autorisé à utiliser une des petites camionnettes pour rentrer chez moi. »

Matt Stevens fut contrarié de voir que Worth semblait parfaitement confiant.

« De quelle couleur sont les camions et camionnettes Connelly ?

— Noirs, avec le nom en lettres dorées. Le vieux Connelly avait décidé que cela leur donnait de la classe et ils sont toujours restés ainsi.

— Conduisiez-vous l'un d'eux le jour où Tracey a disparu ?

— Non. Je suis rentré chez moi un peu patraque et je me suis couché. »

Matt Stevens observa que les indications de l'appareil mesurant les réactions physiques de Worth restaient relativement constantes.

« De toute façon, continua Worth, même si j'avais conduit une Rolls Royce, Tracey ne serait pas davantage montée dedans. Elle ne s'est jamais intéressée à moi.

— Avez-vous une idée de la personne qui aurait pu conduire l'une des camionnettes le soir où Tracey a disparu ?

— Pas la moindre. »

À nouveau, Stevens ne put déceler la moindre réaction physiologique à la question.

« Savez-vous si Tracey Sloane connaissait quelqu'un qui travaillait à la manufacture Connelly ?

— Non, je n'en ai aucune idée.

— Très bien. Passons à un autre sujet, dit Stevens. Avez-vous jamais été en contact avec Jamie Gordon ? »

L'appareil enregistra un changement significatif. « Non, jamais.

— Savez-vous ce qui a pu arriver à Jamie Gordon ?

— Non, je l'ignore », affirma Worth, tandis que les mesures enregistrées par le détecteur variaient toutes de manière notable.

« Avez-vous tué Jamie Gordon ? »

Tandis que l'appareil s'affolait de plus belle, Jack Worth arracha les fils attachés à son corps et se leva d'un bond. « J'en ai assez, hurla-t-il. Je croyais que c'était de Tracey Sloane qu'il s'agissait. Vous avez dit partout que c'était ce sans-abri qui avait tué Jamie Gordon. Qu'est-ce que vous cherchez à me mettre sur le dos ? J'ai essayé d'être honnête avec vous et de coopérer. À partir de maintenant, je veux un avocat. »

94

Kate remua. Elle sentit une légère secousse, comme si on l'emmenait sur quelque chose qui heurtait un obstacle.

Où suis-je ? se demanda-t-elle. Est-ce que je rêve ?

« La chambre d'angle », disait une voix. « La 1106. »

Les souvenirs lui revenaient peu à peu. Elle avait retrouvé Gus dans le parking. Ils avaient pénétré dans le musée.

Ça sentait le gaz. J'ai crié à Gus de sortir. Tout a sauté. Quelque chose de lourd est tombé sur nous. J'ai traîné Gus dehors.

Comment va Gus ?

Pourquoi a-t-il semblé si nerveux quand je lui ai demandé de me retrouver là-bas ?

Je crois que je suis dans un hôpital. J'ai mal à la tête. J'ai des tubes dans les bras. J'ai encore fait ce cauchemar. Pourquoi ?

Elle tenta en vain d'ouvrir les yeux et sombra à nouveau dans un sommeil profond.

Le cauchemar revint. Mais cette fois elle savait comment il finissait.

Il m'a attrapée tandis que j'essayais de descendre l'escalier en courant. Il m'a agrippée. J'ai crié : « Tu n'es pas mon papa ! Tu n'es pas mon papa ! » Il a couvert ma bouche de sa main et m'a portée dans la chambre. Je le frappais à coups de pied. J'essayais de lui échapper.

Il m'a jetée sur le lit et il a dit : « Regarde bien, Katie, regarde bien. » Puis il a donné un coup de poing dans le miroir au-dessus de la coiffeuse de maman et le verre s'est répandu partout et sa main était en sang. Et il a dit : « C'est ce que je te ferai si jamais tu redis ça une seule fois. »

Il m'a mise debout et m'a secouée très fort. « Maintenant, qu'est-ce que tu ne dois jamais, jamais redire ?

— Que tu n'es pas mon papa. » Je pleurais, j'avais si peur. « Je le promets, je le promets. Je ne le dirai plus jamais. »

Mais je sais que je l'ai redit, se souvint Kate. Je le lui ai dit quand il s'est penché sur moi le jour où on m'a amenée ici parce que j'étais blessée. Puis je l'ai entendu dire à Hannah que j'étais désolée à cause de l'incendie. Que c'était ce que j'avais dit. Mais il mentait. Ce n'était pas vrai. J'avais dit : « Tu n'es pas mon papa. » Il faut que je prévienne Hannah. Mais je n'arrive pas à me réveiller. J'ai beau essayer, je n'arrive pas me réveiller.

95

Ayant eu confirmation de ses soupçons, Nick Greco étudia les photos de presse des funérailles de Connor et de Susan Connelly. L'enterrement avait été retardé de trois semaines afin de permettre à Douglas Connelly de se remettre de ses blessures, du moins assez pour pouvoir sortir de l'hôpital et assister au service.

Affaibli, anéanti, les yeux gonflés de larmes, Douglas Connelly se tenait debout au pied des deux cercueils dans le cimetière, le poing gauche serré tandis qu'étaient prononcées les dernières prières.

C'était la main que Connor s'était fracturée en jouant au football à l'université, pensa Greco. Et c'était ce que son frère Douglas voulait dire quand il avait raconté dans son interview que lorsque Connor s'était blessé, leur père l'avait obligé à exercer sa main en pliant et dépliant les doigts pour qu'elle retrouve sa force. Mais qu'ensuite, leur père s'était mis en rage parce que Connor avait pris la manie de fermer le poing, même une fois sa main guérie.

Malgré sa longue pratique du métier, Greco était encore bouleversé devant ce qui lui apparaissait clairement… L'homme qui était debout près des cercueils avait le poing serré… Était-il possible que ce n'ait pas été Douglas Connelly ? Que Douglas Connelly ait reposé dans un des cercueils et sa femme Susan dans l'autre ? Se pouvait-il que Connor Connelly ait été le seul survivant de l'accident et qu'il ait saisi sa chance ? Qu'il ait volé l'identité de son jumeau et soit devenu Douglas ? Le vieil homme, pétri de traditions anciennes, avait déclaré dans un article que son fils aîné était destiné à devenir président et principal actionnaire de la manufacture et que ses descendants en hériteraient. Le cadet, lui, occuperait un poste dans l'entreprise et détiendrait une part minoritaire des avoirs familiaux.

Douglas était devenu président de l'entreprise à la mort de son père, Dennis. Je ne pense pas que Connor ait volontairement provoqué l'accident, songea Greco. Mais peut-être qu'ensuite, à l'hôpital, il a compris l'opportunité qui s'offrait à lui et l'a saisie. Il savait que son frère et Susan étaient morts. Il n'allait pas laisser la société échoir en héritage à Kate et Hannah. Il a déclaré à l'hôpital qu'il était Douglas et s'en est tiré sans être inquiété.

Greco avait sous les yeux la photo de groupe retrouvée dans l'appartement de Tracey Sloane. L'examinant de plus près, il remarqua le poing serré de Connor sur la table. Connor venait régulièrement au Tommy's Bistro. Il se trouvait sur la liste de ceux que la police devait interroger après la disparition de Tracey mais en avait été rayé quand on avait appris sa mort dans l'accident de bateau quelques semaines plus tôt. *Ou du moins quand on l'avait cru mort.*

Tracey Sloane était-elle devenue d'une manière ou d'une autre une menace pour Connor Connelly ? En quoi ? Le soir où elle était montée dans la camionnette, elle avait dû croire que le conducteur était Douglas. Connor avait dû se rendre compte qu'elle avait remarqué son habitude de serrer le poing et il savait qu'elle pouvait tout faire capoter.

Greco saisit son portable et pressa la touche du numéro préenregistré qui le mettait directement en relation avec l'inspecteur Matt Stevens. « Matt, je crois savoir qui a tué Tracey Sloane. »

Stevens l'écouta, stupéfait. « Tout cela est cohérent, Nick. Tracey Sloane a sans doute accepté sans s'inquiéter de monter ce soir-là dans une voiture conduite par un Connelly dont le frère avait été un de ses clients les plus amicaux. Et vingt-huit ans plus tard on retrouve son squelette sur leur terrain. Nous savons que l'explosion a été provoquée. Si j'en crois ce que tu dis, je te fiche mon billet que le corps se trouvait là depuis le soir où elle est montée dans la camionnette.

— Matt, je pense qu'il est temps de faire venir M. Connor Connelly, désormais connu sous le nom de Douglas Connelly, et d'avoir une petite conversation avec lui. Je regrette seulement de ne plus être en activité.

— J'aurais bien aimé que tu sois là, moi aussi.

— Je ne sais pas pourquoi, je ne sais pas comment, Matt, mais mon instinct me dit que la mort de Tracey Sloane, celle de Jamie Gordon et l'explosion qui a tué Gus Schmidt et failli tuer Kate Connelly, tout est lié.

404

— C'est aussi mon avis, Nick. Mais nous trouverons. Je te le promets. Dès que j'aurai raccroché,
j'appelle ce type. Je veux le voir ici dès aujour-
d'hui. »

96

L'impression de malaise que ressentait Hannah se transformait en une véritable angoisse. Elle avait un sombre pressentiment. Un malheur allait arriver. Elle le savait. Kate avait été particulièrement agitée ce matin. Quelque chose ou quelqu'un l'avait effrayée. Je n'aurais pas dû la quitter, se répétait-elle. Elle essayait de communiquer avec moi. Je me demande si papa est déjà passé la voir aujourd'hui.

Elle saisit son téléphone portable et appela son père à son domicile.

Sandra répondit presque aussitôt. Elle semblait bouleversée : « Hannah, j'aimerais comprendre ce qui se passe. Votre père est d'une humeur massacrante depuis hier. Et il y a à peine vingt minutes, un inspecteur de police a appelé. J'ai répondu au téléphone et il a demandé à parler à Doug. D'abord, votre père s'est mis à m'invectiver parce que j'avais répondu. Puis il m'a arraché l'appareil de la main. Je crois que le policier lui a demandé de venir dans le bureau du procureur ou je ne sais où, alors votre père s'est mis à l'invectiver lui aussi. Il criait que c'était un complot pour l'empêcher de toucher l'argent de l'assurance.

Ensuite, votre père a hurlé : "Qu'insinuez-vous quand vous dites que Jack Worth s'est montré très coopératif ?" Puis il a raccroché et s'est rué dehors. Il ne m'a pas dit où il allait, mais il perd la tête, Hannah. Il a subi trop de pression.

— Vous ne savez pas où il a pu se rendre ?

— Voir les policiers, je suppose. Il a répété l'adresse qu'ils lui ont donnée. Je lui ai proposé de l'accompagner, mais il m'a carrément repoussée. Puis il est parti comme un ouragan. Hannah, en sortant de l'hôpital hier, votre père semblait très soucieux, bien que Kate aille beaucoup mieux et soit sur le point d'être transférée dans une chambre individuelle. On aurait pu croire qu'il serait heureux à la pensée qu'elle allait se réveiller bientôt. Qu'importe, j'ai essayé de le persuader de demander à Bernard de nous conduire dans une de ces charmantes petites auberges aux abords de l'Hudson, vous savez, du côté de West Point, mais il n'a rien voulu savoir. Il... »

Hannah ne voulait pas en entendre davantage. Elle ferma son téléphone et le rangea dans son sac. Elle pensa à l'importante réunion prévue à seize heures et consacrée à la présentation de la collection de printemps. Elle ne pourrait pas y assister. Elle repoussa sa chaise, décrocha son manteau et le jeta sur ses épaules. Elle s'arrêta un instant à la réception avant de se diriger vers l'ascenseur. « Je dois aller à l'hôpital. Il faut que je voie ma sœur. Dites-leur que je suis désolée. Je ne peux pas rester plus longtemps. »

Elle attendit dix longues minutes avant de trouver un taxi. « Manhattan Midtown Hospital, dit-elle nerveusement. Et faites vite s'il vous plaît. »

Inquiet, le chauffeur se retourna vers elle. « Vous n'allez pas accoucher ou Dieu sait quoi, j'espère, ma petite dame ?

— Non, non, bien sûr que non. Ma sœur y est hospitalisée.

— Désolé, madame. Je vais faire de mon mieux. »

Kate a-t-elle déjà été transférée ? se demanda Hannah. Après vingt minutes angoissantes, elle introduisait la monnaie dans l'ouverture qui la séparait du conducteur, se ruait hors du taxi et courait jusqu'à l'hôpital. Il y avait la queue à l'accueil, mais elle se précipita en s'excusant, dépassant tout le monde. « Je crois que ma sœur a été transférée de l'unité de soins intensifs dans une chambre individuelle. Où est-elle ?

— Quel est son nom ?

— Connelly, Kate Connelly. »

La réceptionniste consulta son ordinateur. « Chambre 1106. Son père vient d'arriver il y a quelques minutes. Il doit être avec elle en ce moment. »

Un sentiment de panique s'empara d'Hannah. Elle pivota sur ses talons et courut vers les ascenseurs. « Pourvu qu'il ne lui arrive rien. Mon Dieu, faites qu'il ne lui arrive rien. »

Connor Connelly sortit de l'ascenseur au dernier étage de l'hôpital. Au bureau des infirmières, on lui indiqua de tourner sur la gauche et de suivre le long couloir jusqu'à la chambre 1106. « C'est la toute dernière chambre, la plus belle de l'étage et la plus calme », dit une infirmière d'un ton enjoué. « Je viens d'aller voir votre fille. Elle était très agitée tout à l'heure, mais à présent elle dort comme un bébé.

— Je ne vais pas la réveiller, promit Connor. Je voulais seulement la voir. »

Il fut soulagé d'apprendre que la chambre se trouvait à bonne distance du bureau des infirmières et que Kate dormait. Si l'infirmière était passée la voir quelques minutes auparavant, il était peu probable qu'elle revienne tout de suite. Attentif à ne pas paraître trop pressé, il longea le couloir jusqu'à la chambre 1106. Son esprit bouillonnait.

La veille son interlocuteur lui avait donné une semaine pour s'acquitter de sa dette. Il savait qu'il ne plaisantait pas. Sa seule chance de mettre la main sur une somme de plus de quatre millions de dollars était de toucher l'indemnité de l'assurance. Il n'ignorait pas que la compagnie ne prendrait aucune décision avant que Kate soit en état de parler de ce qui s'était réellement passé cette nuit-là. Kate morte, ils ne pourraient jamais prouver qu'elle avait la moindre responsabilité dans l'incendie. Un bon avocat pourrait argumenter que lorsqu'elle avait téléphoné à son vieil ami Gus, comme elle le faisait parfois, il lui avait tendu un piège en lui demandant de le retrouver au musée. C'était Gus qui avait les connaissances techniques nécessaires pour provoquer une explosion et il nourrissait assez de ressentiment pour avoir agi ainsi.

Ce maudit trafiquant est assez malin pour savoir que s'il s'attaque à moi, il ne touchera jamais un sou. Si je peux le convaincre que la compagnie d'assurances devra payer l'indemnité dans un délai de deux mois, il attendra mais continuera d'accumuler les intérêts.

Comment Jack et moi avons-nous eu l'incroyable malchance de choisir le jour où Kate et Gus se trouvaient sur les lieux, en plein milieu de la nuit ?

Et comment se fait-il que ce secrétaire ancien se soit révélé faux ? Il faisait partie de la collection du musée depuis quarante ans. Même mon père s'y était laissé tromper, pensa Connor. Pourtant il se vantait de tout savoir sur les meubles anciens.

L'esprit en ébullition, le souffle court, il fit un signe de tête à un patient qui le regardait par la porte ouverte de sa chambre au moment où il passait.

J'avais tout prévu si soigneusement, pensa-t-il, s'étonnant encore que les choses aient mal tourné. Lorsque j'ai annoncé à Jack que j'avais l'intention de lui confier la direction de la manufacture, il y a cinq ans, je lui ai exposé mon plan. C'était simple. Un par un, pendant les cinq ou six années à venir, nous retirerions les meubles de valeur du musée et les remplacerions par des copies. Et ceci tout en veillant à ce qu'il reste un nombre suffisant de pièces authentiques pour que les experts de la compagnie d'assurances en trouvent assez de débris dans les ruines de l'incendie que nous aurions allumé.

« Nous gagnerons des millions en vendant les meubles d'époque pour notre compte, ai-je dit à Jack. Il existe quantité de clients potentiels en Chine et en Amérique du Sud qui paieront le prix fort pour les originaux sans poser de questions indiscrètes sur leur provenance. Nos archives indiqueront à la compagnie d'assurances que les originaux se trouvaient dans le musée quand l'incendie l'a détruit. » J'ai promis à Jack 10 % sur les ventes. Il a sauté sur l'occasion.

C'est pourquoi nous avons dû forcer Gus à prendre sa retraite. Il aurait repéré une copie dans le musée les yeux fermés.

Pendant cinq ans, ils avaient ainsi déménagé les meubles de prix du musée durant la nuit et les avaient remplacés par d'excellentes copies, impossibles à distinguer pour un œil non averti. Jack n'avait eu aucun mal à falsifier les documents où s'inscrivaient les mouvements des stocks dans l'entrepôt.

J'ai dépensé tout l'argent que j'avais gagné, songea Connor. Je parie que Jack a placé le sien sur un compte offshore.

Ils se retrouvaient toujours après minuit. Une fois la substitution effectuée, ils chargeaient le meuble dans un camion et Jack allait le livrer à un intermédiaire dans le Connecticut qui travaillait pour le trafiquant. Nous étions très prudents, se souvint Connor en arrivant à l'extrémité du couloir. Nous réalisions discrètement une vente tous les trois ou quatre mois.

Ce sans-abri s'introduisait sans doute le soir dans le fond du parking. Au journal, ils ont dit qu'il avait reconnu s'être trouvé dans la camionnette quand cette étudiante avait essayé de lui parler. Il a reconnu l'avoir frappée et entendue ensuite appeler au secours. Ils sont tous persuadés qu'il l'a tuée.

Connor posa la main sur la porte à peine entrebâillée de la chambre de Kate. Il revoyait soudain Jamie Gordon traversant le parking en courant à trois heures du matin et les apercevant au moment où ils sortaient la table ancienne hors du musée. Elle se tenait la mâchoire. Elle saignait. Elle criait : « Au secours, au secours » et les implorait d'appeler la police. Je l'ai attrapée par son écharpe et lui ai serré le cou. Jack avait l'air paniqué mais je n'avais pas le choix. Elle se trouvait au mauvais endroit au mauvais moment. Et c'était sa faute. Elle était sur ma propriété. Jack était anéanti, incapable de réagir, mais je lui ai dit de reprendre ses esprits. Je lui ai ordonné de ligoter le corps et de le porter dans le camion. Il l'a jeté dans la rivière en allant livrer la table.

Cet inspecteur a dit que Jack s'était montré coopératif. Est-ce qu'il a raconté aux flics que j'avais tué Jamie Gordon ? Comment le pourrait-il sans s'impliquer lui-même ? Non, ce flic bluffait. Jack est trop malin. Il sait qu'ils n'ont aucune preuve tangible contre lui.

Kate morte, personne ne saura jamais que je ne suis pas le vrai Douglas Connelly.

Personne ne pourra jamais m'accuser de rien. Tracey Sloane a été assez stupide pour m'écrire cette gentille lettre de condoléances après l'accident de bateau et me demander si je m'étais blessé à la main. Elle avait vu dans les journaux une photo de moi à l'enterrement et avait remarqué que je serrais mon poing, exactement comme Connor. Elle disait aussi qu'un jour où elle le servait au Tommy's Bistro, Connor lui avait expliqué qu'il gardait son poing serré par habitude. Il s'était cassé la main autrefois et notre père l'avait forcé à faire jouer ses muscles pour les renforcer.

Elle n'aurait pas mis longtemps à découvrir la vérité ou à faire allusion à cette habitude de serrer mon poing devant quelqu'un qui aurait deviné ce qui s'était vraiment passé. Je ne pouvais pas prendre ce risque. Je devais me débarrasser d'elle. Elle a cru que c'était mon regretté frère Douglas qui la raccompagnait chez elle ce soir-là. Ma grande erreur a été de profiter du fait qu'on repavait le parking et qu'on l'agrandissait vers l'arrière. Je n'ai eu aucun mal à l'enterrer cette nuit-là. Comment aurais-je imaginé que ce maudit cratère s'ouvrirait à cet endroit même tant d'années plus tard ?

Prenant soin de ne faire aucun bruit, il pénétra dans la chambre de Kate, referma doucement la porte derrière lui. Il y avait une petite entrée qu'il franchit en quelques pas, puis il parcourut du regard la spacieuse chambre privée. Elle comportait un coin repos avec un canapé et des fauteuils. Les rideaux étaient tirés, maintenant l'obscurité. Kate reposait, immobile, sur le lit. Une perfusion était fixée à son bras droit et un appareil de contrôle branché de l'autre côté.

Il devait faire vite. Il savait que lorsque la respiration de Kate s'interromprait, une douzaine de personnes se précipiteraient. Il ne pourrait pas l'étouffer à temps. Le seul moyen d'en finir était de lui faire avaler le somnifère puissant qu'il apportait dans la poche de sa veste. Le temps que les moniteurs réagissent, il serait probablement trop tard pour la réanimer. Si elle mourait dans son sommeil, ils attribueraient cela peut-être à une lésion du cerveau qui leur aurait échappé ou à une erreur de traitement.

Ils sauront que j'étais là. Son père affectionné. Je leur dirai au revoir ostensiblement en partant. Je leur dirai qu'elle dormait encore et les remercierai de si bien s'occuper d'elle.

Je ne serai qu'une des nombreuses personnes qui auront eu accès à sa chambre dans la journée. Peut-être penseront-ils que c'est une de ces infirmières, de celles qu'on appelle les « anges de la mort », qui est responsable.

Connor s'approcha du lit. Il plongea la main dans sa poche et ouvrit le flacon de somnifères. Conscient qu'elle aurait sans doute du mal à avaler les cachets, il les pulvérisa et les versa dans le verre d'eau posé sur la table de chevet. Il les regarda se dissoudre puis passa une main sous la nuque de Kate et lui souleva la tête.

« C'est l'heure de prendre ton médicament, ma petite fille », murmura-t-il.

Kate ouvrit les yeux et eut un sursaut en comprenant qu'il cherchait à lui faire du mal. « Dis-moi une fois encore ce que tu n'as jamais eu le droit de répéter. »

Comme elle ne bougeait pas les lèvres, il durcit le ton. « Dis-le.

— Tu n'es pas mon papa, souffla-t-elle.

— Pourquoi crois-tu que j'aie donné un coup de poing dans le miroir ce soir-là, ma petite fille ? Il fallait que je garde la main plâtrée pendant un certain temps afin d'avoir une raison de serrer mon poing. C'était affreusement douloureux, mais j'y suis parvenu jusqu'à ce que je sois capable de surmonter mon tic. »

Connor saisit le verre. « Bois maintenant. Ça ne va pas te faire mal. Ça va te tuer… Si tu ne bois pas, je tuerai Hannah. Tu ne le voudrais pas, Kate, n'est-ce pas ? »

Terrifiée, Kate entrouvrit la bouche, puis, au moment où il approchait le verre de ses lèvres, son expression changea. Elle regardait derrière lui.

« Je t'ai entendu ! hurla Hannah. Je t'ai entendu ! » Tournant brusquement la tête, il la vit debout dans son dos. Avant qu'il puisse réagir, elle se rua vers la main qui tenait le verre. Conscient que la partie était perdue, il essaya malgré tout de forcer Kate à boire, mais elle serra les lèvres et détourna la tête, répandant le contenu du verre dans son cou et sur les draps.

Connor pivota alors sur lui-même pour s'attaquer à Hannah. Il refermait les doigts autour de son cou quand Kate parvint à saisir la sonnette cachée dans un pli de la couverture et appuya sur le bouton.

Lorsque l'infirmière répondit dans l'interphone, les mots que Kate parvint à prononcer furent étrangement les mêmes que ceux qu'avait criés Jamie Gordon : « Au secours, au secours ! »

Quinze secondes plus tard, un infirmier du genre costaud entra en trombe dans la chambre et vit Hannah se débattre de plus en plus faiblement pour écarter de son cou les doigts de Connor.

Il s'élança d'un bond, l'écarta d'Hannah et le plaqua au sol. Mais, Connor continuant à opposer une violente résistance, d'autres infirmiers vinrent en renfort et il en fallut trois pour le maîtriser.

L'une des infirmières prenait soin d'Hannah, qui s'efforçait péniblement de se relever. « Comment va Kate ? demanda-t-elle en sanglotant. Est-ce qu'il lui a fait mal ? »

L'infirmière, tout en aidant Hannah à se mettre debout, la rassura :

« Non, elle va bien. Regardez. »

Kate tendit les bras et Hannah se laissa tomber sur le lit à côté de sa sœur.

Épilogue

Un an plus tard

Connor Connelly avait choisi de ne pas avoir de procès. Il n'ignorait pas la montagne de preuves qui existaient contre lui. Il plaida coupable pour les meurtres de Tracey Sloane et de Jamie Gordon, l'homicide avec préméditation de Gus Schmidt, la tentative de meurtre sur sa nièce Kate Connelly, les violences avec voies de fait sur sa nièce Hannah Connelly et l'escroquerie aux assurances.

Il reconnut qu'après l'accident de bateau, alors qu'il était encore en état de choc, il avait entendu une infirmière l'appeler Douglas. Il s'était alors aperçu qu'il s'était emparé par erreur du portefeuille de son frère. Et cela avait été la chance de sa vie.

À son retour chez lui, il n'avait pas eu grand mal à se glisser dans l'existence de Douglas. Au début, l'accident lui avait servi d'excuse, il prétendait avoir des absences et oublier certains noms et détails.

Hannah n'était qu'un bébé. Kate lui posa davantage de problèmes. Elle était la seule à avoir deviné qu'il n'était pas son vrai père. Quand il vit qu'il ne parvenait pas à s'empêcher de fermer le poing, il le brisa à nouveau d'un geste délibéré, et devant elle. Elle avait enfoui ce souvenir dans sa mémoire jusqu'à ce qu'elle soit blessée dans l'explosion.

Malgré leur angoisse et leur colère, Kate et Hannah avaient puisé un certain réconfort dans l'idée que même en plaidant coupable, Connor finirait ses jours en prison.

Lorsque Jack Worth avait brutalement mis fin à son interrogatoire dans le bureau du procureur en entendant l'inspecteur Matt Stevens pratiquement l'accuser d'avoir tué Jamie Gordon, il avait compris qu'il ne se passerait pas longtemps avant qu'on frappe à sa porte, signe de son arrestation imminente.

Il était rentré chez lui, avait saisi son passeport, fait sa valise et pris un billet sur un vol qui partait le soir même à dix-neuf heures de l'aéroport Kennedy pour les îles Caïmans, où il avait ouvert un compte en banque. Il était en tête de la file d'attente quand un agent du comptoir d'enregistrement à la porte 13 annonça que les passagers de première classe pouvaient commencer d'embarquer.

C'est à ce moment qu'il avait senti la main de l'inspecteur Matt Stevens le saisir par l'épaule : « Pas si vite, Jack. Vous venez avec nous. »

Connor « Douglas » Connelly avait été trop heureux d'entraîner Jack Worth dans sa chute quand, pleurant et criant que son père l'avait toujours maltraité, il avait reconnu tous ses crimes et accusé Jack de complicité dans certains d'entre eux.

Jack purgeait aujourd'hui une peine incompressible de vingt-cinq ans de prison.

Harry Simon avait plaidé coupable pour le meurtre de Betsy Trainer, la jeune femme qu'il avait entraînée dans une cour du Lower East Side. À regret, le procureur avait prononcé une peine de vingt ans, au lieu des vingt-cinq ans incompressibles qui étaient la règle, Noah Green ayant plaidé avec succès que l'information selon laquelle Tracey Sloane était montée dans la camionnette de livraison s'était révélée fort précieuse.

Les inspecteurs avaient reconnu que même si Clyde Hotchkiss avait tenté de porter secours à Jamie Gordon, il n'aurait pu empêcher Connor de la tuer, et sans doute l'aurait-il supprimé par la même occasion.

Une déclaration fut communiquée aux médias qui exonérait le vétéran du Vietnam de toute responsabilité dans la mort de Jamie Gordon. Reconnaissante, Peggy Hotchkiss téléphona à Frank pour le remercier et ajouta : « Clyde peut enfin reposer en paix, et moi envisager de poursuivre le cours de mon existence. »

Lottie Schmidt avait fourni la dernière pièce du puzzle. Furieux et blessé quand il avait appris qu'il serait bientôt forcé de prendre sa retraite, Gus avait organisé sa vengeance. Avec une habileté extrême, il avait réalisé une copie parfaite d'un petit secrétaire qui se trouvait dans la salle Fontainebleau du musée. Il avait effectué la substitution et vendu le secrétaire original sur le marché parallèle. Avec les trois millions de dollars qu'il avait touchés en liquide, il avait acheté la maison de Gretchen et constitué la rente permettant de l'entretenir.

C'était le secrétaire que Connor avait vendu au trafiquant sans imaginer qu'il s'agissait de la copie de Gus Schmidt.

Kate et Hannah ne poursuivirent pas Lottie pour sa complicité dans le vol du secrétaire ancien commis par Gus. Elles savaient que cette femme avait beaucoup souffert, et elles décidèrent de permettre à Gretchen de conserver sa maison.

À présent Kate, dont les cheveux avaient repoussé et tombaient à nouveau sur ses épaules, et qui, à l'exception d'une minuscule cicatrice sur le front, ne portait aucune trace de la blessure qui avait failli l'emporter, rappelait à sa sœur : « Je n'arrive pas à croire qu'un an soit déjà passé. Comme je l'ai dit à la police, je ne comprenais pas pourquoi Gus était si nerveux ce soir-là. Je m'étais rendue dans le musée et il m'avait semblé que le secrétaire que j'avais vu si souvent au cours des années avait quelque chose de changé. C'est pourquoi j'avais demandé à Gus de venir me retrouver discrètement à cette heure-là. Je soupçonnais Jack Worth de nous voler et je savais que Gus pourrait dire instantanément si ce meuble était un faux. Nous savons maintenant que c'était Gus lui-même qui avait effectué la substitution. »

Les deux sœurs étaient assises sur le canapé, chez Kate. Sur la table à côté d'elles étaient posés les documents qu'elles avaient signés concernant la conclusion de la vente des terrains de la manufacture Connelly.

Les autres les rejoindraient pour le dîner. Mark et Jessica, qui étaient devenus inséparables. La mère de Mark, qui était venue faire un séjour chez lui et insistait affectueusement, disant qu'elle aimerait tant avoir un petit-enfant. Et Justin. Lui et Hannah, dont la ligne de vêtements connaissait un réel succès, avaient prévu de se marier au printemps.

Dans la cuisine, sur le rebord de la fenêtre, la bro-méliacée était en fleur.

REMERCIEMENTS

Et voici enfin *Une chanson douce*. Ces neuf mois m'ont paru longs depuis l'envoi du premier chapitre à mon cher éditeur, Michael Korda, dans une chemise sur laquelle était griffonné : « Et c'est reparti pour un tour. »

Comme toujours, le voyage a été plutôt tranquille, mais il m'est aussi arrivé de pianoter sur l'ordinateur en me demandant : « Qu'est-ce qui te fait croire que tu es capable d'écrire un autre livre ? »

Mais que les mots coulent à flots ou goutte à goutte, la vérité est que j'ai adoré ce voyage, et le temps est venu de remercier ceux qui m'ont aidée à l'accomplir.

Michael Korda m'a suggéré l'intrigue de l'histoire. Hésitante au début, j'ai vite été attirée par l'idée comme un papillon par la lumière. Alors, encore une fois, merci, merci Michael. Mon cher ami, comme le quarantième anniversaire de notre collaboration approche, je dirai une seule chose : ce fut et c'est toujours merveilleux.

Il y a presque trois ans, j'ai demandé que Kathy Sagan devienne mon éditrice personnelle. Nous avions travaillé ensemble au *Mary Higgins Clark Mystery Magazine*, et je savais qu'elle était exceptionnelle, je connaissais sa capacité de mettre en ordre tous les détails quand elle reçoit l'un après l'autre les chapitres du livre. Merci Kathy.

Il est facile d'allumer volontairement un incendie. Mais quand vous écrivez sur le sujet, il faut savoir qui mènera l'enquête. Pour m'informer et me guider, j'ai bénéficié de l'aide de l'enquêteur de la brigade des pompiers Randy Wilson et de son collègue, aujourd'hui à la retraite, Richard Ruggiero – avec toute ma reconnaissance. Si quelque erreur s'est produite, c'est parce que j'ai mal compris ce qui m'a été dit ; mille remerciements pour votre gentillesse et votre patience.

Anthony Orlando, esq., grand connaisseur de la pêche au thon, m'a décrit comment peut se produire ce genre d'accident à bord d'un bateau. Merci, Anthony.

Les personnes qui travaillent en coulisse à la production et à la correction des textes jouent un rôle crucial pour qu'un manuscrit devienne un livre. Mes remerciements chaleureux à Gypsy da Silva, lectrice-correctrice, et à Jackie Seow, directrice artistique, pour ses couvertures toujours aussi surprenantes.

Mes lectrices sont toujours les mêmes, prêtes à m'encourager. Merci à Nadine Petry, Agnes Newton et Irene Clark. Je suis toujours heureuse quand elles me disent qu'elles attendent avec impatience le prochain chapitre.

Et, naturellement, il y a l'incomparable, John Conheeney, qui me supporte avec patience tandis que je maltraite le clavier pendant des heures et que la date de remise approche. Tout le monde n'a pas la chance d'avoir une âme sœur.

Et maintenant je dois réfléchir à la suggestion de Michael pour le livre suivant. Après avoir décrit l'intrigue dans ses grandes lignes, il m'a dit : « Je pense que *Et nous nous reverrons* serait un bon titre. » J'ai hésité. « Michael, je crois l'avoir déjà utilisé. » Nous avons vérifié ensemble. Oui, c'était vrai. Il n'aura donc pas ce titre-là, mais j'aime beaucoup l'histoire.

Avant de m'y mettre, je vais une fois encore suivre ce vieux conseil : « Le livre est terminé. Que l'auteur se réjouisse. »

Faites-moi confiance, je me réjouis !

Mary Higgins Clark
dans Le Livre de Poche

Mariah retrouve sa mère, une arme à la main, près du cadavre de son père. La culpabilité de Kathleen Lyons, atteinte de la maladie d'Alzheimer, ne fait aucun doute pour la police. Mais Mariah n'y croit pas une seconde. Spécialiste de la Bible, Jonathan Lyons venait de faire une découverte insolite : une lettre de Jésus adressée à Joseph d'Arimathie, élucidant le mystère des fameuses « années perdues », volée dans la bibliothèque du Vatican au XVe siècle. Une nouvelle extraordinaire pour la chrétienté. Aurait-on assassiné Jonathan pour récupérer le précieux parchemin ? Déterminée à découvrir la vérité, Mariah va mener l'enquête au péril de sa vie… Un suspense éblouissant avec lequel Mary Higgins Clark joue de tous les codes du thriller initiatique avec un talent inégalable.

Un luxueux yacht explose dans le port de New York. À son bord, entouré de ses invités, Adam Cauliff, un architecte impliqué dans d'importantes opérations immobilières. Meurtre ou accident ? Nell McDermott, la femme d'Adam, donnerait cher pour le savoir, d'autant plus qu'à son chagrin s'ajoute la culpabilité : un sérieux conflit venait d'éclater au sein du couple. Prête à tout pour découvrir la vérité, elle accepte de consulter un médium qui se fait fort de la mettre en contact avec Adam. Mais se risquer aux frontières de la mort peut vous conduire à d'effarantes réalités. Le lecteur les découvrira page après page, irrésistiblement entraîné par l'auteur de *Tu m'appartiens* et d'*Une si longue nuit*, ici au sommet de son art.

Je t'ai donné mon cœur n° 32048

La comédienne Natalie Raines, une des reines de Broadway, est assassinée. Suspect numéro 1, son agent et mari Gregg Aldrich, dont elle était en train de se séparer. Emily Wallace, substitut du procureur, n'a jamais instruit une affaire d'une telle ampleur ; pour la première fois de sa carrière, la jeune femme est confrontée aux médias, qui pourraient bien fouiller dans son passé et apprendre, par exemple, qu'elle a subi une transplantation cardiaque. Emily se plonge pourtant avec passion dans le dossier, sans se douter qu'elle met sa propre vie en danger. Une fois de plus, Mary Higgins Clark sait faire monter l'angoisse. Un roman envoûtant.

Quand reviendras-tu ? n° 32816

Désespérée par l'enlèvement de son petit garçon dans Central Park deux ans plus tôt, Alexandra « Zan » Moreland, belle et talentueuse architecte d'intérieur, se voit avec effroi soupçonnée d'avoir elle-même kidnappé l'enfant. Traquée par la police et les médias, Zan n'arrive pas à comprendre qui a intérêt à la faire accuser. Malgré la peur, malgré les doutes, la jeune femme, persuadée que son fils est toujours vivant, se lance dans une enquête qui pourrait bien mettre en péril sa vie et celle de ses proches… Une femme aux abois, un enfant disparu… Mary Higgins Clark retrouve ici le rythme haletant et l'ambiguïté de son plus grand suspense, *La Nuit du Renard*.

Recherche jeune femme aimant danser   n° 7618

« Peut-être l'occasion de trouver le prince charmant… » Erin et Darcy estimaient plutôt amusant de répondre aux petites annonces de la rubrique « Rencontres » pour aider une amie à préparer un reportage télévisé. Beau sujet de reportage, en effet : il y a toutes sortes de gens derrière l'anonymat des annonces… Et la romancière de *La Nuit du renard*, Grand prix de littérature policière 1980, experte en pathologie criminelle, nous entraîne, sur les pas de ses héroïnes, dans un suspense de cauchemar.

Toi que j'aimais tant   n° 37000

Après avoir passé vingt-deux ans derrière les barreaux pour le meurtre de la jeune Andrea, Rob Westerfield sort de prison avec un seul but : obtenir la révision de son procès pour retrouver son honneur et mériter l'héritage que sa richissime grand-mère hésite à lui transmettre. Mais c'est compter sans la détermination d'Ellie, la sœur de la victime, une journaliste pugnace que les menaces n'intimident pas – et qui fera bientôt des découvertes terrifiantes

ET NOUS NOUS REVERRONS
AVANT DE TE DIRE ADIEU
DANS LA RUE OÙ VIT CELLE QUE J'AIME
TOI QUE J'AIMAIS TANT
LE BILLET GAGNANT
UNE SECONDE CHANCE
ENTRE HIER ET DEMAIN
LA NUIT EST MON ROYAUME
RIEN NE VAUT LA DOUCEUR DU FOYER
DEUX PETITES FILLES EN BLEU
CETTE CHANSON QUE JE N'OUBLIERAI JAMAIS
LE ROMAN DE GEORGE ET MARTHA
OÙ ES-TU MAINTENANT ?
JE T'AI DONNÉ MON CŒUR
L'OMBRE DE TON SOURIRE
QUAND REVIENDRAS-TU ?
LES ANNÉES PERDUES
LE BLEU DE TES YEUX

En collaboration avec Carol Higgins Clark

TROIS JOURS AVANT NOËL
CE SOIR JE VEILLERAI SUR TOI
LE VOLEUR DE NOËL
LA CROISIÈRE DE NOËL
LE MYSTÈRE DE NOËL

Le Livre de Poche s'engage pour
l'environnement en réduisant
l'empreinte carbone de ses livres.
Celle de cet exemplaire est de :
400 g éq. CO_2
PAPIER À BASE DE   Rendez-vous sur
FIBRES CERTIFIÉES   www.livredepoche-durable.fr

Composition réalisée par NORD COMPO

Achevé d'imprimer en novembre 2014 en France par
CPI BRODARD ET TAUPIN
La Flèche (Sarthe)
N° d'impression : 3007903
Dépôt légal 1re publication : janvier 2015
LIBRAIRIE GÉNÉRALE FRANÇAISE
31, rue de Fleurus – 75278 Paris Cedex 06